JASMUNDER GEHEIMNISSE

Anja Behn, geboren 1972 in Rostock, studierte Bauingenieurwesen und arbeitet in einer Rostocker Baufirma. Sie lebt mit ihrer Familie in einem kleinen Dorf in Mecklenburg.

ANJA BEHN

JASMUNDER GEHEIMNISSE

Kriminalroman

emons:

 Lust auf mehr? Laden Sie sich die »LChoice«-App runter, scannen Sie den QR-Code und bestellen Sie weitere Bücher direkt in Ihrer Buchhandlung.

Bibliografische Information der Deutschen Nationalbibliothek
Die Deutsche Nationalbibliothek verzeichnet diese Publikation in der Deutschen Nationalbibliografie; detaillierte bibliografische Daten sind im Internet über http://dnb.d-nb.de abrufbar.

© Emons Verlag GmbH
Alle Rechte vorbehalten
Umschlagmotiv: mauritius images/Marco Ritzki/Alamy
Umschlaggestaltung: Nina Schäfer, nach einem Konzept
von Leonardo Magrelli und Nina Schäfer
Umsetzung: Tobias Doetsch
Gestaltung Innenteil: César Satz & Grafik GmbH, Köln
Lektorat: Lothar Strüh
Druck und Bindung: CPI – Clausen & Bosse, Leck
Printed in Germany 2020
ISBN 978-3-7408-0771-9
Originalausgabe

Unser Newsletter informiert Sie
regelmäßig über Neues von emons:
Kostenlos bestellen unter
www.emons-verlag.de

Für Volkmar und Oliver

1

Der Fischstand gegenüber dem Ozeaneum war gut besucht, Richard Gruben hatte den letzten freien Stehtisch unter einem Schirm erwischt. Nach einem ersten lauwarmen Schluck Kaffee spähte er über die Schulter zurück zum Verkaufswagen. Bert Mulsow, in ein dunkles Polizeihemd gekleidet, stand noch wartend in der Schlange. Augenscheinlich zog sich seine Bestellung länger hin. Richard krempelte die Hemdsärmel nach oben und stützte die Ellenbogen auf die Tischplatte. Sein Blick schweifte über den weitläufigen Stralsunder Hafen.

Wie überall in der Innenstadt wimmelte es an diesem späten Nachmittag auch hier von Menschen. Für Anfang Mai war es ungewöhnlich warm, das Thermometer zeigte über zwanzig Grad. Zahlreiche Touristen nutzten das sonnige Wetter, um das Ozeaneum sowie die von der Backsteingotik geprägte Altstadt zu besichtigen. Und für die nächsten Tage versprachen die Meteorologen weiter sommerliche Temperaturen. Angesichts solcher Aussichten dürfte es auf der Insel Rügen ebenfalls zu einem starken Besucherzustrom kommen. Vollgestopfte Straßen und überfüllte Urlaubsorte waren vorprogrammiert.

Richard hoffte inständig, dass Jette nicht gescherzt hatte, als sie am Telefon meinte, Hollvitz wäre so abgelegen, dass sich nicht einmal die Zeugen Jehovas dahin verirrten.

Als Jette ihm von ihrem Auftrag auf Rügen erzählt hatte, war Richard überrascht gewesen. Seit den traumatischen Ereignissen in Gellerhagen vor eineinhalb Jahren hatte sie nicht mehr in ihrem Beruf als Kirchenrestauratorin gearbeitet. Nach ihrem Klinikaufenthalt samt anschließender Reha war sie zwar physisch vollständig genesen, hatte aber noch lange mit den seelischen Folgen zu kämpfen gehabt.

Außerdem war im Dezember Jettes Debütroman erschienen. Neben einem kleinen, regionalen Literaturpreis hatte sie sogar ein Arbeitsstipendium für ihr aktuelles Manuskript erhalten. Richard war immer in dem Glauben gewesen, dass sich Jette nun ganz dem Schreiben widmen würde. Wobei ihm durchaus bewusst war, dass viele Autoren vom Honorar allein nicht leben konnten und für gewöhnlich einen Erstjob zum Broterwerb ausübten. Durchgreifender Erfolg war nun einmal schwer planbar.

Doch Jette Herbusch passte in kein vorbestimmtes Muster. Sie definierte finanzielle Sicherheit anders als die meisten ihrer Mitmenschen. Seine Person eingeschlossen. Dass er als freiberuflicher Kunsthistoriker freiwillig in eine Rentenversicherung einzahlte, hatte sie oft belächelt. Jettes Entscheidung, wieder in ihren Beruf zurückzukehren und den Altar einer Dorfkirche auf Rügen zu restaurieren, hatte Richard daher erstaunt. Seine Enttäuschung wog jedoch schwerer.

Seitdem er Jette vor gut vier Monaten wiederbegegnet war, hatte es nur wenige Tage gegeben, an denen sie sich nicht gesehen hatten. Aus anfänglichen Wochenenden waren schnell Besuche unter der Woche geworden. Meist kam Jette zu ihm nach Dortmund, weil es sich so am unkompliziertesten in die Betreuung seines dreijährigen Sohnes einbinden ließ. Henriks Mutter lebte ein paar Häuserecken weiter, und sie und Richard teilten sich die elterliche Fürsorge. Irgendwann war Jette nur noch in ihre eigene Wohnung gefahren, um den Briefkasten zu leeren oder die Grünpflanzen zu bewässern. Und zum ersten Mal in seinen sechsundvierzig Lebensjahren fühlte sich Richard wirklich zu Hause. Umso heftiger hatte ihn Jettes Entschluss getroffen, für sieben Monate nach Rügen zu gehen.

Richard konnte nicht sagen, ob sie den Auftrag im Falle eines Vetos seinerseits abgelehnt hätte. Er hatte diese Möglichkeit ungenutzt gelassen. Nicht weil er dachte, dass es ihm in dieser Phase ihrer Beziehung nicht zustand, sondern weil er gehofft hatte, sie würde ihn ungefragt in ihre Pläne einbeziehen. Doch das war nicht geschehen. Vor drei Wochen hatte Jette dann ihren betagten Kombi beladen und war Richtung Rügen aufgebrochen. Da sie beide schon schwierigere Zeiten durchgestanden hatten, war Richard optimistisch, dass sie auch das hinbekommen würden. Dennoch beschäftigte ihn seither der Gedanke, welche Rolle er in Jettes Leben einnahm.

»Wohin genau hat es Frau Herbusch denn auf Rügen verschlagen?« Mulsow war an den Tisch getreten und stellte einen üppig belegten Teller ab.

Richard richtete sich auf. »Hollvitz.«

»Hollvitz? Nie gehört.«

»Das liegt im Norden, in der Nähe von Sassnitz. Mit dem Auto fünfzehn Minuten ins Landesinnere.«

»Ah, auf Jasmund.« Mulsow spießte mit der Plastikgabel ein Stück Backfisch auf. »Für mich die schönste Ecke von Rügen. Kreidefelsen, Bäderarchitektur, Buchenwälder …«

Ruhe reicht völlig, dachte Richard. Aber da selbst einem gebürtigen Stralsunder wie Bert Mulsow der Name fremd war, schienen seine Befürchtungen womöglich unbegründet.

»Und wo ist Frau Herbusch untergekommen?«, wollte Mulsow wissen.

»Im ehemaligen Küsterhaus.« Richard leerte seinen Kaffeebecher und wischte sich mit der Serviette den dunklen Bart. »Es wird vom Hollvitzer Kirchenverein unterhalten, der auch die Spendengelder für die Restaurierungsarbeiten in der Kirche eingeworben hat. Bisher wurde aber erst eine Gebäudehälfte saniert. Jettes Äußerungen nach zu urteilen, ist das Haus noch eine halbe Baustelle.«

»Da bin ich froh, dass die Beschwerden diesmal nicht an mich gehen, Professor Gruben«, sagte Mulsow und grinste.

Richard musste lachen. »Habe ich mich jemals beklagt?«

Bert Mulsow lebte auf Fischland-Darß-Zingst und war auf der Halbinsel bis vor Kurzem als Kontaktbeamter der Polizei im Dienst gewesen. Während Richards Aufenthalten an der Ostsee hatte Mulsow ihm häufiger mit einer Unterkunft aus der Patsche helfen müssen. Und auch andere, bedeutend brenzligere Situationen wären ohne den Polizisten weniger glimpflich geendet. Vor gut vier Monaten war Mulsow in das Kriminalkommissariat Stralsund gewechselt, und da es einige Zeit her war, dass sie sich gesehen hatten, hatte Richard in der Hansestadt einen Zwischenstopp eingelegt, um sich mit dem Freund zu treffen.

Mulsow beäugte ihn nun prüfend. »Hast du dir das gut überlegt? Zwei Wochen auf einer Baustelle?«

»Die ruht. Die Sanierung der Kirche hat Priorität. Allen voran Jettes Altar.« Richard zerknüllte die Serviette. »Wenn es deine Zeit zulässt, Bert, komm die Tage vorbei. Ich würde mich freuen«, sagte er und fügte mit einem bedeutsamen Lächeln hinzu: »Wir beide.«

Richards Handy klingelte. Er angelte es aus seiner Jeans und schaute aufs Display. Jette. Mit einer Geste entschuldigte er sich bei Mulsow und entfernte sich einige Schritte. Den Blick auf die geschwungene weiße Metallfassade des Ozeaneums gerichtet, nahm Richard den Anruf entgegen.

»Wo bist du?«, begann Jette ohne Begrüßung. Sie hörte sich leicht gehetzt an.

»In Stralsund. Mit Bert.«

»Was denkst du, wie lange ihr noch braucht? Eine Stunde? Zwei?«

»Jette, ich bin gerade erst angekommen.« Mit der freien Hand fuhr er sich durch die schwarzen, grau durchzogenen Haare. »Was ist überhaupt los?«

»Du musst noch jemanden vom Bahnhof abholen.«

»Und wen?«

»Susanne Ortlepp.«

Richard erinnerte sich dunkel, den Namen in einem ihrer Telefonate gehört zu haben, konnte aber keinen Zusammenhang herstellen.

»Das ist wer noch mal?«

»Die Mitarbeiterin von der Landesdenkmalpflege in Schwerin. Frau Ortlepp überwacht alle Baumaßnahmen in der Kirche.

Mit ihr musste ich die Restaurierung des Altars abstimmen. Das hab ich dir doch alles erzählt.«

Am anderen Ende war leichte Verwunderung zu vernehmen. »Hast du. Ich stand bloß auf dem Schlauch«, sagte Richard und beeilte sich zu fragen:»Wann und wo trifft ihr Zug denn ein?«

»Zehn vor acht in Sassnitz.«

»Und wie spät ist es jetzt?«

»Fast Fünf.«

Rasch überschlug er die Zeit.»Krieg ich hin.«

»Ich dank dir!« Jette schien hörbar erleichtert.»Frau Ortlepp hätte auch wie immer ein Taxi genommen, aber da du eh auf dem Weg bist, habe ich ihr angeboten, sie könnte bei dir mitfahren. Das macht dir doch nichts aus?«

»Nein«, sagte Richard wahrheitsgemäß. Allerdings hatte er sich seinen ersten Abend in Hollvitz anders vorgestellt, als mit einer Denkmalpflegerin über kirchliches Kulturgut zu philosophieren. Dazu drängte sich ihm in Anbetracht der späten Ankunftszeit noch eine andere Frage auf.

»Was gibt es denn so Dringendes?«

»Das wüsste ich auch gern«, erwiderte Jette.»Frau Ortlepp hat am Telefon nur gesagt, dass sie unbedingt meine Meinung als Außenstehende hören will.«

»Klingt nach Schwierigkeiten mit dem Kirchenverein. Vielleicht reicht die Höhe der Spendengelder nicht aus.«

»Möglich. Bisher ist mir aber nichts zu Ohren gekommen. Zumal ich gestern noch mit dem Vereinsvorsitzenden gesprochen habe.«

»Neue Änderungswünsche, die sie durchboxen will?«, mutmaßte Richard.

»Kann ich mir nicht vorstellen. Frau Ortlepp war erst vor zwei Tagen zur Besprechung in Hollvitz. Wir beide hatten alles miteinander abgestimmt.«

Richard wandte sich zum Strelasund um, vom Wasser blies eine schwache Brise herüber.»Es scheint jedenfalls keinen Aufschub zu dulden, wenn die Landesdenkmalpflege zu dieser Uhrzeit noch Termine wahrnimmt.«

»Frau Ortlepp und ich sind für morgen verabredet.«

»Morgen? Also verbringt sie den Abend nicht mit uns?«

»Nein«, sagte sie gedehnt. »Außer du lädst sie ein.«

»Eher nicht.« Richard atmete innerlich auf. »Und wo soll ich sie dann absetzen? Hotel? Pension?«

»Soweit ich verstanden habe, hat sie ein Zimmer in Sassnitz gebucht. Wohin sie aber heute noch so dringend in Hollvitz will ...?« Jette machte eine Pause, als ginge sie in Gedanken die Optionen durch, gelangte aber anscheinend zu keinem Ergebnis.

»Ach, Frau Ortlepp wird schon wissen, wo sie rauswill«, sagte sie lax. »Also bis nachher. Und danke noch mal, dass du sie mitnimmst.«

»Kein Problem. Bis später.«

Sein Daumen schwebte über der Aus-Taste, da hörte er Jette rufen: »Richard! Warte!«

»Ja?«

»Es ist schön, dass du bald da bist.« Ihre Stimme klang jetzt deutlich gelöster. »Indianerehrenwort.«

2

»Keine weiteren neuen Nachrichten.«

Pastor Martin Lüdtke legte das Handy auf der Fensterbank ab. Umgehend schob er die schweißnasse Hand in die Jackentasche. Der Griff ging ins Leere. Er räusperte sich, lockerte den Hemdkragen, räusperte sich ein weiteres Mal. Nun suchte er die andere Tasche ab, mit steigender Nervosität. Zwei Zitronenbonbons. Ein unbenutztes Taschentuch. Sonst nichts. Martin schüttelte ein Hustenanfall.

Sich auf eine Stuhllehne stützend, dachte er an das Szenario, das nun drohte. Das zischende Pfeifen, das sich bei jedem Ausatmen eine Oktave höherschraubte. Der zähe glasige Schleim, der auch den allerkleinsten Winkel in seinen Bronchien verstopfte. Und die schmerzende Enge hinter der Brust, die ihm die Luft minütlich mehr und mehr abschnürte.

Konzentriert lauschte Martin seinem rasselnden Atem. Vier, fünf Minuten, schätzte er. Maximal sieben. Mehr Zeit blieb ihm nicht, um nach dem Notfallspray zu suchen.

Während seine Augen durch die Hollvitzer Sakristei irrten, verspürte er den ersten Anflug von Panik. In dem drei mal vier Meter großen Raum befand sich bis auf den Stuhl kein einziges Möbelstück mehr. Dort, wo sonst der wuchtige Wandschrank stand, in dem Martin neben Talar und Beffchen stets einen zweiten Inhalator verwahrte, stapelten sich jetzt zwei Dutzend Lehmputzsäcke. Es war nicht so, dass er keine Kenntnis von der Räumung gehabt hätte. Gerd Fechner hatte ihm die Aktion bereits vor Tagen angekündigt. Die Wände der Sakristei mussten neu verputzt werden, und Fechners Firma war mit den derzeitigen Baumaßnahmen in der Hollvitzer Kirche beauftragt. Wie dringend die Ausführung der Arbeiten war, wusste Martin bekanntlich besser als jeder andere. Also hatte Fechner gestern ein paar Freiwillige aus dem Kirchenverein zusammengetrommelt und die Möbel im Küsterhaus untergestellt. Einschließlich des Schranks samt zweitem Inhalator. Nur nützte Martin dieses Wissen gerade wenig. Sein Transporter parkte bei der alten Frau Klawitter, und bis zum Küsterhaus waren es gut dreihundert Meter. Zu Fuß bräuchte er in seinem Zustand mindestens zehn Minuten.

Die hatte er nicht mehr.

Martin sackte keuchend auf den Stuhl. Unter größter Anstrengung machte er den Rücken rund, stellte die Beine weit auseinander und legte die Unterarme auf die Knie. Kutschersitz. So hatte seine Ärztin die atemerleichternde Stellung genannt, als er vor zehn Jahren wegen ständiger Luftnot bei ihr vorstellig geworden war. Das war kurz nach seinem Amtsantritt auf Rügen gewesen, und die Angst vor einem Herzinfarkt hatte ihn in ihre Praxis getrieben. Mit Ende vierzig immerhin im Bereich des Möglichen. Die Diagnose fiel nach Abschluss diverser Untersuchungen und einem tiefgründigen Gespräch zwar anders, aber nicht weniger bedrohlich aus. Asthma. Allergisch bedingt und sich unter psychischer Belastung verstärkend. »Sie müssen Stress abbauen, Herr Pastor. Sonst erstickt er Sie irgendwann«, hatte seine Ärztin ihn mit gewichtiger Miene gewarnt. Ein Ratschlag, der – wenn auch medizinisch begründet – in seinem Amt schwer zu befolgen war.

Die Mitgliederzahlen der evangelischen Nordkirche schrumpften kontinuierlich. Mit ihnen die Steuereinnahmen. Immer weniger Geld stand für eine fortwährende kirchliche Versorgung zur Verfügung. In den letzten zwanzig Jahren wurde beinahe jede dritte Pfarrstelle gestrichen, der Einzugsbereich der Kirchengemeinden wuchs stetig. Über fünfzig Ortschaften zählten inzwischen zu Martins Gemeinde. Sieben Kirchen, drei Gemeindehäuser, zwölf Friedhöfe. Ohne die ehrenamtlichen Helfer könnte er die Arbeit, die neben seiner seelsorgerischen Tätigkeit tagtäglich anfiel, nicht mehr bewältigen. Buchhalter, Bauexperte, Hausmeister, Sozialarbeiter, Friedhofsgärtner – als Pastor war man das sprichwörtliche Mädchen für alles.

Doch nach und nach hatte Martin seine gesundheitlichen Probleme in den Griff bekommen. Er trieb Sport, entdeckte seine Leidenschaft fürs Laufen. Ernährte sich fleischlos und trank keinen Tropfen Alkohol mehr. Auf Anraten seiner Ärztin buchte er einen maßlos überteuerten, aber letztlich für ihn richtigen Kurs für kirchliche Führungskräfte. Er lernte, sich und andere besser zu organisieren, Wichtiges von weniger Wichtigem zu trennen, und die Asthmaanfälle traten nur noch sporadisch auf.

Auch die Propstei profitierte davon. Trotz demografischen Wandels war die Mitgliederzahl in Martins Gemeinde seit Jahren stabil, bei der Gruppe der unter Vierzigjährigen gab es sogar einen kleinen Zuwachs zu verzeichnen. Sein reges Engagement in der Kinder- und Familienarbeit zahlte sich allmählich aus. Besonders stolz war Martin auf die Kantorenstelle, die er durch eine gezielte Umverteilung seines Haushalts und das Akquirieren von Fördergeldern geschaffen hatte. Statt Musik vom Tablet, wie in vielen Dorfkirchen traurige Praxis, erklangen in seinen Gottesdiensten wieder die Orgeln. Wenn Pastor Martin Lüdtke in einigen Jahren in den Ruhestand ging, würde seine Nachfolge eine intakte und mit Leben erfüllte Gemeinde vorfinden.

Erneut übermannte Martin ein Hustenanfall. Falls er das Ende seiner Amtszeit noch erleben wollte, sollte er besser den Notruf wählen. Schleunigst. Das Pfeifen war mittlerweile deutlich hörbar und die Luft so dünn, als würde er durch einen Strohhalm atmen. Fahrig tastete Martin nach dem Telefon auf der Fensterbank, stoppte aber gleich darauf in der Bewegung. Die Mauernische neben der Tür war in sein Blickfeld gerückt. Das blaue Stück Plastik, das darin lag. Für den Bruchteil einer Sekunde starrte er es irritiert an, bis sein Verstand es mit dem Notfallspray in Einklang brachte.

Martin sprang vom Stuhl. Laut keuchend hastete er durch die Sakristei. Fast wäre der Inhalator seinen schwitzenden Fingern entglitten. Nach einem kurzen, hektischen Schütteln riss er die Kappe ab, umschloss das Mundstück mit den Lippen und nahm den erlösenden Hub. Wenig später hatte seine Lungenfunktion den Normalzustand erreicht. Und auch Martins Erinnerung setzte wieder ein. Er selbst hatte Fechner darum gebeten, das Spray aus dem Schrank zu nehmen und in die Nische zu legen. Eine reine Vorsichtsmaßnahme. Sein letzter Asthmaanfall lag schließlich Monate zurück. Dass Susanne Ortlepp keine fünf Sätze brauchte, um den Feind in seiner Brust zum Leben zu erwecken, hatte Martin zu diesem Zeitpunkt nicht wissen können.

Schon als er im Display gesehen hatte, dass sie eine Nachricht auf seiner Mailbox hinterlassen hatte, war in ihm eine böse Vorahnung aufgestiegen. Schließlich hatte sie ihm klar zu verstehen gegeben, dass sie sich der Angelegenheit schnellstens annehmen würde. Martin musste also von ihr hören. Doch schockierte ihn das Tempo, das sie dabei vorlegte. Gerade einmal achtundvierzig Stunden war es her, dass Susanne Ortlepp hier gestanden und ihm die düstere Zukunft prophezeit hatte. Dass es keine Schwarzmalerei war, daran zweifelte Martin nicht. Er kannte zu viele, denen das gleiche Schicksal widerfahren war. Zu viele, die durch doktrinäre Menschen wie Susanne Ortlepp ruiniert worden waren. Nichtsdestotrotz war er überzeugt, eine Lösung zu finden, um das Unheil abzuwenden, wenn er nur gründlich genug überlegte.

Martin tupfte sich mit dem Taschentuch den Schweiß von der Stirn. Die Denkmalpflegerin hatte sich für morgen Nachmittag angekündigt. Bis dahin würde er kaum mit einem auch nur halbwegs ausgereiften Plan aufwarten können. Also, was konnte er tun? Welche Möglichkeiten hatte er? Das Einzige, worauf er sich verstand, waren Worte. Worte, die die Menschen in ihrem Innersten erreichten, sie zum Nachdenken brachten. Bisweilen auch zum Handeln zwangen. Eine Idee begann sich in seinem Kopf zu formen. Abstrakt, konturlos. Aber klar genug, um zu erkennen, was er zu tun hatte.

Als Pastor Martin Lüdtke die Kirche mit dem Inhalator in der Tasche wieder verließ, fühlte er sich beinahe beschwingt. Er hatte genügend Luft. Und ausreichend Worte, um Susanne Ortlepp zum Schweigen zu bringen.

3

Die Abendsonne stand tief über dem Sassnitzer Bahnhofsvorplatz. Ihr warmes, intensives Licht ließ die Ziegelfassade des Empfangsgebäudes in einem satten Rot erstrahlen. Richard Gruben steuerte den Volvo in eine freie Lücke auf der ausgewiesenen Parkfläche und stieg aus. Die Uhr über dem Eingangsportal zeigte zwanzig Minuten vor acht. Noch ausreichend Zeit, um sich ein Bild von seinem unerwarteten Fahrgast zu machen.

Kurz vor Sassnitz war Richard eingefallen, dass er gar nicht wusste, wie diese Susanne Ortlepp überhaupt aussah. Er hatte versäumt, Jette danach zu fragen. Aber vermutlich würde ein Blick auf die Website der Landesdenkmalpflege ohnehin hilfreicher sein als eine nebulöse Beschreibung am Telefon. Er öffnete die Suchmaschine seines Smartphones und tippte das Amt zusammen mit dem Namen Susanne Ortlepp ein. Eine Unzahl von Treffern erschien im Bildschirm. Richard war verblüfft. Jedoch weniger über die Menge. Die Zuständigkeit des Landesamts für Kultur und Denkmalpflege umfasste alle Bau- und Kunstdenkmale in Mecklenburg-Vorpommern, die Mitarbeiter standen somit häufig in der medialen Öffentlichkeit. Vielmehr war es der Inhalt der Einträge, den er nicht erwartet hatte: Susanne Ortlepp trat im September bei der hiesigen Landtagswahl an.

Richard betrachtete eine Zeit lang einige Fotos, die eine kleine, fast zierliche Frau Anfang fünfzig mit blonder Föhnfrisur zeigten. Anschließend ging er auf Susanne Ortlepps Homepage. Ihren Beiträgen konnte er entnehmen, dass sie sich neben sozialen und kulturellen Projekten auch für den Naturschutz engagierte. Im Falle eines Einzugs in den Schweriner Landtag wollte sie sich für das Biosphärenreservat Flusslandschaft Elbe an der ehemaligen innerdeutschen Grenze starkmachen.

Offenbar gab es dort seit Jahren Bestrebungen zum Bau eines Aussichtsturms, die sie befürwortete. Darüber hinaus hatte sie eine Stiftung zur Erforschung einer Autoimmunerkrankung gegründet.

Richard schloss die Seite. Er war gerade im Begriff, den Internetauftritt der Landesdenkmalpflege aufzurufen, als eine schnarrende Lautsprecherstimme die bevorstehende Zugankunft verkündete. Eilig zog er sein Jackett vom Kleiderbügel hinter der Kopfstütze und machte sich auf den Weg zum Gleis.

Auf dem Bahnsteig herrschte wenig Betrieb. Richard postierte sich nahe dem Ausgang und beobachtete das Einrollen des Zuges. Bald darauf strömten etwa zwei Dutzend Passagiere aus den Waggons. In einiger Entfernung erkannte er Susanne Ortlepp. Sie trug eine helle, eng geschnittene Hose, das Türkis ihrer Seidenbluse und Slipper war farblich aufeinander abgestimmt. Um ihren Hals lag eine Kette mit großen, auffälligen Holzperlen. Hand- und Reisetasche waren aus Naturleder und unterstrichen ihre elegante Erscheinung. Als sie ihn auf sich zukommen sah, neigte sie den Kopf. Halb fragend, halb wissend.

»Richard Gruben, nehme ich an?«

Auf sein Nicken hin nannte sie ebenfalls ihren Namen und schenkte ihm ein einnehmendes Lächeln. Ihr Make-up war trotz mehrstündiger Zugfahrt makellos. Nach wiederholtem Versichern seinerseits, dass ihm der Abstecher zum Bahnhof keine Umstände bereitet habe, bot er an, ihr Gepäck zuallererst ins Hotel zu bringen. Susanne Ortlepp lehnte ab. Die Rezeption sei rund um die Uhr besetzt, und zudem sei es auch so schon reichlich spät. Sie würde am liebsten auf direktem Weg nach Hollvitz fahren.

Ein Wunsch, dem Richard allzu gern nachkam.

Während sie den Bahnsteig durch das Empfangsgebäude verließen, erkundigte er sich nach ihrer Zugfahrt.

»Ich hätte meinen Anschlusszug in Rostock um ein Haar verpasst. Das dritte Mal in diesem Monat. Und der hat erst begonnen.« Susanne Ortlepp seufzte. »Spaß macht das nicht mehr. Dabei nehme ich gern die Bahn, wenn es sich auf meinen Dienstfahrten einrichten lässt. Man kann die geschenkte Zeit hervorragend zum Arbeiten nutzen.«

»Leider führe ich dieses Argument für mich viel zu selten an«, gestand Richard.

»Darf ich fragen, was Sie beruflich machen?«

»Ich bin Kunsthistoriker.«

»Ernsthaft? Ein Kollege!« Mit Interesse sah sie zu ihm auf.

»Welches Fachgebiet?«

»Zeitgenössische britische Malerei.«

»Oh …«, machte sie, beinahe enttäuscht. »Das ist nun doch zu speziell, um von Kollegen zu sprechen.«

»Sehen Sie das so?«

»Sie sind anderer Ansicht?«

»Ich finde, so grundsätzliche Unterschiede gibt es in unser beider Arbeit nicht.«

»Inwiefern?«

»Im Großen und Ganzen geht es doch darum, Kulturgut zu erkennen, richtig einzuschätzen und es für die Nachwelt zu erhalten.« Richard betätigte die Fernbedienung. »Ob es nun das Bild eines jungen, aufstrebenden Malers ist oder der Altar einer Dorfkirche.«

Susanne Ortlepp blieb am Wagen stehen und nickte mehrmals mit leicht abwesendem Blick. Dann zog sie die Beifahrertür auf und schaute ihn über das Autodach hinweg erwartungsvoll an. »Wie sieht es aus, Herr Gruben? Hätten Sie morgen Nachmittag Zeit, meinem Termin mit Frau Herbusch beizuwohnen?«

»Zeit habe ich die nächsten Tage zur Genüge. Allerdings mangelt es mir bei Restaurierungsfragen dann doch an denkmalpflegerischem Fachwissen.«

»Machen Sie sich deswegen keine Gedanken«, wehrte sie seinen Einwand ab. »Es geht um etwas von größerer Bedeutung als einen Kirchenaltar aus dem 17. Jahrhundert. Ich würde sehr gern auch Ihre Meinung dazu hören.«

»Meine Meinung wozu genau?«

Das Klingeln ihres Handys brachte die Denkmalpflegerin um eine Antwort. Sie entschuldigte sich, stellte ihre Handtasche auf den Beifahrersitz und suchte darin hektisch nach dem Telefon. Richard verstaute derweil die Reisetasche im Kofferraum. Als er aufblickte, war Susanne Ortlepp fündig geworden. In ihrem Gesicht erkannte er ein kurzes Abwägen, bevor sie den Anruf entgegennahm.

»Ja? … Es ist entschieden … Jetzt nicht!«

Grußlos drückte sie den Anruf weg. Das Ganze hatte keine fünfzehn Sekunden gedauert.

Sie setzten sich ins Auto, und Richard startete den Motor.

»Meinetwegen hätten Sie nicht auflegen müssen.«

»Ich hätte gar nicht erst rangehen sollen.«

Ihr Tonfall ließ erkennen, dass sie verstimmt war. Der Anruf hatte anscheinend Ärger in Erinnerung gerufen. Doch dann schwenkte sie das Telefon und sagte mit beinah heiterer Stimme: »Ich bin immer noch unentschieden, ob diese Dinger Fluch oder Segen sind.«

»Es ist wohl wie bei fast allem eine Frage der Perspektive«, meinte Richard und lenkte den Wagen vom Parkplatz. »Heute jedenfalls haben die Annehmlichkeiten des digitalen Zeitalters unser Zusammenfinden um einiges vereinfacht.«

Sie schien einen Moment zu brauchen, bis sie seine Worte verinnerlicht hatte. Dann lächelte sie matt. »Das glaube ich Ihnen aufs Wort. Seit meiner Kandidatur dürfte es schwieriger sein, Informationen zu meiner Person *nicht* im Netz zu finden. Ob wahr oder falsch, sei dahingestellt.«

»Haben Sie Ihre Entscheidung deshalb schon einmal bereut?«

»Nein.« Ihre Antwort kam ohne jedes Zögern. »Wer Wahlen gewinnen will, muss aushalten können. Druck innerhalb und außerhalb der Partei, Wahlkampfstress oder eben Fake News. Außerdem habe ich es mir selbst ausgesucht.«

Der Volvo passierte rechter Hand ein großes, repräsentatives

Gebäude aus den Fünfzigern, das aber offenkundig dem Verfall preisgegeben war. Dem verblassten Schriftzug am Giebel nach hatte sich früher ein Kino darin befunden. Am Ende der Bahnhofstraße angelangt, fuhr Richard in den Kreisverkehr ein und verließ ihn an der Ausfahrt in Richtung Königsstuhl.

»Einen Wahlkampf aus dem Beruf heraus zu führen, ist sicher eine zusätzliche Herausforderung«, nahm Richard den Gesprächsfaden wieder auf.

Susanne Ortlepp nickte. »Im Grunde ist es ein Vierundzwanzig-Stunden-Arbeitstag. Ohne einen fest strukturierten Zeitplan wäre ich verloren. Und die heiße Wahlkampfphase steht mir erst bevor. Ich selbst werde mich …« Sie stockte und verbesserte: »Ich beabsichtige, mich für die letzten Wochen beurlauben zu lassen, trotzdem bleibt es ein Fulltime-Job.«

Es klang, als wäre die Möglichkeit einer Freistellung ungewiss. Wobei Richard nicht glaubte, dass das Gespräch mit ihrem Arbeitgeber noch ausstand. Susanne Ortlepp wirkte auf ihn viel zu aufgeräumt und durchgeplant, als dass sie diesen Punkt nicht längst abgeklärt hätte. Er beließ es aber dabei und sagte: »Freiräume für die Familie zu schaffen, ist da wahrscheinlich ein wahrer Balanceakt.«

»Mehr als das. Unsere beiden Söhne gehen zum Glück längst ihre eigenen Wege, aber mein Mann arbeitet als Klinikarzt im Schichtdienst. Wenn's hochkommt, reden wir drei-, viermal in der Woche auf unserer Einfahrt aus dem Auto heraus.« Sie hob die Hände. »Aber wir wussten, was auf uns zukommt, und haben diesen Schritt gemeinsam entschieden.«

Mittlerweile hatten sie Sassnitz hinter sich gelassen, und die Straße schlängelte sich nun durch dichtes Waldgebiet. Richard schaltete einen Gang höher. »Und wann ist der Wunsch zu einer Kandidatur in Ihnen gereift?«

»Dieses *Wann* hat es bei mir genau genommen nie gegeben«, sagte sie. »Ich komme aus einer Politikerfamilie. Meine Schwester ist Landrätin, und mein Vater saß für dieselbe Partei schon in den Neunzigern im Schweriner Parlament.«

»Ein Hintergrund, der Ihnen die Bewerbung auf so ein Amt erleichtert?«

Als sie nicht antwortete, musterte er sie kurz aus dem Augenwinkel. Susanne Ortlepp starrte aus dem Seitenfenster, als müsste sie erst darüber nachdenken. Über eine Frage, die ihr sicherlich nicht zum ersten Mal jemand gestellt hatte. »Wissen Sie, Herr Gruben«, sagte sie schließlich und wartete, bis er den Blick von der Fahrbahn nahm. In ihrem Gesicht erschien ein Lächeln, doch es schien seltsam bemüht. »Es ist wie mit dem Smartphone: alles eine Frage der Perspektive.«

Die restlichen Minuten der knapp viertelstündigen Fahrt schwiegen sie. Hinter einer Kurve lichtete sich der Wald. Das Navigationsgerät befahl, in die nächste Abzweigung einzubiegen, wo eine schmale asphaltierte Straße ins Inselinnere nach Hollvitz führte. Nach etwa zwei Kilometern tauchte aus der immer tiefer werdenden Dämmerung eine Bushaltestelle auf.

Susanne Ortlepp beugte sich vor. »Dort können Sie mich rauslassen.«

»Hier?«, wunderte sich Richard laut, der außer dem verwaisten gläsernen Unterstand keine Zeichen von Zivilisation ausmachen konnte. Rapsfelder und wild wucherndes Buschwerk erstreckten sich zu beiden Seiten der Straße. Und laut seinem Navi war es bis Hollvitz noch gut einen Kilometer.

»Ja, bitte«, bekräftigte sie. »Das geht in Ordnung.«

Er bremste ab und hielt auf Höhe der Haltestelle. Durch die Frontscheibe erblickte er nun wenige Meter dahinter einen asphaltierten Weg, der um hohes Buschwerk herumführte. Ein rotes, verblichenes Schild, das fast von Grün eingewachsen war, warb für eine Handwerksfirma: »Baubetrieb Fechner«.

»Vielen Dank fürs Mitnehmen, Herr Gruben.«

Sie standen sich am Heck des Autos gegenüber. Der süße Rapsblütengeruch hing schwer in der noch sonnengewärmten Luft.

»Keine Ursache.« Richard hob die Reisetasche aus dem Kofferraum und nickte in den Weg. »Sie sind sicher, dass Sie den Rest laufen wollen?«

»Es sind nur ein paar Schritte«, beteuerte sie und setzte nach einer Pause hinzu: »Die brauche ich noch.«

Er zögerte. Sollte er ihr seine Fahrdienste weiter aufdrängen? Richard fühlte sich unwohl dabei, sie in der hereinbrechenden Dunkelheit zwischen Feld und Flur abzusetzen. Zumal weder er noch Jette wussten, wohin sie zu dieser fortgeschrittenen Zeit eigentlich wollte. Er kam aber nicht dazu, dem befremdlichen Gedanken nachzuhängen, denn Susanne Ortlepp reichte ihm nun schwungvoll die Hand.

»Wir sehen uns morgen Nachmittag in der Kirche?«

»Um meine Meinung worüber zu hören?«, erinnerte Richard an die noch ausstehende Antwort.

»Dafür müsste ich jetzt zu weit ausholen, und Frau Herbusch wartet längst auf Sie. So viel kann ich Ihnen aber verraten, Herr Gruben: Der Name Hollvitz wird schon sehr bald durch die internationale Presse geistern.«

Er hob die Augenbrauen. »Sie machen es spannend.«

»Es ist spannend.« Mit einem vieldeutigen Lächeln schulterte Susanne Ortlepp ihr Gepäck und wandte sich zum Gehen. »Noch einen schönen Abend. Und grüßen Sie Frau Herbusch von mir.«

Sekunden darauf verlor sich ihre zierliche Gestalt in der Abenddämmerung. Ein eigentümliches Gefühl stieg in ihm hoch, und es legte sich erst, als Richard vor dem Küsterhaus parkte.

4

Hercule Poirot wedelte mit dem Finger und blickte die Anwesenden im Kaminzimmer der Reihe nach an, ehe er seinen Gehstock unversehens auf eine dürre alternde Jungfer im schwarzen Spitzenkleid richtete. Ruth Klawitter war sich sicher, dass der belgische Detektiv in diesem Augenblick die Mörderin verkündete. Sie hatte schon Dutzende Folgen der britischen Fernsehserie gesehen und konnte die Szene auch ohne Ton mühelos deuten. Weshalb der Fernseher noch lief, wusste sie selbst nicht so genau. Ruth hatte die Lautstärke bereits vor Stunden heruntergedreht und kaum mehr richtig hingesehen. Das Läuten an der Tür hatte sie zu sehr aufgewühlt. Der Schreck steckte ihr noch immer in den Knochen.

Um kurz nach acht war sie von ihrem allabendlichen Stallgang zurückgekommen, hatte sich einen Pfefferminztee aufgebrüht und sich ins Wohnzimmer vor den Fernseher gesetzt. Eine Doppelfolge Agatha Christies »Poirot«. Ihre Ladyschaft wurde gerade vom schwedischen Kindermädchen tot in der Badewanne aufgefunden, als Ruths Türglocke schrillte. Wie immer hatte sie beim Läuten eine leichte Unruhe erfasst. In den fast sechzig Jahren, die Ruth in diesem Haus lebte, klopften ihre Nachbarn und Verwandten an die Hintertür. Sogar Pastor Lüdtke klingelte nie. Die Türglocke hieß also immer, dass Ruth den Besucher nicht oder nur wenig kannte. Und zu dieser späten Stunde entpuppte sich der Anlass meist als unerfreulich. Ruth öffnete niemals, ohne zuvor am Küchenfenster durch die Gardinen zu spähen. So auch heute. Dass sie beim Anblick von Susanne Ortlepp nicht auf der Stelle einen Schlag erlitten hatte, grenzte nahezu an ein Wunder.

Natürlich hatte Ruth die Frau nicht ins Haus gelassen. Selbst wenn sie es gewollt hätte, wäre sie nicht imstande gewesen, die Tür zu öffnen. Aber die Dreistigkeit, mit der diese Person ein zweites Mal bei ihr aufgekreuzt war, ärgerte und ängstigte Ruth zugleich. Was wollte Susanne Ortlepp noch von ihr? Hatte sie denn nichts begriffen? Es gab keine Wiedergutmachung für das, was geschehen war. Keine tröstenden Worte oder warmherzigen Umarmungen würden Ruth jemals den Schmerz nehmen. Und Vergebung konnte Susanne Ortlepp wohl kaum erwarten. Ruth hatte gedacht, sie hätte sich verständlich ausgedrückt. Und er ebenso.

Oder doch nicht?

Erst jetzt wurde sich Ruth der Unzulänglichkeit bewusst. In den vergangenen Stunden war sie zu geschockt gewesen, um es zu bemerken. Düstere Bilder hatten ihre Gedanken beherrscht. Aber nun, während sie länger darüber nachdachte, fiel ihr der Fehler auf, den sie vorhin übersehen hatte: Susanne Ortlepp hätte gar nicht hier sein dürfen. Er hatte ihr doch versichert, dass sie sie niemals wieder belästigen würde. *Ich kümmere mich darum. Versprochen.* Hatte er es versäumt? Ihre Sorge womöglich nicht ernst genug genommen? Er hatte doch mit eigenen Augen gesehen, wie sehr ihr das Auftauchen dieser Frau zugesetzt hatte. Ruth nahm sich vor, noch einmal mit ihm zu sprechen. Denn einen weiteren Besuch von Susanne Ortlepp würde sie nicht überleben.

Schwerfällig stemmte sie sich aus ihrem Ohrensessel. Poirot trank inzwischen Tee mit Mrs. Oliver. Der Fall war gelöst. Ruth schaltete den Fernseher ab und massierte ihre steifen, geschwollenen Fingerknöchel. Sie hätte schon längst wegen eines Folgerezepts zu ihrem Hausarzt gemusst. Ohne ihre Pillen würde sie bald keinen einzigen Handgriff mehr machen können. Und jetzt, da sie im Stall die Entenküken hatte, konnte sie das wahrlich nicht gebrauchen. Nur befand sich die Arztpraxis in Sassnitz, Ruth müsste den Bus nehmen. Bei den dürftigen Verbindungen saß sie dann wieder den halben Tag in der Stadt fest. Das Gescheiteste wäre, sie klingelte erst einmal beim Doktor durch. Vielleicht würde er ihr ja einen Hausbesuch abstatten, wenn sie es mit dem Jammern ordentlich anstellte. Schließlich konnte er von einer zweiundachtzigjährigen Arthritispatientin nicht verlangen, dass sie ständig mit dem Bus zur Sprechstunde fuhr.

Ruth löschte die Stehlampe, der helle Mondschein fiel ins Wohnzimmer. Durch das Halbdunkel schlurfte sie in ihren Pantoffeln zur Küche. Auf der Türschwelle hielt sie abrupt inne. Das Kissen auf der Eckbank war leer. Sie ging zum Tisch, schlug die Wachstuchdecke zurück, konnte Bobby aber auch auf keinem der Stühle entdecken. War ihr der Kater etwa unbemerkt entwischt? Seit ihre Entenküken geschlüpft waren, ließ sie Bobby nicht mehr aus dem Haus. Die Vorstellung, dass er womöglich am Stall herumstreunte, gefiel ihr nicht.

Mit sorgenvollem Blick stellte Ruth sich hinter das Fenster. Auch in der Nacht hatte man von hier die beste Sicht. Nirgendwo in der Siedlung brannte Licht. Weder in Florians Jurte noch bei ihren direkten Nachbarn gegenüber. Und in der alten Direktorenvilla versperrten die Rollläden die Fenster. Einzig auf Fechners Bauhof war die Nachtbeleuchtung eingeschaltet. Ruth beugte sich vor und spähte zu ihrem Entenstall, der auf der Anhöhe beim Wäldchen stand. Die Wärmelampen warfen wie üblich ihr rotes Licht in die Dunkelheit. Der Bewegungsmelder über der Eingangstür schien. Ruths Blick verharrte. Zunächst wusste sie ihre Irritation nicht zu greifen, aber dann arbeiteten die grauen Zellen auf Hochtouren.

Das Licht der Außenlampe brannte – jemand war bei ihrem Stall.

Den Kater schloss Ruth sofort aus. Ihr Schwiegersohn hatte ihr einen Bewegungsmelder mit Kleintiererkennung installiert, alles unter einen Meter vierzig erfasste der Sensor nicht. Wahrscheinlicher war, dass sich dort oben wieder ein paar dieser Rowdys herumtrieben. Hinter dem Wäldchen befand sich die Ruine des Kreidewerks, und die war nachts ein beliebter Treffpunkt bei den Jugendlichen aus den umliegenden Dörfern. Der Weg dorthin führte die meisten an Ruths Stall vorbei.

Trotzdem. Der Lichtschein beunruhigte sie. Auf Rügen

wurde dieses Frühjahr bereits dreimal in Tiergehege einge-
brochen. Die Ostsee-Zeitung hatte etwas von bandenmäßigem
Diebstahl seltener Geflügelrassen geschrieben. Und dass Ruth
Klawitter aus Hollvitz Pommernenten züchtete, die auf der
Roten Liste gefährdeter Haustierrassen standen, war auf der
Insel einschlägig bekannt.

Als das Licht auch nach fünf weiteren Minuten nicht erlosch,
war Ruth überzeugt, dass da etwas nicht stimmte. Aber sie
konnte die Polizei ja schlecht wegen einer brennenden Lampe
alarmieren. Auch wenn es beinahe Mitternacht war. Man würde
ihren Anruf vermutlich nur als die Spinnerei einer einsamen,
gelangweilten Alten abtun und erst morgen Mittag eine Streife
vorbeischicken. Am besten, sie vergewisserte sich gleich selbst,
dass es ihren Tieren gut ging.

Eilends wandte sich Ruth vom Fenster ab und zog die
Schublade im Buffetschrank auf. Mit der Taschenlampe in der
Hand lief sie in den Flur, tauschte die Pantoffeln gegen ihre
Holzclogs ein und trat nach draußen. Laue Nachtluft umfing
sie. Vom Wäldchen drang gedämpftes Blätterrauschen herüber.
Einen Moment lang rief sie leise nach Bobby. Vergebens. Der
Kater ließ sich nicht blicken. Dann sah Ruth noch einmal zum
Entenstall hinüber. Die Außenlampe war erloschen. Sie zögerte.
Waren es doch bloß die Dorfjungs gewesen? Oder ein nacht-
aktiver Vogel auf Beutezug? Aber ihre Unruhe ließ sich nicht
abschütteln.

Ruth machte den ersten Schritt, als ein gellender Schrei sie
erstarren ließ.

5

Richard wachte auf. Etwas hallte in seinen Ohren. Ein helles, durchdringendes Geräusch, das sich in das Rauschen seines Tinnitus gemischt hatte. Er hob den Oberkörper an und suchte nach seiner Uhr neben dem Bett. Dreiundzwanzig Uhr achtundfünfzig. Vor dem gekippten Fenster raschelten die Vorhänge. Das durchsickernde Licht fiel auf fremde Möbel, einen Kachelofen. Seinen aufgeklappten Koffer bei der Tür. Auf dem Boden erkannte er Jettes Kleid. Richard sank zurück. Mit geschlossenen Augen lauschte er den ruhigen, vertrauten Atemzügen neben sich. Er inhalierte den Geruch ihrer Haut, ihrer Haare. Das durchdringende Geräusch war verstummt.

Als er das nächste Mal auf die Uhr sah, hatte Richard zwei Stunden geschlafen, und ein merklicher Schmerz pochte hinter seiner Stirn. An Weiterschlafen war nicht mehr zu denken. Er schlug die Decke zurück, streifte Boxershorts und T-Shirt über und verließ so leise wie möglich das Zimmer. Im Flur roch es muffig, nach Staub und modrigem Holz. Der Geruch jahrzehntelangen Leerstands. Der niedrige, schlauchartige Raum gehörte zum unsanierten Teil des Küsterhauses. Von den Wänden bröckelte der Putz, die Dielenbretter waren mit einer grauen Patina überzogen. Rechter Hand führte eine einläufige ausgetretene Holztreppe ins Dachgeschoss. Trotz der milden Frühlingstemperaturen herrschte im Flur eine feuchte Kälte. Richard konnte bloß hoffen, dass es ein ebenso warmer, freundlicher Herbst werden würde. Jettes Auftrag würde sie noch bis Mitte November hier beschäftigen, und im Haus war keine moderne Heizungsanlage installiert.

Richard ging ins Bad, fand aber weder in seiner Kulturtasche noch in Jettes Spiegelschrank irgendein Schmerzmittel. Da er sie nicht wecken wollte, blieb ihm nur, in seinem Auto danach zu suchen. Vor dem Haus hielt er einen Moment inne und atmete die klare, frische Luft. Die Fenster bei den wenigen Nachbarn waren dunkel, das ferne heisere Bellen eines Hundes drang herüber. In einigen Metern Entfernung sah er den von einem Scheinwerfer angestrahlten quadratischen Kirchturm in den Nachthimmel aufragen. Das Kirchenschiff war nur als schemenhafter Schatten zu erkennen. Richard hatte bei seiner Ankunft noch einen kurzen Blick darauf werfen können. Ein aus Backstein gemauerter, ziegelgedeckter Bau, der von hohen, efeubewachsenen Buchen umsäumt war. Überhaupt gab es in dem Hundert-Seelen-Ort viel alten Baumbestand, wie ihm angenehm aufgefallen war.

Richards Wagen parkte an der Giebelseite. Die Fernbedienung piepte sträflich laut in der Stille. Gleich mit dem Griff ins Handschuhfach wurde er fündig, zwischen Henriks Benjamin-Blümchen-CDs lag ein angebrochener Blister mit Ibuprofen. Richard schloss die Klappe. Stutzte und hob schließlich das scheckkartengroße weiße Etwas von der Fußmatte auf. Er betrachtete es genauer. Eine Schlüsselkarte. Dem Aufdruck nach Eigentum des Schweriner Landesamts für Kultur und Denkmalpflege. Sie musste Susanne Ortlepp ungesehen aus der Handtasche gerutscht sein, als sie darin nach ihrem Handy gesucht hatte. Richard nahm die Karte ebenfalls an sich und ging zurück ins Haus.

Die renovierte, großzügig geschnittene Küche stand im völligen Gegensatz zum Flur. Neues Altholzparkett. Freiliegendes Fachwerk. Weißer Putz an Wänden und Decke. Die helle Einbauküche und das Sammelsurium an Flohmarktfundstücken verliehen dem Raum eine ganz eigene behagliche Atmosphäre. Einzig das Tischsofa hatte Jette – wie das Bett – unmittelbar nach ihrem Einzug dazugekauft. Neben dem Bad und dem Schlafzimmer gab es keine weiteren sanierten Räume, sodass sich zwangsläufig alles Leben in der Küche abspielte. Und sieben Monate auf harten Holzstühlen waren auf Dauer recht unbequem.

Jette zufolge wurde das Küsterhaus bisher sporadisch genutzt, für Gemeindenachmittage oder wie jetzt als Unterstellplatz für irgendwelches Mobiliar aus der Sakristei. Was genau der Hollvitzer Kirchenverein nach der Instandsetzung mit dem Haus vorhatte, stand angeblich noch in den Sternen. Richard nahm an, dass die Unterhaltungskosten für gelegentliche Vereinszwecke viel zu hoch sein dürften. Eine dauerhafte Nutzung durch einen freien oder kirchlichen Träger wäre da schon nachhaltiger. Allerdings bot die geringe Quadratmeterfläche kaum Möglichkeiten für soziale Einrichtungen wie Pflege- oder Schullandheim. Das Haus als das zu nutzen, für dessen Zweck es einmal angedacht war, erschien ihm die ansprechendste und sinnvollste Lösung. Aber das hatten andere zu entscheiden.

Richard drückte eine Schmerztablette aus der Packung und schluckte sie mit einem halben Glas Wasser. Auf dem Tisch standen noch die Reste ihres Abendessens. Er räumte die Teller ab, stellte das Risotto in den Kühlschrank, trat ans Fenster und wartete, dass das Ibuprofen seine Wirkung tat.

Die Küche lag zur Kirche raus. Der helle Ausschnitt des Turms lenkte seine Gedanken auf Susanne Ortlepp. Auf ihre Äußerung über den anstehenden Termin. Jette hatte es nicht sonderlich gewundert, dass sie sie offenbar aus einem anderen Grund sprechen wollte. Als Restauratorin war sie viel zu stark in die Altarsanierung eingebunden, als dass die Denkmalpflegerin eine unvoreingenommene Meinung von ihr erwarten konnte.

Vielmehr vermutete Jette einen Zusammenhang mit den gegenwärtigen Baumaßnahmen in der Sakristei. Am Vormittag hatte ein Bausachverständiger die Feuchtigkeit in den zweischaligen Fachwerkwänden gemessen und erhebliche Schäden festgestellt. Ein kleines Fiasko bei dem ohnehin knapp kalkulierten Kostenrahmen. Nur wie Richard hatte auch Jette keine Idee, weshalb die finanziellen Probleme der Hollvitzer Kirche weltweit für Schlagzeilen sorgen sollten. Oder die Sakristei selbst. Wie Jette erzählt hatte, wurde der Nebenraum erst 1926 an das Kirchenschiff angebaut und war ein schlichter, unscheinbarer

Fachwerkbau mit Behelfsdach. So aufsehenerregend wie der Schuppen hinter dem Küsterhaus.

»Richard?«

Er blickte sich um. Jette kam auf ihn zu, den Gürtel einer knielangen Strickjacke bindend. Ihre dunkelblonden, bis zum Kinn reichenden Haare waren zerzaust, die Beine unter dem Saum der Jacke nackt. Als sie kurz den Kopf zum Tisch wandte, sah Richard die Narbe an ihrem Hals. Bleistiftdick zog sie sich vom linken Ohr zu der Mulde zwischen den Schlüsselbeinen. Wieder fiel ihm auf, wie sich ihre Farbe mit den Lichtverhältnissen änderte. Mal blassrot, mal bläulich. Jetzt im schwachen Licht der Küche schimmerte sie dunkelviolett. Auch eineinhalb Jahre später war Richards Erinnerung so klar, als hätte er erst gestern seine Hände auf Jettes blutenden Hals gepresst.

Sie lehnte sich von hinten an ihn. »Ist was mit Henrik?«

»Alles gut. Nur Kopfschmerzen.«

»Schlimm?«

Richard tastete nach ihren Händen. »Nicht mehr.«

Ihr schlafwarmer Atem streifte seinen Nacken, verriet ihm, dass sie lächelte. Nach einer Weile hörte er Jette leise fragen: »Verrätst du mir, worüber du mitten in der Nacht grübelst?«

»Susanne Ortlepp.«

»Muss ich mir Sorgen machen?« Wieder spürte er den wohligen Hauch in seinem Nacken.

»Nun …«, sagte er in einem Ton, als müsste er überlegen.

Jette knuffte ihn in die Seite und löste sich aus der Umarmung. »Möchtest du auch einen Tee?«

»Gern.«

Richard folgte ihr zur Küchenzeile, wo sie einige Löffel Tee in eine Kanne häufte. Das Floralmuster darauf kam ihm bekannt vor. Vermutlich hatte seine Mutter das gleiche alte Porzellan im Küchenschrank.

»Wer außer uns wird bei dem Termin morgen noch dabei sein?«

»Hm.« Jette schob die Unterlippe vor. »Dazu hat Frau Ortlepp sich nicht geäußert. Ich nehme aber an, Pastor Lüdtke auf jeden Fall.«

Richard befüllte den Wasserkocher und steckte ihn in die Halterung. »Erinnere mich bitte daran, dass ich Frau Ortlepps Schlüsselkarte mit in die Kirche nehme.«

»Ihre Schlüsselkarte? Wo ist dir denn die untergekommen?«

Auf Jettes Stirn stand eine steile Falte.

»In meinem Auto, auf der Fußmatte.« Er nickte zu der Kommode neben dem Sofa, wo er die Karte in einer leeren Obstschale abgelegt hatte. »Anscheinend war sie wegen des Anrufs ziemlich zerstreut.«

»Welcher Anruf?«

»Habe ich den nicht erwähnt?«

»Nur dein komisches Bauchgefühl«, sagte Jette grienend und nahm auf einem Stuhl am Fenster Platz.

Bereits beim Abendessen hatte sie ihn wegen seiner Bedenken, die Denkmalpflegerin mitten in der Pampa abgesetzt zu haben, aufgezogen. Laut Jette führte der Weg hinter der Bushaltestelle zu einer kleinen Siedlung, die zu Hollvitz gehörte. Von dort waren es knapp drei Minuten Fußweg statt einer Viertelstunde Marsch aus Richtung Dorf.

Richard nahm zwei Tassen aus dem Hängeschrank und stellte sie auf den Tisch. »Mach dich ruhig lustig über einen Mann mit tugendhaften Prinzipien.«

Sie wuselte ihm durch die Haare. »Tue ich gar nicht. Ich bin nur sicher, dass Frau Ortlepp wohlbehalten in der Werkssiedlung angekommen ist.«

»Ach ja? Und woher nimmst du diese Gewissheit?«

»Bauchgefühl.«

Schmunzelnd beugte er sich zu ihr hinunter und küsste sie. Auf der Küchenzeile klackte der Wasserkocher. Richard brühte den Tee auf und setzte sich mit der Kanne zu Jette an den Tisch.

»Wieso Werkssiedlung?«, wollte er wissen.

»Was genau meinst du?«

»Du hast eben ›Werkssiedlung‹ gesagt. Vorhin beim Essen

hörte es sich an, als wäre es eine reine Wohnsiedlung mit lediglich drei Häusern.«

»Das stimmt auch. Na ja, fast.« Jettes Zeigefinger kreiste um den Kannendeckel. »Bis kurz vor Kriegsende befand sich an der Stelle ein Kreidewerk. Außer der Ruine am Wäldchen gibt es aber nichts mehr, was an diese Zeit erinnert. Nur die Direktorenvilla und zwei kleine Wohnhäuser stehen noch. Der damalige Werkseigentümer hat sie für seine eigene Familie und die der beiden Vorarbeiter bauen lassen. Darum der Begriff Werkssiedlung. Wenn du Genaueres wissen willst, musst du Gerd Fechner fragen.«

»Der mit dem Baubetrieb? Zu dem Susanne Ortlepp wollte?«

Jette war im Laufe des Abends zu dem Schluss gelangt, dass die Denkmalpflegerin nur zu Gerd Fechner gewollt haben könnte. Fechner wohnte in der Siedlung und war Vorsitzender des Kirchenvereins. Außerdem führte die Firma Fechner die Bauarbeiten in der Sakristei aus.

Mit einem Nicken goss sie die Tassen voll. »Das Kreidewerk war im Besitz seiner Familie, bevor diese '45 enteignet wurde. Nach der Wende hat man Fechner das Land einschließlich der Häuser rückübertragen, und er hat später sein Firmengebäude darauf errichtet.«

»Die Familie ist damals in den Westen geflohen?«

Kurzes Schulterzucken. »Ich nehme es an. Gerd Fechner stammt ursprünglich aus Schleswig-Holstein.«

Richard zog seine Tasse heran. »Er selbst wohnt wieder in der Villa?«

»Mit Tochter und Schwiegersohn.«

»Was ist mit den anderen Häusern?«

»Sind vermietet. An Familie Jacobi und an die alte Ruth Klawitter. Im Ganzen leben nur sieben Leute in der Siedlung.« Jette blies vorsichtig auf ihren Tee. Eine kleine Dampfwolke stieg hoch. »Ach nein! Acht. Florian natürlich noch.«

»Natürlich«, wiederholte er in ironischem Ton.

Sie senkte die Tasse, lächelte. »Florian Wenzel. Er jobbt beim

Baubetrieb Fechner und hilft mir hin und wieder in der Kirche. Bei den Schutzabdeckungen oder beim Umsetzen meines Gerüsts. Du wirst ihn die Tage noch kennenlernen.« Nach einem Schluck Tee lehnte Richard sich mit einem Stirnrunzeln zurück. »Ist es nicht etwas befremdlich, dass ausgerechnet Fechners Baufirma mit den Arbeiten in der Sakristei beauftragt wurde?«

»Du denkst an Vetternwirtschaft?«

»Der Gedanke liegt nahe. Fechner steht in seiner Funktion als Vereinsvorsitzender auch auf der Bauherrnseite.«

Jette schüttelte entschieden den Kopf. »Der Verein hat nur Spendengelder eingeworben. Die Auftragsvergabe obliegt der Kirche selbst. Und die hat die Baumaßnahme vor Monaten öffentlich ausgeschrieben.«

»Der günstigste Bieter bekommt den Zuschlag«, folgerte Richard.

»Und der war nach Prüfung aller Angebote Gerd Fechner.«

Jette trank von ihrem Tee. »Obwohl er schon einen gewissen Heimvorteil hatte.«

»Inwiefern?«

»Die meisten Firmen geben allein auf der Grundlage des Leistungsverzeichnisses ein Angebot ab, ohne sich überhaupt ein Bild vor Ort zu machen. Aus Zeitmangel oder weil es einen zu großen Aufwand für sie darstellt. Daher gehen einige von vornherein mit dem Preis lieber ein bisschen höher ran. Herr Fechner hingegen weiß als Hollvitzer um den Zustand der Kirche natürlich bestens Bescheid.«

»Und die Feuchteschäden waren ihm dann nicht bekannt?«, wunderte sich Richard.

»Der Sachverständige hat mir erklärt, sie wären mit bloßem Auge nicht sichtbar gewesen. Die Kirche hätte diese Untersuchungen vor der Ausschreibung veranlassen müssen. Oder richtiger gesagt: Das beauftragte Planungsbüro hat geschlampt.« Jette stöhnte. »Pastor Lüdtke wird aus allen Wolken fallen, wenn er von dem Ergebnis hört.«

»Der Pastor wusste nicht, dass ein Sachverständiger kommt?«

»Doch. Er war nur terminlich woanders gebunden. Darum hatte er mich gebeten, den Mann in Empfang zu nehmen. Pastor Lüdtke wollte dann am Nachmittag bei mir in der Kirche vorbeischauen, um sich nach dem Ausgang zu erkundigen. Aber wir müssen uns irgendwie verpasst haben.«

»Er hat nicht einmal telefonisch nachgefragt?«

»Tja, fand ich auch seltsam. So eine Schadensbeseitigung kann schließlich teuer werden.«

Richard leerte seine Tasse. »Wer hat denn den Sachverständigen im Nachhinein beauftragt? Die Kirche?«

»Ja, auf Anraten der Landesdenkmalpflege.«

»Susanne Ortlepp also?«

Jette nickte. »Bei ihrem Besuch vor zwei Tagen musste Florian für sie eine Öffnung in der Wand freilegen. Sie wollte sich selbst ein Bild über den Zustand von Holz und Mauerwerk machen.«

»Hatte sie einen konkreten Verdacht, dass etwas nicht stimmt?«

»Keine Ahnung. Sie ist wohl einfach nur gründlicher als der Planer.«

»Bist du dabei gewesen?«

»Nein, nur Florian und Pastor Lüdtke waren noch da. Ich bin gegangen, nachdem ich meine Arbeiten mit ihr abgestimmt hatte. Mit der Sanierung der Sakristei habe ich ja nichts zu tun.« Nach einem Gähnen rückte sie ihren Stuhl zurück. »Wahrscheinlich sieht Frau Ortlepp mich deshalb auch als Außenstehende an.«

»Bleibt die Frage nach der Bedeutsamkeit.«

»Die wir beide heute Nacht aber nicht mehr klären können, Richard.« Jette erhob sich vom Tisch und musterte ihn besorgt. »Was macht dein Kopfschmerz?«

»Fast weg«, log er und goss sich eine weitere Tasse ein. »Geh du wieder schlafen. Ich komme gleich nach.«

Sie hauchte einen Kuss auf seine Wange. An der Tür schaute

sie noch einmal zu ihm zurück. Ihr Gesicht war halb im Schatten verborgen, sodass Richard den Ausdruck darin nicht ergründen konnte. Doch der leicht gekränkte Ton in ihrer Stimme war unmissverständlich.

»Du weißt, du hättest Henrik mitbringen können.«

»Charlotte wollte sowieso ein paar Tage mit ihm zu ihren Eltern fahren. Meine Reisepläne passten da ganz gut«, entgegnete er ausweichend, weil er ihren abrupten Stimmungswandel nicht einzuordnen wusste.

Ein schwaches Seufzen war zu hören. »Ich hab sagen wollen, ich hätte mich gefreut, Henrik zu sehen.«

»Ich weiß.«

»Und?«

»Und was?«

»Warum hast du ihn dann nicht mitgebracht?

»Ich hätte den Kürzeren gezogen.«

»So besitzergreifend kenne ich dich gar nicht.«

»Drei Wochen sind eine lange Zeit. Das kann einen Menschen verändern.«

Jette machte einen scharfen Atemzug, als ob sie zu einer Erwiderung ansetzen wollte. Doch dann murmelte sie nur ein Mach-nicht-mehr-so-lange und ging. Er lauschte ihren Schritten nach, bis die Schlafzimmertür ins Schloss fiel.

Richard konnte es an nichts Bestimmtem festmachen, aber etwas stand plötzlich im Raum. Zwischen ihnen. Wobei er deutlich spürte, dass es nicht mit seinem unterschwelligen Protest zu tun hatte. Er hatte seinen Unmut über diesen Arbeitsaufenthalt nie laut ausgesprochen, doch Jette war selbstverständlich nicht entgangen, dass sich seine Begeisterung darüber in Grenzen hielt. Auch dass er ohne seinen Sohn nach Rügen gekommen war, war nicht der Grund. Mehr und mehr drängte sich Richard ein anderes Gefühl auf. Jette verheimlichte ihm etwas. Und das nicht erst seit gestern.

6

Leise fluchend hämmerte Richard auf die Enter-Taste seines Laptops. Eigentlich hatte er den Vormittag dazu nutzen wollen, um an dem Gutachten zu arbeiten, das eine Versicherungsgesellschaft bei ihm in Auftrag gegeben hatte. Das Protokoll seiner Inaugenscheinnahme hatte er wie üblich auf einem USB-Stick gespeichert, jedoch benötigte er für das Erstellen der Expertise noch ein paar wichtige Eckdaten des Gemäldes. Diese waren auf einer internen Plattform der Versicherung hinterlegt. Doch die Log-in-Funktion musste einen Defekt haben. Seit fünfzehn Minuten versuchte Richard, sich auf der Plattform einzuwählen, wurde aber nach Drücken der Enter-Taste immer dazu aufgefordert, die Zugangsdaten erneut einzugeben.

Nachdem er zum x-ten Mal Benutzernamen und Passwort auf die korrekte Schreibweise überprüft hatte, startete er einen letzten Versuch. Abermals ohne Erfolg. Richard klappte den Laptop zu und griff nach seinem Handy. Drei Warteschleifen später hatte er endlich einen Mitarbeiter in der Leitung, dem er sein Problem schildern durfte. Der Mann erklärte, dass es innerhalb der Versicherung eine Systemumstellung gegeben habe und noch nicht alle Funktionen wieder fehlerfrei hergestellt seien. Er notierte sich Richards Telefonnummer und versprach, sich umgehend zu melden, sobald der Log-in wieder funktionierte.

Hinter Richards Stirn meldete sich das Pochen zurück. Er stand auf und ging zur Küchenzeile, wo er die Schmerztabletten gestern Abend hingelegt hatte. Er hatte schon zwei Tabletten aus dem Blister gedrückt, als er sich umentschied. Frische Luft vertrieb den Kopfschmerz mitunter auch. Richard schaute zur Uhr. Kurz nach acht. Bis zum Termin in der Kirche waren es gut sechs Stunden. Genügend Zeit, sich noch etwas die Beine zu vertreten. Und nachzudenken.

Als Richard gegen sieben Uhr aufgewacht war, war das Bett auf der anderen Seite leer gewesen. Im Prinzip keine große Überraschung. Jette schlief selten lang. In seiner Dortmunder Wohnung hatte sie sich oft in aller Frühe aus dem Schlafzimmer geschlichen, um die morgendliche Stille zum Schreiben zu nutzen. Eine Gewohnheit, die sie auch in Hollvitz nicht abgelegt hatte. Er wusste, dass Jette meist gegen sechs Uhr aufstand und ohne zu frühstücken hinüber in die Kirche ging. Das leere Laken neben ihm war also eine vertraute Situation gewesen. Trotzdem fühlte sie sich an diesem Morgen anders an. Unheilschwanger.

In der Nacht, während Richard allein in der Küche gehockt hatte, waren ihm die Ereignisse vor eineinhalb Jahren auf Fischland-Darß-Zingst durch den Kopf gegangen. Die dunklen Novembertage in Gellerhagen, als Jette Herbusch in sein Leben geplatzt war. Auch damals war Richard erst viel zu spät bewusst geworden, dass sie etwas vor ihm verheimlichte, sein Vertrauen wissentlich missbraucht hatte. Im Nachhinein waren ihm Jettes Beweggründe verständlich gewesen. Zumindest halbwegs. Trotzdem hatte es über ein Jahr gebraucht, bis sein Vertrauen wieder gekittet war. Irgendetwas an Jettes augenblicklichem Verhalten sagte Richard, dass es sich mit dem Auftrag auf Rügen ganz ähnlich verhielt. Vielleicht nicht genau gleich, aber auch jetzt hatte sie Geheimnisse vor ihm. Schloss ihn aus einem wichtigen Teil ihres Lebens aus. Ihre Gründe dafür waren gewiss andere als damals, doch Richard schwante, dass sie ihm ebenso wenig gefallen würden.

Eine Viertelstunde später sperrte er die Haustür hinter sich zu. Die Morgenluft war von Vogelzwitschern und trägem Blätterrascheln erfüllt. Im Vorgarten gegenüber strichen zwei Männer im Blaumann einen Lattenzaun an, eine junge Frau schob einen Kinderwagen über die Straße. Über der Kirche strahlte der Himmel in einem tiefen, wolkenlosen Blau. Der Turm mit der achteckigen Spitze wirkte bei Tageslicht gedrungener und weniger erhaben als in dem künstlichen Scheinwerferlicht. Die

Blätter der Buchen leuchteten so intensiv, dass Richard der friedvolle Anblick des Ortes fast irreal kitschig erschien.

Er ging zu seinem Wagen, um die Lederschuhe an seinen Füßen gegen die bequemen Laufschuhe im Kofferraum zu tauschen. Als er die Heckklappe aufstieß, hielt ein weißer, in die Jahre gekommener Kleintransporter in der Einfahrt. Den Mann, der auf der Fahrerseite ausstieg und sich ihm in gemäßigtem Schritt näherte, schätzte Richard auf Ende fünfzig. Er war groß, von asketisch schmalem Körperbau, in dunkler Blousonjacke und Stoffhose gekleidet. Das schüttere Haar besaß die gleiche graue Farbe wie die Bartstoppeln in dem freundlich blickenden Gesicht. Auf der ausgeprägten Nase saß eine randlose Brille, durch die er Richard aus wachen hellblauen Augen anschaute.

»Ich bin ebenfalls der Morgentyp.«

»Entschuldigung?«

Der Mann nickte in den offenen Kofferraum. Dann verstand Richard. »Ach so. Nein, ich hatte nicht vor zu laufen. Jedenfalls nicht heute.«

»Sollten Sie in den nächsten Tagen das Bedürfnis danach verspüren, sagen Sie Bescheid. Ich kenne hier die eine oder andere gute Laufstrecke.« Sein Gegenüber hielt ihm die Hand hin. »Martin Lüdtke.«

Es war für Richard immer ein eigenartiger Moment, auf jemanden zu treffen, dessen Namen er oft gehört hatte, ohne ihm je selbst begegnet zu sein. Das Bild, das in seinem Kopf existierte, ähnelte selten der Person, die ihm dann später gegenüberstand.

Pastor Martin Lüdtke zählte zu den wenigen Ausnahmen.

»Richard Gruben.« Er schlug in die ihm dargebotene Hand ein.

»Dachte mir schon, dass Sie der Professor sind.«

Die Nennung seines Titels ließ erkennen, dass auch der Kirchenmann Richards Namen bereits das eine oder andere Mal gehört hatte.

Lüdtke spähte zum Küsterhaus. »Ist Frau Herbusch da?«
»Drüben in der Kirche.«
»Morgentyp, ich weiß. Nahm nur an, sie macht mal eine
Ausnahme. Jetzt, da sie Besuch hat.«
Richard erwiderte nichts. Was auch? Schließlich hatte er
dasselbe angenommen.
»Gut, dann parke ich meine Rostlaube mal ein Stück weiter«,
sagte der Pastor augenzwinkernd und wandte sich zum Gehen.
»War schön, Sie kennenzulernen, Professor Gruben.«
»Gleichfalls. Bis heute Nachmittag dann.«
In den Augen hinter den randlosen Gläsern spiegelte sich
Unverständnis.
Richard deutete zur Kirche. »Der Termin mit Frau Ortlepp.«
Die Verblüffung des Pastors zeigte sich durch eine ruckartige
Rückwärtsbewegung. »Wie darf ich das verstehen?«
»Jette meinte, Sie wären mit von der Partie.«
»Das ist schon richtig. Ich frage mich nur – bei allem Res-
pekt –, weshalb Ihre Anwesenheit vonnöten ist.«
»Ganz ehrlich? Das frage ich mich auch.« Richard klopfte
gegen die Heckklappe. »Ich habe Frau Ortlepp gestern Abend
vom Bahnhof aus mitgenommen. Dabei erwähnte ich meine
Tätigkeit als Kunsthistoriker, und sie brannte mit einem Mal
darauf, meine Meinung zu hören.«
»Ihre Meinung worüber?«
»Dieselbe Frage habe ich ihr auch gestellt, aber sie schien in
Eile und hat mich auf heute vertröstet.«
Lüdtke war anzusehen, wie er die eben erhaltenen Infor-
mationen zu verarbeiten versuchte. Abwesend fummelte er an
der aufgesetzten Jackentasche herum.
»Wissen Sie, worum es geht?«, fragte Richard.
»Nein«, kam sofort die Antwort. »Frau Ortlepp hat mir ihr
Kommen lediglich auf der Mailbox angekündigt.«
Kurz wog Richard ab, ob er dem Pastor von Jettes Verdacht
erzählen sollte. Da Lüdtke aber womöglich noch nicht von
dem Feuchteschaden gehört hatte und er im Grunde genauso

wenig darüber wusste, behielt er ihn für sich. Zudem glaubte Richard nicht wirklich daran, dass der Anlass für das Treffen die Sakristei war.

»In ein paar Stunden sind wir schlauer«, sagte er stattdessen und griff nach den Laufschuhen im Kofferraum. »Können Sie mir sagen, wie ich zur Siedlung komme?«

Lüdtke schien noch immer bei der Denkmalpflegerin. »Siedlung?«, wiederholte er und rückte mit der rechten Hand die Brille zurecht.

»Ich will mir die Ruine des Kreidewerks ansehen.« Richards Unterbewusstsein registrierte, dass Lüdtke keinen Ehering trug.

»Ah, verstehe.« Er wies auf die Straße. »Links runter, etwa fünfzig Meter, und am Schild ›Baubetrieb Fechner‹ wieder links. Dann kommen Sie direkt auf die Siedlung zu.«

Richard bedankte sich, und der Pastor machte auf dem Absatz kehrt. Ohne Gruß und weiter an der Jackentasche nestelnd.

✳✳✳

Die Straße, die vom Firmenschild wegführte, war eine Art zweispuriger Kolonnenweg aus Betonplatten. Breit und stabil genug, dass auch größere Fahrzeuge problemlos darauf fahren konnten. Am rechten Wegrand reihten sich junge, etwa drei Meter hohe Bäume in gerader Linie hintereinander auf. Ihre schlanken Stämme wurden durch hölzerne Baumgitter geschützt. Richard war vielleicht fünf Minuten unterwegs, als er Motorengeräusche hörte. Aus Richtung Siedlung kommend, fuhr ein grauer Pick-up in gemäßigtem Tempo auf ihn zu. Richard trat ein Stück zur Seite. Schaute ins Fahrerhaus. Der Mann hinter dem Lenkrad war um die sechzig, sein Beifahrer erheblich jünger. Zwischen den beiden lag gut und gern eine ganze Generation. Den ausladenden Gesten und verkniffenen Mienen nach führten die Männer eine lebhafte Diskussion miteinander. Als das Auto auf Richards Höhe war, streifte ihn der

Blick des älteren. Es war kein wirkliches Wahrnehmen seiner Person, eher ein Hindurchblicken. Gedanklich bei etwas völlig anderem. Auf der Autotür prangte der gleiche Schriftzug wie auf dem Firmenschild im Dorf.

Der Pick-up fuhr vorbei, und Richard setzte seinen Weg fort. Bald darauf zeichnete sich gegen das Sonnenlicht die Silhouette der Siedlung ab. Die leichte Anhöhe links daneben wurde von einem Wäldchen bedeckt. Er kniff die Augen zusammen, konnte die Ruine aber nirgends entdecken. Die Betonspuren gingen schließlich in einen asphaltierten Weg über, der in die Siedlung hineinführte.

Zuerst passierte Richard die beiden kleineren Wohnhäuser. Sie standen einander mit der schmalen Hausseite gegenüber, waren eingeschossig, mit einem Walmdach bekrönt und durch die roten Backsteinfassaden regional geprägt. Zwischen den liegenden Fensteröffnungen gab es weiße Putzflächen, die auch um die Hausecken herumführten und so den Eindruck eines umlaufenden Fensterbandes erweckten. Ein typisches Element der klassischen Moderne.

Wenige Meter weiter schloss sich im rechten Winkel die baugleiche ehemalige Direktorenvilla an. Mit dem Unterschied, dass sie zwei- statt eingeschossig war und einen wesentlich größeren und quadratischen Grundriss besaß. Fenster und Türen waren aus hellem Holz gearbeitet und passten um vieles besser als die braune Kunststoffausführung nebenan. Alle drei Gebäude waren aufwendig renoviert worden und bildeten in Form und Ausrichtung eine sehr harmonische Einheit, wie Richard fand. Einzig der graue, hallenartige Flachbau neben der Villa störte das Gesamtbild.

Vor einem geschlossenen Rolltor parkte ein Pritschenwagen, Holz und Baumaterialien stapelten sich neben zwei Müllcontainern auf. Das musste Gerd Fechners Baubetrieb sein.

Richard blieb stehen, um sich zu orientieren. Die Anhöhe mit dem Wäldchen lag zu seiner Linken, der asphaltierte Weg machte eine Biegung nach rechts. Vermutlich mündete er in die Straße, an der er die Denkmalpflegerin gestern Abend abgesetzt hatte. Dort würde er sicher nicht zur Ruine gelangen. Er lief zurück, an den Wohnhäusern vorbei, bis er hinter einer Hecke einen ausgetretenen Sandweg entdeckte. Dieser schlängelte sich zu einem Tiergehege direkt beim Wäldchen hoch. Richard bog ein. Er hatte gerade die Stelle erreicht, an der die Siedlung in offenes Feld überging, als ihm ein großes Zelt auffiel. Genau genommen handelte es sich um eine Jurte. Sie war auf einem Holzboden errichtet, der einen halben Meter über der Erde auf Stelzen lag, und mit hellem Segeltuch bespannt. Vor dem Eingang standen ein zerschlissenes Sofa und ein Tisch mit Geschirr und Töpfen. Auf einer Wäscheleine wehten Latzhosen und T-Shirts sacht im Wind. Es hatte den Anschein, als wurde die Jurte tatsächlich zum Wohnen genutzt. Aber wie im Rest der Siedlung war auch hier weit und breit keine Menschenseele.

Richard ging die Anhöhe weiter hinauf. Mittlerweile konnte er die Tiere im Gehege deutlich erkennen. Vor allem hören. Enten. Ungefähr an die fünfzehn Tiere. Anders als bei üblichen Hausenten war ihr Federkleid tiefschwarz mit einem grünen Glanz. Am Hals leuchtete ein weißer Fleck. Das war aber auch schon der einzige Unterschied, den Richard ausmachen konnte. Ihr Geschrei war ebenso intensiv wie das ihrer weiß gefiederten Verwandten.

Am Waldrand stand ein Stallgebäude, an dessen Giebelwand grenzte das Gehege. Alles sah marode aus. Von den porösen Ziegelsteinen über die Fenster bis hin zu den losen Schindeln auf dem Dach. Einzig der Halogenstrahler über der Stalltür war moderner Bauart. Die Tür selbst befand sich an der Längsseite, außerhalb des Geheges. Daneben waren zwei mit Geranien bepflanzte Blumenkübel aufgestellt.

Richard ging vorbei und blickte um die Ecke. An der gegenüberliegenden Stallecke stand eine Regentonne. Dort endete der Sandweg. Er zögerte, wie er nun gehen sollte. Nirgends gab es ein Hinweisschild zur Ruine. Der Grasboden hinter der Regentonne war jedoch tief heruntergetreten. Die meisten Spaziergänger nahmen wahrscheinlich diesen Weg.

Richard hatte das Gehege bereits hinter sich gelassen, als ihn etwas zurückschauen ließ. Kein Geräusch. Auch keine Bewegung. Vielmehr war es ein plötzliches Erinnern. Ähnlich dem Gefühl, wenn man beim Vorübergehen jemandem ins Gesicht schaute, sich aber erst Sekunden später entsann, dass man die Person kannte. Nur hatte gerade kein Gesicht die Erinnerung hochgespült, sondern ein Farbton. Ein türkises Stück Stoff, das in dem hohen Gras auf der Rückseite des Stalls schimmerte.

Richard hastete los.

Als er der leblosen Gestalt am Boden näher kam, verlangsamte sich sein Schritt. Für Eile gab es keinen Grund mehr. Susanne Ortlepp starrte mit leerem Blick in den Himmel. Die türkisfarbene Bluse war von Blutflecken übersät. Ihre Arme, ihr Gesicht, die helle Stoffhose. Überall verschmiertes Blut. Dann sah Richard das rostige Eisengestell. Das rechte Bein der Frau steckte darin fest. Zwei starre Bügel waren oberhalb des Knöchels zusammengeschlagen und ließen den Fuß in einem unnatürlichen Winkel abstehen. Das Gras darunter war blutdurchtränkt.

Ganz allmählich begriff Richard, dass Susanne Ortlepp das Blut selbst auf ihrem Körper verschmiert hatte. Bei dem vergeblichen Versuch, sich aus der tödlichen Falle zu befreien.

7

Die blaue Farbe löste sich schwieriger als gedacht. Jette richtete sich auf ihrem Hocker auf und legte den Wattestab beiseite. Die Finger in einem Lappen säubernd, betrachtete sie die daumengroße Fläche, die sie soeben auf dem linken Altarflügel freigelegt hatte. Wie in vielen Kirchen waren auch die Hollvitzer Altarschnitzereien im Laufe der Jahrhunderte mehrfach übermalt worden. Ganz nach jeweiligem Zeitgeschmack. In Abstimmung mit der Schweriner Denkmalpflege hatten sich Verein und Kirchenverwaltung für eine Rekonstruktion der Originalfassung entschieden, die einzelnen Farbschichten mussten daher in Millimeterarbeit wieder abgetragen werden.

Bei den Probeentnahmen am Mittelstück und rechten Seitenflügel hatte Jette keine großen Unterschiede in der Beschaffenheit der Farben ausgemacht und gehofft, später überall dieselben Lösungsmittel zum Abtragen verwenden zu können. Aber nun musste sie feststellen, dass sich der Blauton am linken Flügel nur äußerst schwer entfernen ließ, teilweise gar nicht. Ursprünglich hatte sie die Voruntersuchungen bald abschließen und endlich mit dem eigentlichen Farbabtrag beginnen wollen. Aber wie es aussah, musste sie Zusammensetzung und Einwirkzeit der Lösungsmittel noch einmal überdenken.

Jette stopfte den Lappen in den Bund ihrer Arbeitshose und kletterte vom Gerüst. Beim Taufbecken stand ihre mobile Werkbank. Sie nahm das Buch mit ihren Aufzeichnungen zur Hand und dokumentierte die einzelnen Schritte der eben entnommenen Probe. Anschließend sah sie die Dosen mit den Lösungsmitteln durch und stellte noch ein paar Berechnungen über das neue Mischungsverhältnis an. Bevor sie einen weiteren Test durchführte, wollte sie sich aber erst mit Susanne Ortlepp kurzschließen. Vielleicht hielt die Denkmalpflegerin eine andere Farbrekonstruktion nun für sinnvoller. Jette wollte nicht unnötig Substanz zerstören. Pastor Lüdtke war ohnehin dagegen gewesen, die blauen Farbschichten auf den Schnitzereien zu entfernen.

Beim Gedanken an den Pastor musste Jette an sein eigenartiges Verhalten denken, als er vorhin in die Kirche gekommen war. Er hatte das Ergebnis des Sachverständigen nur stumm nickend zur Kenntnis genommen, beinahe schon desinteressiert. Diese Gleichgültigkeit sah ihm nicht ähnlich. Bisher hatte er immer äußerst sensibel reagiert, was die finanziellen Belange der Hollvitzer Kirche anging. Auf welche Summe sich die Beseitigung des Feuchteschadens belaufen würde, stand natürlich noch nicht fest, aber Pastor Lüdtke sanierte nicht die erste Kirche in seiner Laufbahn und wusste, dass dafür schnell eine fünfstellige Summe zusammenkommen konnte. Doch statt die Hände über dem Kopf zusammenzuschlagen, hatte er sich nach Richard erkundigt. Oder richtiger gesagt: nach seiner Tätigkeit als Kunsthistoriker. Offenbar waren die beiden am Küsterhaus aufeinandergetroffen.

Zwar hatte Jette dem Pastor gegenüber einmal erwähnt, dass Richard Kunsthistoriker war, aber nicht näher über seine Arbeit gesprochen. Darüber hinaus hatte sie nie das Gefühl gehabt, dass es ihn sonderlich interessierte. Aber auch dieses Thema konnte die Aufmerksamkeit des Pastors nicht lange fesseln. Kaum dass sie tiefer in Richards Fachgebiet – die zeitgenössische britische Malerei – eingedrungen war, hatte er erneut still vor sich hin genickt.

Jette legte die Aufzeichnungen beiseite und schenkte sich von dem Kaffee aus ihrer Thermoskanne ein. Mit dem Porzellanbecher in den Händen, lief sie den Gang zwischen den Kirchenbänken entlang. Sie sollte nicht zu viel in das abwesende Verhalten des Pastors hineininterpretieren. Wahrscheinlich hatte er momentan einfach eine Menge um die Ohren. Oder eigenen Kummer. Private Probleme, die ihn beschäftigten. Da war es allzu verständlich, wenn man ab und an gedanklich abschaltete. Das wusste sie selbst am besten.

Unter der Orgelempore ging Jette nach links und trat durch die schwere zweiflüglige Holztür ins Freie. Das Eingangsportal der Kirche lag noch im Schatten der Bäume, trotzdem spürte sie augenblicklich die warme Luft auf ihrem Gesicht. Sie setzte sich auf die verwitterte Holzbank beim Turm. Stellte den Kaffeebecher neben sich ab und zog das Sweatshirt aus, unter dem sie ein T-Shirt trug. Langsam glitt ihr Blick über den Friedhof. Über das schmiedeeiserne Tor, die Umfassungsmauer, die zart blühenden Grabstellen. Bis hin zur Lorbeerhecke, die den Friedhof an der Westseite begrenzte. Über ihr dichtes Blattwerk hob sich das rote, mit Moos besetzte Ziegeldach des Küsterhauses ab. Jette seufzte leise und lehnte sich zurück.

Es war ein Fehler gewesen. In der letzten Nacht war sie sich dessen erst richtig bewusst geworden. Sie hätte das Gespräch mit Richard nicht bis heute aufschieben dürfen. Dass er in Hollvitz war, machte es ihr keineswegs leichter, es ihm zu sagen, wie sie sich die ganze Zeit einzureden versucht hatte. Im Gegenteil. Was es für ihre Beziehung bedeutete, hatte durch Richards Besuch nur noch mehr Gewicht bekommen. Auch Henriks Anwesenheit hätte nichts daran geändert. Entgegen ihren Hoffnungen fühlte sie sich jetzt entmutigter als zuvor.

Jette nippte an dem heißen Kaffee. Noch länger konnte sie das Gespräch aber nicht mehr aufschieben. Richard spürte längst, dass etwas im Argen lag. Schon vor ihrer Abreise war er distanzierter gewesen, kühler. Unabhängig davon wollte sie es auch nicht weiter vor ihm verheimlichen. Aber wie sollte sie es Richard beibringen? Wie ihm versichern, dass es funktionieren würde. Sie war sich ja selbst nicht im Klaren darüber und hatte Angst vor der Veränderung in ihrer Beziehung. Vor dem Scheitern. Doch bei allen Zweifeln, die sie hatte: Sie musste Richard endlich reinen Wein einschenken. Wenn er es verstehen sollte, durfte sie sein Vertrauen nicht überstrapazieren. Nicht noch einmal.

Das Knallen einer Autotür holte Jette auf die Bank zurück.

Gerd Fechners grauer Pick-up stand vor dem Friedhofstor, durch das sie den Bauunternehmer auf die Kirche zukommen sah. Im Fahrerhaus des Wagens saß noch jemand. Jette erkannte den blonden Haarschopf von Fechners Schwiegersohn Marco Seifert. Seifert war zweiter Geschäftsführer und sollte den Baubetrieb weiterführen, wenn Gerd Fechner in einigen Jahren in den Ruhestand ging. Bei den zwei, drei Malen, die Jette Seifert begegnet war, hatte er ein blasiertes, selbstgefälliges Auftreten an den Tag gelegt. Sie war heilfroh, dass den Mann der Kirchenverein einen feuchten Kehricht kümmerte und sie daher kaum Berührungspunkte miteinander hatten.

Die Zusammenarbeit mit Gerd Fechner war ihr dafür umso angenehmer.

»Frau Herbusch!«

Er winkte ihr auf halbem Wege zur Begrüßung zu. Der Kies knirschte unter seinen Füßen. Seine kräftige Gestalt steckte in Poloshirt und Jeans, an den Füßen trug er schwere Arbeitsschuhe. Bei ihrem Kennenlernen hatte Fechner ihr erzählt, dass er im nächsten Sommer seinen fünfundsechzigsten Geburtstag feierte, er wirkte aber durch das volle, nur wenig ergraute Haar deutlich jünger.

Jette ging ihm entgegen. »Guten Morgen! Was führt Sie zu mir?«

»Ich suche Herrn Wenzel.« In Fechners Stimme schwang leichte Verärgerung mit.

»Florian?«

Sie blieb stehen. Erst jetzt fiel ihr auf, dass Florian noch nicht in der Kirche war. Dabei sollte er heute den Holzdielenboden in der Sakristei aufnehmen. Wenn sie sich recht entsann, hatte er gegen halb acht Uhr hier sein wollen. Mittlerweile war es fast neun.

»Er ist nicht da«, sagte Jette und wies auf die offen stehende Kirchentür, um ihren Worten Nachdruck zu verleihen.

»Ich weiß, ich weiß.« Fechner, der ihr inzwischen gegenüberstand, winkte mit seiner fleischigen Hand ab. »Wir waren heute früh auf dem Bauhof verabredet, aber der Bengel ist nicht aufgetaucht.«

Jette musste innerlich schmunzeln. Angesichts der jungenhaften Umschreibung hätte man meinen können, Fechner redete über seinen Auszubildenden. Dabei war Florian Ende zwanzig.

»Bei seiner Jurte haben Sie vorbeigeschaut?«, fragte sie vorsichtig nach.

Fechner nickte. »Ausgeflogen.«

»Und wie kann ich Ihnen da behilflich sein?«

»Ich hatte gehofft, Sie wüssten, wo er steckt.«

»Wieso ausgerechnet ich?«, erwiderte Jette verwundert.

»Sie beide verkehren doch privat miteinander.« Fechner verlagerte sein Gewicht auf das andere Bein. »Wenigstens hatte ich den Eindruck gehabt.«

Ganz unwahr war es nicht. Sie hatte Florian vor einigen Tagen in seiner Jurte besucht. Sein minimalistischer Lebensstil interessierte sie, und sie hatten bei einer Tasse Tee über materiellen Überfluss und freiwilligen Luxusverzicht philosophiert. Aber davon abgesehen war ihr Verhältnis so etwas wie ein kollegiales Miteinander. Was Florian abseits der Arbeit trieb, wusste Jette nicht.

»Ich kann Ihnen nicht sagen, wo Florian ist. Tut mir leid, Herr Fechner.«

»Nicht weiter tragisch. War nur so eine Idee von mir«, entgegnete er und schimpfte gleich darauf: »Wieso besitzt der Bengel kein Handy wie jeder andere vernünftige Mensch auch? Verstehen Sie das?«

Jette verstand es. Gerd Fechner bestimmt gleichfalls. Zumindest konnte er sich seine Frage selbst beantworten. Florians Jurte stand auf dem Grund und Boden des Bauunternehmers. Er wusste sehr wohl, dass zu Florians konsumfreier Lebenseinstellung auch der Verzicht auf das Smartphone gehörte. Aber Fechners Unmut war nachvollziehbar: Sein Mitarbeiter war nicht zur Arbeit erschienen und unerreichbar.

Sie wollte gerade Mutmaßungen über Florians Fernbleiben anstellen, da ertönte ein lang gezogenes Hupen. Fechner stöhnte auf und wedelte verärgert in Richtung des Pick-ups, dann wandte er sich wieder Jette zu. Der Mann klang freundlich wie zuvor.

»Denken Sie an die Kopie?«

»Mist!«, rutschte es Jette heraus. »Das hab ich völlig verschwitzt.«

Der Kirchenverein benötigte für die Fördergeldstelle noch einen Nachweis ihrer Berufshaftpflichtversicherung, Gerd Fechner hatte sie vor zwei Tagen darauf angesprochen. Die Kopie hatte Jette auch schon mit ihrem Drucker gezogen und in die Tasche gesteckt. Dummerweise lag die drüben im Küsterhaus.

»Ich lauf schnell –«

»Kein Stress, Frau Herbusch!« Fechner hielt sie zurück. »Bringen Sie die Unterlagen einfach heute Abend bei mir vorbei. Ich schicke sie dann morgen per Fax ans Förderinstitut.«

»Das mache ich. Auf jeden Fall.«

»Und wenn Sie Herrn Wenzel sehen, richten Sie ihm bitte aus, er soll sich umgehend bei mir melden.«

Sie versprach es, und Fechner marschierte den Kiesweg zurück. Jette ging zur Bank. Es ärgerte sie, dass ihr die Sache mit der Kopie durchgerutscht war. Ihre Vergesslichkeit könnte auf Fechner unprofessionell wirken und ihre weitere Zusammenarbeit möglicherweise beeinträchtigen. Das konnte sie nicht auch noch gebrauchen.

Im Stehen trank sie den restlichen, mittlerweile lauwarmen Kaffee aus. Als Jette nach ihrem Pullover greifen wollte, entdeckte sie zwischen den Grabreihen eine grauhaarige Frau in Rock und kurzärmliger Bluse. Es war Ruth Klawitter, die in der Siedlung wohnte. Da Jette während ihrer Unterhaltung mit Fechner niemanden durch das Haupttor hatte kommen sehen, musste sie den Seiteneingang an der Ostseite benutzt haben.

Ruth Klawitter kam beinahe täglich auf den Friedhof. Immer wenn Jette der kleinen, rundlichen Frau begegnete, hielten sie ein Schwätzchen miteinander. Über den Altar, die Kirche, manchmal erzählte Jette auch von Richard. Meistens jedoch redete Ruth. Über ihre Arthritis, ihre Enten, den Krimi vom Vorabend oder den halb tauben Dackel des Ortsvorstehers. Oft sprach sie auch von ihren beiden Töchtern, die im Harz und an der Nordsee lebten und sie viel zu selten besuchen kamen. Aber trotz des großen Mitteilungsbedürfnisses hatte Jette nicht das Empfinden, dass sich die über achtzigjährige Rentnerin einsam und isoliert fühlte und ihren aufgestauten Ballast bei ihr ablud. Von Anfang an hatte zwischen ihnen ein Gefühl von Vertrautheit geherrscht. Eine unterschwellige Traurigkeit, die jede in der anderen wiedererkannte.

Ruth Klawitter befüllte eine Gießkanne an der Wasserstelle, als sie Jette hinter sich bemerkte.

»Du meine Güte, Frau Herbusch!« Die trüben Augen in dem von Falten überzogenen Gesicht blickten erschrocken. »Was machen Sie denn hier?«

»Arbeiten, wie jeden Tag.« Lächelnd nahm Jette an ihrer statt die Kanne in die Hand und hielt sie unter den plätschernden Wasserstrahl.

Ruth Klawitter richtete sich aus ihrer gebeugten Haltung auf. Sie wirkte immer noch durcheinander. Zittrig strich sie über ihren Rock, als wolle sie Fussel wegwischen, die nicht vorhanden waren. »Ich hatte gedacht, Sie hätten sich heute freigenommen.«

»Aus welchem Grund?«, fragte Jette.

»Als ich am Küsterhaus vorbeigekommen bin, stand neben Ihrem Wagen noch ein weiteres Auto. Mit einem Kennzeichen, das nicht aus der Gegend ist.«

Ruth war offensichtlich eine aufmerksame Beobachterin. Jette sollte sich daran gewöhnen, dass ihr Tun in diesem Dorf nicht lange unbemerkt blieb. »Das Auto gehört meinem Freund. Er ist gestern Abend aus Dortmund gekommen.«

»Der Herr Professor«, sagte Ruth Klawitter mehr feststellend als fragend und hob mahnend den Finger. »Dann sollten Sie erst recht ein paar Tage Urlaub nehmen, Frau Herbusch.« Jette drehte den Wasserhahn zu, und die Frauen setzten sich in Bewegung. Auf den sich kreuzenden Wegen flackerte ein Wechselspiel aus Licht und Schatten.

»Das Blaumachen dürfte schwierig werden«, knüpfte Jette an die Unterhaltung an. »Ich habe hier schließlich erst vor drei Wochen angefangen.«

Sie rechnete damit, dass die alte Frau ihr nun eine Standpauke über das Pflegen von Beziehungen hielt. Oder sich nach dem Fortschritt ihrer Arbeit erkundigte. Oder erzählte, was sie heute zum Mittagessen kochen wollte. Aber nichts. Ruth Klawitter blickte starr auf ihre orthopädischen Schuhe. Hatte Jette beim Pastor lediglich eine leichte Verwunderung über dessen Versunkenheit verspürt, beschlich sie jetzt das heftige Gefühl, dass etwas nicht stimmte.

Jette suchte ihren Blick. »Frau Klawitter?«

Keine Reaktion.

»Geht es Ihnen gut?«, fragte sie um einiges lauter.

Mit sichtbarem Erfolg. Die Seniorin wandte sich ihr zu. »Was denn?«

Jette stoppte und tauschte die schwere Kanne in die andere Hand. »Sie sind ein bisschen blass um die Nase. Alles in Ordnung mit Ihnen?«

»Meine Arthritis macht mir bloß zu schaffen. Nichts Schlimmes.«

Ruth Klawitter tätschelte kurz Jettes Arm. Dann tippelte sie los und redete nun in ihrem üblichen vertraulichen Plauderton weiter. »Sagen Sie, Ihr Freund, der kennt sich doch mit Bildern aus, nicht wahr?«

Jette schloss zu ihr auf. »Warum fragen Sie?«

»Ich besitze ein kleines Ölgemälde. Es hat mir eigentlich nie besonders gefallen, auch wenn der Goldrahmen ganz hübsch ist. Aber mein Mann liebte das Bild. Darum hängt es bis heute über meinem Sofa.«

»Haben Sie es geerbt?«

»Es war ein Hochzeitgeschenk. Das Bild muss einige Jahre auf dem Buckel haben. Das behauptet wenigstens Gerd Fechner.« Ruth Klawitter machte ein verschwörerisches Gesicht. »Es stammt bestimmt von einem bekannten Maler. Herr Fechner will mir das Bild schon seit Ewigkeiten abschwatzen.«

»Und jetzt möchten Sie gern wissen, was es tatsächlich damit auf sich hat?«, fragte Jette, die längst ahnte, worauf die Frau hinauswollte.

»Nun ja«, begann sie sich verlegen zu winden, »ich dachte mir, wo Ihr Professor schon hier ist, könnte er sich das Bild doch einmal ansehen. Vielleicht bei einem leckeren Stück Kuchen?«

»Wenn Sie auch eine Tasse Kaffee für Richard haben, kommt er sicher gern vorbei.«

»Fein«, sagte sie sichtbar erfreut, und Jette grübelte, wie sie Richard den Plausch mit der Seniorin schmackhaft machen sollte. Denn dass sich der Blick auf den Ölschinken lohnte, bezweifelte sie stark.

Schließlich waren sie an der mit roten und gelben Eisbegonien bepflanzten Grabstelle angelangt. Jette stellte die Kanne neben den hellen polierten Stein am Kopfende. Er trug den Namen von Ruths Ehemann Herbert. Das Sterbedatum darauf verriet, dass sie bereits seit Mitte der achtziger Jahre Witwe war. Rechts neben dem Grabstein war eine kleine Steinplatte in die Erde eingelassen, darin eingraviert: Sigmar Klawitter. Ruths Sohn, wie Jette wusste. Auch heute stand auf der Platte die flache Blumenschale, aus der die alte Frau jetzt welke Blütenblätter zupfte. Ruth redete nur wenig über ihren toten Sohn. Und wenn doch, dann lag eine Schwermut in ihrem Blick, die Jette nach dem Tod ihrer eigenen Schwester allzu vertraut war.

Eine Sirene heulte auf. Jette schreckte zusammen und riss den Kopf zur Straße herum. Hinter der Feldsteinmauer raste ein Polizeiwagen vorbei, gleich darauf ein Krankentransporter. Wohin die Einsatzkräfte fuhren, konnte sie nicht erkennen, weil ihr die Hecke die Sicht nach rechts versperrte. Doch da die Sirenen sich immer weiter entfernten und hinter dem Küsterhaus lediglich ein einziger Weg weiterführte, blieb nur eine Möglichkeit: die alte Werkssiedlung. Jette sah sich bestürzt um. Und stutzte.

Ruth Klawitter pflückte seelenruhig die Blütenblätter aus der Schale.

8

»Haben Sie schon gewählt?«

Die Kellnerin, die ihre Getränke an den Tisch gebracht hatte, sah mit gezücktem Stift und Pad auf sie herab. Jette klappte die Speisekarte zu und bestellte ein fleischloses Pastagericht. Richard entschied sich für das Dorschfilet aus der Pfanne. Obwohl er eigentlich keinen rechten Appetit verspürte. Jette hatte ihn zu diesem Abendessen in Sassnitz überredet, in der Annahme, der Ausflug könnte ihnen beiden ein wenig Ablenkung verschaffen. Sie hatten das Auto gegen neunzehn Uhr in der Nähe des Rügen-Hotels abgestellt und waren über eine weit geschwungene Hängebrücke, die das höher gelegene Zentrum mit dem Stadthafen verband, bis zur Strandpromenade hinuntergelaufen. Selbst jetzt unter der Woche war die breite, mit Cafés und Restaurants bestückte Flaniermeile stark belebt. Dennoch hatten sie rasch einen Außentisch in einem Fischrestaurant gefunden, der einen freien Blick aufs Wasser bot. Nachdem die Kellnerin sich mit ihrer Bestellung entfernt hatte, ließ Richard sich nach hinten fallen und blickte die steinbepackte Uferkante entlang, hinter der sich die Dämmerung über die still daliegende Ostsee senkte. Seine Gedanken kreisten um die Ereignisse des Vormittags.

Die von Richard alarmierte Polizei war bereits nach kurzer Zeit beim Entengehege eingetroffen, zusammen mit einem Rettungswagen. Der Notarzt konnte Susanne Ortlepps Tod nur noch bestätigen. Bei dem Eisengestell, in dem ihr Fuß gesteckt hatte, hatte es sich um ein Tellereisen gehandelt, in das sie offenbar versehentlich getreten war. Illegal ausgelegte Jagdfallen waren laut dem Polizeibeamten, der nach Anrücken der Spurensicherung Richards Aussage aufgenommen hatte, keine Seltenheit. Wild- und Haustiere gerieten häufig in solche Fallen, verletzten sich schwer oder starben. Und auch Menschen zogen sich dadurch wiederholt gravierende Verletzungen zu. Es kam aber so gut wie nie vor, dass Unfälle mit Jagdfallen für einen Menschen tödlich endeten. Wie es in Susanne Ortlepps Fall dazu kommen konnte, würde die Obduktion klären müssen. Auch Stunden danach lief es Richard kalt den Rücken herunter, wenn er an den Anblick der toten Frau im Gras dachte.

»Und es war ganz sicher ein Tellereisen?«, fragte Jette, als könnte sie seine Gedanken lesen.

Richard sah sie an. »Das hat der Polizist zumindest behauptet.«

»Die Dinger sind seit Mitte der Neunziger in der EU verboten. Das war dem Fallensteller vermutlich gar nicht klar. Und wohl auch nicht, dass nur ein gültiger Jagdschein zur Fallenjagd berechtigt.«

»Heißt das, andere Fallen sind zulässig?«

Da Richard die verheerenden Folgen gesehen hatte, die ein einziger Tritt darauf auslösen konnte, war es für ihn schwer nachzuvollziehen, warum die Jagd mit Fallen nicht grundsätzlich verboten wurde.

»Leider.« Jette nickte. »Zugelassen sind Fallen, die sofort tödlich ›fangen‹.« Bei dem letzten Wort malte sie mit den Fingern Gänsefüßchen in die Luft. »Sogenannte Totfangfallen. Bloß geschieht das nicht immer, und die Tiere durchleiden furchtbare Schmerzen. Oft verenden sie an ihren Verletzungen. Also für mich kein Unterschied zum Tellereisen. Daneben ist noch die Jagd mit Lebendfallen erlaubt. Das sind Käfige aus Holz oder Draht, in die das Tier mittels Duftstoffen oder Ködern gelockt wird. Man braucht nicht viel Phantasie, um sich vor Augen zu führen, was es dann durchmachen muss. Angst, Panik, Verletzungen … Mitunter bleibt das Tier auch über Tage darin gefangen, und es stirbt an Hunger oder Durst.«

»Gibt es keine Kontrollpflicht?«

»Doch, gibt es. Lebendfallen müssen mindestens zweimal am Tag überprüft werden. Nur zeigt die Praxis immer wieder ein anderes Bild.«

Dass Jette sich mit Tierschutzbelangen so detailliert aus-
kannte, war für Richard nicht weiter überraschend. Sie engagierte sich seit vielen Jahren für den Tierschutz.

Richard strich sich durch den Bart. »Wie kommt man denn
heutzutage an so ein Tellereisen, wenn das Verbot bereits seit
Jahrzehnten existiert?«

»Es sind immer noch genügend Exemplare im Umlauf.
Fundstücke aus Scheunen und von Dachböden, oder es wird
in der Familie weitervererbt. Du kannst dir so ein Ding aber
auch im Internet bestellen.«

»Das geht?«

»Der Handel mit Tellereisen ist legal, einzig das Auslegen
ist verboten.«

»Ziemlich makaber.«

»Nicht wahr?« In Jettes Stimme lag eine Spur Verbitterung.
»Und zu welchem Zweck sollte man es sich dann bestellen?«

»Für seine Sammlung historischer Jagdwaffen? Als Deko-
rationsobjekt für die Jagdhütte?« Sie hob die Schultern. »Was
weiß ich.«

Die Kellnerin brachte das Essen, und Richard ließ das Gehörte auf sich wirken. Schließlich waren sie wieder allein.

Richard rückte näher an den Tisch. »Wie gut kennst du diese
Ruth Klawitter?«

»Du denkst, sie ist die Fallenstellerin?« Jette sah ihn leicht
konsterniert an.

»Es sind immerhin ihre Enten in dem Stall und die wiederum
beliebte Beute bei Marder oder Fuchs. Sie wäre nicht die Erste,
die ihre Tiere gegen Räuber schützen will.«

»Ja, natürlich«, sagte Jette, wenn auch etwas zögernd. »Und
dass ich Frau Klawitter *kenne*, kann ich bei den wenigen Malen,
die wir einander auf dem Friedhof oder in der Kirche begegnet
sind, auch nicht unbedingt behaupten. Aber das Tellereisen?«
Sie zupfte am Bindeband ihrer Bluse. »Ich weiß nicht so recht.«

Richard kam ein Gedanke. »Ist sie Mitglied im Kirchenverein?«

»Die Hollvitzer Kirche liegt Frau Klawitter schon am Herzen, und sie besucht auch regelmäßig den Gottesdienst von Pastor Lüdtke, im Verein ist sie aber nicht aktiv.« Jette zog ihre Pasta heran und wickelte Spaghetti auf die Gabel. »Warum willst du das wissen?«

»Ich überlege, ob sie Susanne Ortlepp von irgendwoher kannte.«

Jette drehte den Kopf zum Wasser. Sie schien einen Moment nachzudenken. Dann erhellte sich ihr Gesicht. »Aber ja doch! Susanne Ortlepp war bei ihr. Vor zwei Tagen, bei ihrem letzten Besuch in Hollvitz.« Sie legte die Gabel ab. Sammelte sich. »Wir hatten die Besprechung in der Kirche, zusammen mit Pastor Lüdtke und Florian. Du erinnerst dich?« Auf sein Nicken hin redete sie weiter. »Ich bin dann ja früher los, aber Frau Ortlepp hat mich später noch einmal angerufen. Sie wollte wissen, ob es in Hollvitz einen Ortschronisten gibt. Es klang ziemlich dringend.«

»Warum ruft sie da dich an? Jemand aus dem Verein wäre doch naheliegender.«

»Ich recherchiere vor jeder Restaurierung in Kirchen- und Stadtarchiven, um ein Gefühl für die Geschichte des Ortes und der Kirche zu bekommen. Hin und wieder erkundige ich mich auch bei einem Ortschronisten. Das wusste sie.«

Jette nahm wieder die Gabel zur Hand. Nachdem sie den Bissen hinuntergeschluckt hatte, sagte sie: »Soweit ich weiß, beschäftigt sich aber niemand in Hollvitz mit Ortschronik. Die Einzige, die mir einfiel, war Ruth Klawitter. Oder vielmehr ihr verstorbener Ehemann. Der war früher Geschichtslehrer und hat angeblich eine Unmenge Material über das Dorf und die Halbinsel Jasmund zusammengetragen.«

»Angeblich? Hast du es dir nicht angesehen?«

»Das war nicht notwendig. Das Stralsunder Stadtarchiv verfügt über einen guten Aktenbestand, was die Hollvitzer Kirche angeht. Was nicht selbstverständlich ist. In Städten wie Stralsund sind durch die Bombardierung während des Zweiten

Weltkriegs viele zeitgeschichtliche Dokumente verloren –« Sie brach ab. Grinste schief. »Aber das brauche ich einem Kunsthistoriker wohl nicht zu sagen.«

»Umbringen tut es ihn auch nicht. Es zu sagen, meine ich.« Jette widmete sich ihrer Pasta. »Jedenfalls habe ich der Ortlepp den Tipp gegeben, ihr Glück bei Ruth Klawitter zu versuchen. Was sie dann gleich vorhatte.«

»Und? Hat sie sie angetroffen?«

»Gute Frage ...« Jette schob die Unterlippe vor. »Wenn nicht, wäre es vielleicht eine Erklärung, wohin Frau Ortlepp gestern Abend gewollt hat.« Richard griff zum Besteck. »Was genau interessierte sie denn?«

»Die Zwischenkriegszeit. Fotos, Urkunden, Briefe. Was eben an Dokumenten in so einer Chronik gesammelt wird.«

»Ging es ihr um Örtlichkeiten oder Personen?«

»Das hat sie nicht gesagt.«

Jette beugte sich vor und stützte das Kinn in die Hand. »Was meinst du? Hatte das mit unserem Termin zu tun?«

»Ganz sicher sogar. Allerdings bezweifle ich immer mehr, dass die Sakristei der Anlass dafür war.«

»Sie wurde 1926 angebaut. Es könnte zeitlich passen«, warf Jette ein.

»Stimmt schon.« Richard wiegte den Kopf. »Aber mir fehlt dabei einfach das öffentliche Interesse.«

Eine Weile aßen sie, ohne zu reden, bis Richard das Gespräch wieder aufnahm. »Susanne Ortlepp hat für die kommenden Landtagswahlen in Mecklenburg-Vorpommern kandidiert. Wusstest du das?«

»Wir beide haben wenig über Privates gesprochen, aber Pastor Lüdtke hat so was mal angedeutet«, antwortete Jette. »Er meinte, ihr Vater sei früher auch politisch sehr aktiv gewesen.«

»Anscheinend ist es die ganze Familie. Die Schwester ist Landrätin, wie sie mir verraten hat.«

Nach einem Schluck von ihrer Apfelschorle schüttelte Jette

traurig den Kopf. »Für Susanne Ortlepps Familie bleibt nur zu hoffen, die Polizei findet auch die Person, die an diesem schrecklichen Unfall schuld ist.«

Als Richard ohne Erwiderung weiteraß, sah sie ihn mit gekräuselter Stirn an. »Du glaubst an keinen Unfall?«

»Sagen wir mal so.« Er ließ Gabel und Fischmesser sinken. »Frau Ortlepp war nicht allein am Gehege. Davon bin ich überzeugt.«

»Wie kommst du darauf?«

»Das Gehege liegt unmittelbar an einem Waldstück, und der Weg dahin führt über freies Feld. Sie wäre im Dunkeln niemals allein am Stall herumspaziert. Nicht einmal mit der Taschenlampenfunktion ihres Handys. Ganz zu schweigen davon, dass sich eine Frau wohl kaum mitten in der Nacht dorthin wagt, wenn sie sich nicht auskennt.«

Jette wedelte mit dem Zeigefinger. »Warte! Woher weißt du, dass es nachts passiert ist?«

»Das schließe ich aus den Worten des Polizisten. Ich habe natürlich erwähnt, dass Susanne Ortlepp gestern bei mir im Auto mitgefahren ist. Als ich gesagt habe, dass sie gegen Viertel nach acht an der Bushaltestelle ausgestiegen ist, meinte er, das wären noch drei bis vier Stunden. Sicherlich der Zeitraum, auf den der Notarzt den Todeszeitpunkt eingegrenzt hat.«

»Also irgendwann um Mitternacht.«

»Ich kann mir nicht vorstellen, dass sie um diese Zeit allein am Gehege war, beim besten Willen nicht.«

»Das Gehege gehört Frau Klawitter. Wenn sie bei ihr gewesen ist, könnten sie zusammen rauf sein.«

Richard legte das Besteck auf den Teller. »Dann müsste Frau Ortlepp für ihren Besuch aber einen gewichtigeren Grund gehabt haben als die Hollvitzer Ortsgeschichte. Deshalb hätte sie sich bestimmt nicht bis in die Nacht bei ihr aufgehalten.«

»Sie war anschließend noch woanders?«

»Vielleicht.« Er zuckte vage mit den Achseln. »Die Denkmalschützerin muss aber auch nicht zwingend zu einem Anwohner der Siedlung gewollt haben. Sie könnte genauso gut mit jemandem von außerhalb verabredet gewesen sein.«

Jette führte die Gabel zum Mund, als sie sich plötzlich ruckartig aufrichtete.

»Hast du der Polizei von meiner Vermutung erzählt?«

»Dass Susanne Ortlepp zu diesem Bauunternehmer wollte?« Sie nickte mit offenem Mund, woraufhin Richard den Kopf schüttelte. »Weder du noch ich wussten, was sie vorhatte. Ich hielt es für falsch, die polizeilichen Ermittlungen noch mit Spekulationen zu befeuern.«

»Puh ...« Jette atmete hörbar aus. »Nach allem, was passiert ist, wäre es mir echt unangenehm, wenn Herr Fechner der Polizei deshalb hätte Rede und Antwort stehen müssen.«

Ihr Gespräch setzte für einen Moment aus, als am Nebentisch fröhliches Gelächter ausbrach. Dann sprach Jette aus, was Richard schon seit dem Morgen beschäftigte. »Nehmen wir an, du hast recht und jemand war mit ihr oben am Gehege: Wieso wählte er nicht den Notruf? Selbst wenn er – oder auch Frau Ortlepp – kein Handy dabeihatte, spätestens unten in der Siedlung wäre die Möglichkeit zum Telefonieren gewesen.«

»Was die noch größere Ungereimtheit ist.«

»Wie meinst du das?«

»Überleg mal. Susanne Ortlepp muss unfassbare Schmerzen gehabt haben. In der Siedlung hätte man ihre Schreie hören müssen.«

»Das ist tatsächlich merkwürdig«, stimmte Jette nach kurzem Nachdenken zu. »Irgendjemand wird schließlich zu Hause gewesen sein. Frau Klawitter unter Garantie. Wobei ich schwer glauben kann, dass sie absichtlich weghört.«

»Die Anwohner werden der Polizei einige Fragen beantworten müssen. Allen voran diese Ruth Klawitter.« Richard schob seinen halb leeren Teller weg und deutete auf die Kellnerin am Nachbartisch. »Ich nehme noch einen Espresso. Du auch?«

Wie zur Bestätigung nieste Jette zweimal hintereinander. Sie beugte sich über ihre Umhängetasche auf dem Nebenstuhl. Als sie sich wieder aufrecht hinsetzte, legte sie mit einem Päckchen Taschentücher ein Briefkuvert auf den Tisch. Der Ausdruck auf ihrem Gesicht wirkte gleichermaßen erschrocken und bedauernd.

»Ich fürchte, Richard, aus dem Espresso wird nichts mehr.«

9

Kurze Zeit später fuhren sie auf der L 303 zurück nach Hollvitz. Richard schaltete die Scheinwerfer ein. Die Dämmerung war inzwischen weit fortgeschritten, und durch die Bewaldung links und rechts der Straße fiel nur wenig Tageslicht. Auf der Hinfahrt hatte Jette ihm erzählt, dass die Stubnitz, wie dieses Waldgebiet genannt wurde, Teil des Nationalparks Jasmund war und zum UNESCO-Weltnaturerbe zählte. Ein jahrhundertealter naturbelassener Rotbuchenwald, der sich von Sassnitz bis in den Norden der Halbinsel Jasmund erstreckte. Hollvitz grenzte an die Westseite des Nationalparks und verdankte seinen prächtigen Baumbestand somit den unmittelbaren Ausläufern der Stubnitz.

Auf der Straße tauchte die dunkle Silhouette eines Radfahrers auf. Richard blinkte und fuhr vorbei. Als er sich zurück in die rechte Spur einordnete, warf er einen Seitenblick auf Jette. Sie saß gegen die Scheibe gelehnt, die Augen auf die Fahrbahn gerichtet. Ihre Finger spielten geistesabwesend mit einer Haarsträhne. Er war sich wegen der schlechten Lichtverhältnisse nicht sicher, glaubte aber, sie lächeln zu sehen. Das unbefangene, leicht entrückte Lächeln, das er so gut kannte. Richard blickte nach vorn. Registrierte, wie er sich entspannte. Sein Missbehagen vom Morgen war plötzlich wie weggewischt.

»Wie lange werden wir bei Fechner brauchen?«

Jette rekelte sich in ihrem Sitz. »Drei, vier Minuten. Höchstens.«

Richard fasste nach ihrer linken Hand, die das Briefkuvert auf ihrem Schoß umklammerte. »Du kannst dem Mann die Kopie auch in den Briefkasten werfen.«

»Ich weiß.« Jetzt hörte er auch das Lächeln in ihrer Stimme. Sie drückte seine Hand. »Trotzdem. Es ist mir lieber, wenn ich Herrn Fechner meine Unterlagen persönlich aushändige.

Nicht, dass er mich am Ende noch einmal darauf anspricht. Es dauert wirklich nicht …« Sie stockte.

»Was ist?«

»In der Zwischenzeit dürfte sich im Ort herumgesprochen haben, *wer* die Leiche gefunden hat. Ich schätze, Fechner wird uns so bald nicht gehen lassen, wenn wir erst einmal in seiner Diele stehen.« Jette seufzte und drückte nun mit beiden Händen zu. »Schlimm?«

»Hat er eine Espressomaschine?«

»Weiß nicht. Vermutlich«, sagte sie lachend, und Richard legte die Hand zurück ans Steuer.

Der Wald vor ihnen lichtete sich, und nach wenigen Metern kamen sie an die Abzweigung nach Hollvitz. Rapsblütengeruch erfüllte nun das Auto. Sie waren etwa einen Kilometer auf der schmalen, halbdunklen Straße unterwegs, als Richard zwischen rechtem Fahrbahnrand und Rapsfeld einen Fußgänger erblickte. Er war hoch aufgeschossen, hatte lange, zu einem Pferdeschwanz gebundene Haare und trug abgeschnittene Jeans und T-Shirt. Quer über den Rücken spannte sich der Riemen einer Umhängetasche, die an seinen Hüften baumelte. Ohne sichtbare Eile bewegte er sich in Fahrtrichtung. Jette rückte auf ihrem Sitz vor. Sie schien den Mann ebenfalls zu bemerken. Und zu kennen.

»He, Moment mal! Das ist Florian. Bitte halt an!«

Als Richard auf Höhe des Mannes bremste, blieb dieser stehen. Jette betätigte den Fensterheber. Der Rapsgeruch verstärkte sich. Sie streckte den Kopf raus und blickte zu ihm hoch. »Du gehst auf der falschen Seite.«

Ein heiseres Lachen drang ins Auto.

»Willst du mit?«, bot Jette an. »Wir müssen sowieso in die Siedlung.«

Wenzels Antwort war nicht zu verstehen, aber Richard wertete das darauffolgende Klacken der Hintertür als Zustimmung. Die Innenraumbeleuchtung flammte auf, und im Rückspiegel erschien der Ausschnitt eines blauen Batik-Shirts.

Schmal. Das war das Erste, was Richard durch den Kopf ging, als er sich zur Rückbank umwandte. Oberkörper, Hals, Gesicht, Nase. Auch der rotblonde Zopf hing dem Mann nun in einer schmalen Linie über die Schulter. Die runden, leicht hervorstehenden Augen, aus denen der Endzwanziger ihn anblickte, lösten daher eine gewisse Irritation aus.

Nach einem wortlosen Zunicken fuhr Richard wieder an, Jette schaute sich weiter zur Rückbank um.

»Wo hast du gesteckt? Dein Chef hat dich gesucht.«

»Welcher? Marco oder der Alte?« Wenzel sprach ruhig, in langsamem, gedehntem Tonfall.

»Gerd Fechner. Er war mächtig sauer.«

»Wieso? Hab doch angerufen.«

»Bei Fechner?«

»Nee, bei seiner Tochter. Im Büro.«

»Wann?«

»Mittags rum.«

Jette lachte. »Ein wenig früher hätte dein Chef schon gern von deinem Fernbleiben erfahren.«

»Ging halt nicht eher«, sagte Wenzel mit Unschuldsmiene.

Die Bushaltestelle kam in Sicht, und Richard bog beim Firmenschild in den asphaltierten Weg ein. Hinter der ersten Biegung erkannte er die Siedlungshäuser, die von der Straßenseite aus durch das hohe Buschwerk verdeckt wurden. Unweigerlich stieg in ihm die Erinnerung an den gestrigen Abend hoch, an seinen letzten Wortwechsel mit Susanne Ortlepp. *Es sind nur ein paar Schritte*, hatte sie auf seine laut geäußerten Bedenken erwidert. Und unbestritten hatte sie damit recht behalten. Auch wenn ihm das Bild des leblosen Körpers in seinem Kopf etwas anderes suggerierte.

Als Richard vor der Villa anhielt, schob sich neben ihm Wenzels rotblonder Haarschopf zwischen die Vordersitze.

»Was is'n da los?«

Richard folgte dem Blick des jungen Mannes, der mit angespannter Miene durch die Frontscheibe stierte. Dann sah er, was die Aufmerksamkeit seines Fahrgasts auf sich gezogen hatte. Auf der Anhöhe hoben sich die rot-weißen Absperrbänder leuchtend vor dem dunklen Wäldchen ab.

»Hat Frau Seifert dir nichts gesagt?«, hörte Richard Jette fragen. Der Rotschopf versperrte ihm noch immer den Blick zur Seite.

»Was sollte Diana mir sagen?«, erwiderte Wenzel, weiter auf die polizeiliche Absperrung starrend.

»Susanne Ortlepp ist tot.«

Für einige Sekunden herrschte Stille, ehe Wenzel den Kopf zum Beifahrersitz drehte. »Wie jetzt?«

»Richard hat –« Jette unterbrach sich und fing von Neuem an. »Sie wurde heute früh tot aufgefunden. Oben, hinter Ruth Klawitters Entenstall. Irgendein Armleuchter hat da ein Tellereisen ausgelegt. Sie ist reingetreten und … na ja.«

Wieder dauerte es eine Weile, bis Wenzel reagierte. Die Langsamkeit machte anscheinend große Teile der Persönlichkeit des jungen Mannes aus.

»Verdammtes Pech«, murmelte er, und die rotblonden Haare verschwanden zeitlupenartig aus Richards Sichtfeld.

Alle drei stiegen aus. Wenzel bedankte sich fürs Mitnehmen und lief auf die beiden Wohnhäuser zu. Ruhige, gleichmäßige Bewegungen. Nur die schlaksigen Arme ruderten ein wenig schneller im Takt.

Jette schulterte ihre Tasche, und Richard verriegelte den Wagen. Schweigend gingen sie auf die Villa zu. An der breiten Eingangstür angekommen, fixierte Jette ihn mit einem ungeduldigen Blick, während sie zweimal kurz die Klingel drückte.

»Nun sag schon!«

»Was?«, tat er ahnungslos, obwohl er längst wusste, worauf sie anspielte.

»Du findest ihn komisch, stimmt's?«

»Nein.«

»Nicht?«

»Nein.«

»Sondern?«

»Umständlich«, sagte Richard im selben Moment, als im Türspalt ein kräftiges, glatt rasiertes Gesicht erschien. Es gehörte einem der Männer, die ihm heute früh auf dem Kolonnenweg entgegengekommen waren. Dem älteren, hinter dem Steuer des Pick-ups.

»Frau Herbusch! Was für eine angenehme Überraschung!« Der Mann zog die Tür weiter auf und machte einen Schritt vor. Erst da schien er Richards Anwesenheit zu bemerken. Anders als bei ihrer morgendlichen Begegnung musterte er ihn nun aufmerksam, gemischt mit einer Spur Neugier. Richard stellte sich vor, und nach einem anschließenden festen Händedruck wusste er, dass sein Gegenüber Gerd Fechner war.

»Wir kommen hoffentlich nicht ungelegen?«, erkundigte sich Jette.

»Mitnichten. Kommen Sie herein. Bitte!«

Damit trat der Bauunternehmer zur Seite und gab den Weg in eine große Diele frei. Wie Richard auffiel, war in der Villa viel alte Bausubstanz erhalten geblieben. Der Zementfliesenboden, die Zimmertüren mit Oberlicht sowie die gerade, zweiläufige Treppe waren aufwendig aufgearbeitet und in den Originalzustand versetzt worden. Ebenso der raumhohe Einbauschrank mit den bündig abschließenden Türen, der die komplette linke Wandseite ausfüllte. Die Rekonstruktion war fraglos sehr arbeits- und kostenintensiv gewesen, doch sie brachte den ursprünglichen Charakter des Hauses gut zum Vorschein.

Nachdem sie eingetreten waren, erklärte Jette ihr Anliegen und hielt Fechner das Briefkuvert hin. Er nahm es entgegen, ohne jedoch darauf einzugehen. Stattdessen nickte er zu einer der Türen, die von der Diele abgingen.

»Der Pastor und ich halten gerade Kriegsrat.«

»Pastor Lüdtke ist auch hier?« Jette sah von Fechner zur Tür und wieder zurück.

»Vor einer Minute gekommen.«

»Ich habe seinen Transporter gar nicht draußen gesehen.«

»Steht drüben, bei Ruth Klawitter. Der Pastor war eben bei ihr.«

»Ist es in Ordnung, wenn wir kurz Hallo sagen?«, fragte Jette und tauschte dabei einen Blick mit Richard, um sich auch seiner Zustimmung zu vergewissern. »Ich würde gern hören, wie es Frau Klawitter geht.«

»Die Ärmste ist völlig fertig. Die Polizei hat sie wegen des Tellereisens anständig in die Mangel genommen.« Fechner wies mit betrübtem Gesicht zur Tür. »Aber bitte! Gehen Sie nur.«

Jette bedankte sich und steuerte das Zimmer an. Als Richard ihr folgen wollte, wurde er von Fechner zurückgehalten.

»Wie man so hört, haben Sie die Leiche am Gehege gefunden.«

Richard antwortete mit einem stummen Nicken, in der Hoffnung, es dabei bewenden lassen zu können. Doch wie Jette es vorausgesagt hatte, war der Bauunternehmer in redseliger Stimmung.

»Dem Kerl gehören die Finger abgehackt, so ein Drecksding da hinzustellen«, wetterte er los. »Hat der nicht eine Sekunde über sein Handeln nachgedacht? Die arme Frau Klawitter wurde wie eine Verbrecherin verhört.«

»Für Frau Ortlepp waren die Folgen weitaus tragischer«, meinte Richard, der nach wie vor bezweifelte, dass die Tierhalterin nichts über das Tellereisen hinter ihrem Stall gewusst hatte.

»Da bin ich ganz bei Ihnen.« Fechner bemühte sich nun um einen gedämpften Ton. »Und ich als Grundstückseigentümer der Siedlung habe selbstverständlich eigenes Interesse an der Aufklärung. Aber es macht einen wütend, wenn rechtschaffene Leute wegen so einem Dummkopf von der Polizei behelligt werden.«

Auch auf die Gefahr, dass er sich mit seiner Frage gleichfalls den Unmut des Mannes auflud, kam Richard nicht umhin, sie zu stellen. Es ging ihm nicht aus dem Sinn, dass Susanne Ortlepps Schreie in der Siedlung unbemerkt geblieben seien sollten.

»Waren Sie gestern Abend zu Hause?«

Falls Fechner sich brüskiert fühlte, ließ er es sich nicht anmerken. Seine Miene blieb unverändert. »Außer der alten Ruth war niemand von uns hier.« Er deutete nach draußen. »Frau Jacobi liegt in Greifswald in der Klinik. Sie hatte einen MS-Schub, und ihr Mann und die Tochter haben dort übernachtet. Ich selbst war beim Nachtangeln, und die Kinder waren auf einer Feier eingeladen. Die waren wie ich erst gegen drei Uhr zurück.«

Vermutlich bezog sich das »Kinder« auf Fechners Tochter und Schwiegersohn, dachte Richard.

»Aber was lamentiere ich: Für Sie war der Tag auch kein Vergnügen.« Fechner hob die bulligen Arme, als wollte er das Thema beilegen, sah Richard aber weiter unverwandt an. »Was genau hatten Sie denn vor?«

Es dauerte, bis Richard begriff, dass die Frage auf seinen morgendlichen Spaziergang beim Gehege abzielte.

»Ich wollte mir die Ruine ansehen.«

»Verstehe.« Fechner nickte mehrmals, dann winkte er ab, »Sie haben nichts verpasst. Bis auf ein paar verkümmerte Mauerreste der Trockenkammern steht da nichts mehr. Mein Großvater hat ganze Arbeit geleistet.«

Der Bauunternehmer ging zur Treppe und zeigte auf eine der Fotografien, die an der Wand über den Stufen aufgehängt waren. Richard kam näher und betrachtete die gelblich braune Aufnahme, auf der eine Kreidegrube zu sehen war.

»Auf Jasmund gab es zu Beginn des letzten Jahrhunderts noch etliche Kreidewerke. Die Familie meiner Mutter besaß vor dem Krieg gleich mehrere Kreidebrüche. Der größte befand sich in Hollvitz, gleich hinterm Wäldchen.« Fechner tippte nun auf einen Mann auf einem sepiagetönten Familienfoto. »Als der Russe Anfang '45 immer näher kam, fasste mein Großvater den Entschluss, die Produktionsstätte in die Luft zu jagen. Was er auch einige Tage vor dem Aufbruch zur Flucht erfolgreich in die Tat umgesetzt hat. Gott sei Dank schaffte es der Rest der

Familie, ihn davon abzuhalten, auch die Villa und die Arbeiterhäuser zu zerstören.«

Fechner machte eine raumumfassende Geste. »Mein Großvater ist wenige Jahre nach Kriegsende gestorben und hat die
Wiedervereinigung somit nicht mehr erleben können. Aber für
meine Mutter und ihre Geschwister war es ein unbeschreib-
liches Gefühl, als sie in das Haus ihrer Kindheit zurückkehren
konnten. Die Villa war zwar völlig heruntergekommen, aber
immerhin stand sie noch.«

»Es bedeutet Ihrer Mutter sicher viel, dass Sie das ehemalige
Familienanwesen übernommen haben«, erwiderte Richard.

»Oh ja. Sie war sehr glücklich darüber.« Fechners Blick wanderte zurück zu dem Familienfoto. »Als meine verstorbene
Frau und ich das erste Mal hierherkamen, haben wir sofort
entschieden, dass wir dieses Stück Familiengeschichte fort-
führen werden. Ich fühlte mich einfach dazu verpflichtet, die
Siedlung wieder in ihrem altem Glanz erstrahlen zu lassen.«

Dann endlich hielt Fechner auf die Tür zu, durch die Jette
entschwunden war. Als er nach der Klinke fasste, sah er Richard mit glänzenden Augen an. »Und das Schönste ist: Die
Siedlung wird noch einige Generationen nach mir überdauern.«
Er lächelte stolz. »Ich werde bald Großvater.«

Hinter der Tür befand sich ein großes Esszimmer, mit
schlichter, aber stilvoller Möblierung. An den Wänden hingen
zwei abstrakte Gemälde und ähnliche historische Familienauf-
nahmen wie in der Diele. Die Rollläden vor den Fenstern waren heruntergelassen, und ein beeindruckender Kronleuchter
erhellte den Raum. Neben Jette und dem Pastor, die an einem
mit Akten bedeckten Tisch standen, war eine weitere Person
anwesend. Eine Mittdreißigerin in ärmelloser Tunika, die sich
mit dem Rücken gegen einen Schrank gelehnt hatte. Sie war
eher klein, von untersetzter Statur, und lange, dunkle Locken
umrahmten das breite Gesicht. Ihre Wangen waren stark ge-
rötet, und auch auf den Armen, die sie über ihren schwangeren
Bauch gekreuzt hatte, leuchteten rote Flecken.

Nachdem Richard Fechners Tochter Diana Seifert und Lüdtke begrüßt hatte, hörte er mit Erleichterung, dass Jette die Bitte des Hausherrn, Platz zu nehmen, ausschlug. »Danke, aber wir möchten nicht stören. Bestimmt haben Sie Wichtiges zu bereden.« Sie deutete auf die Aktenberge auf dem Tisch.

Fechner, der das Kuvert in der Hand hielt, machte eine wegwischende Handbewegung. »Wir wollen nur ein paar Möglichkeiten durchspielen. Solange das Sachverständigengutachten nicht schriftlich vorliegt, können wir weder über konkrete Zahlen reden noch entscheiden, wie wir mit der Sakristei weiterverfahren wollen.«

»Außerdem müssen wir die Stellungnahme der Denkmalpflege abwarten«, vermerkte Lüdtke. »Nach dem unerwarteten Ereignis von heute Morgen wird das aber mit Sicherheit dauern.«

Es entstand eine kurze Pause mit betretenem Schweigen, bis Fechner schließlich das Kuvert schwenkte. »Also dann. Noch mal danke fürs Vorbeibringen, Frau Herbusch!«

»Das war doch selbstverständlich.«

»Warten Sie! Ich begleite Sie zur Tür.« Fechners Tochter stieß sich unbeholfen vom Schrank ab. »Ich brauche sowieso dringend Bewegung.«

Sie waren schon halb aus dem Zimmer, als Jette etwas einzufallen schien. »Ach, Pastor Lüdtke!«

Sie ging zurück, woraufhin Lüdtke sie gespannt anblickte. »Bei unserer letzten Besprechung mit Frau Ortlepp sind Sie und Florian noch geblieben, richtig?«

Lüdtkes Stirn teilte eine Falte. »Und?«

Richard war gleichermaßen irritiert, was genau Jette in Erfahrung bringen wollte, bekam aber bald eine Ahnung.

»Frau Ortlepp hat mich anschließend angerufen und wollte wissen, ob ich einen Ortschronisten kenne.«

»Einen Ortschronisten? Weshalb?«, fragte Fechner.

»Ich weiß nur, dass es ihr um die Jahre zwischen dem Ersten

und dem Zweiten Weltkrieg ging«, sagte Jette und sah Lüdtke wieder direkt an. »Vermutlich hatte sie aus diesem Grund auch den heutigen Termin anberaumt. Haben Sie eine Idee, wo ihr plötzliches Interesse herrührte?«

Aber Fechner ließ den Pastor nicht zu Wort kommen. »Das liegt doch auf der Hand. Die Sakristei wurde 1926 angebaut.«

Jette schüttelte den Kopf. »Das passt nicht zu ihrer Bemerkung Richard gegenüber.«

Postwendend richteten sich die Augen der Männer auf ihn. Richard schien es gar, als könnte er auch den Blick von Fechners Tochter im Rücken spüren. Er räusperte sich. »Frau Ortlepp hat angedeutet, die Angelegenheit wäre von einem großen öffentlichen Interesse.«

»Hier? In Hollvitz? Was bitte soll das sein?« Fechners darauffolgendes Schnauben signalisierte deutlich, was er davon hielt. Und auch Lüdtke blickte zweifelnd über den Brillenrand.

Richard konnte ihnen ihre Skepsis nicht verübeln. Er wusste selbst, wie wenig vorstellbar sich das anhörte.

»Das müssen nicht zwingend Örtlichkeiten sein«, entgegnete er. »Denkbar sind auch namhafte Personen, die zu dieser Zeit in Hollvitz gelebt oder sich aufgehalten haben.«

Erneut war es Fechner, der antwortete, freundlich, aber mit Nachdruck. »Das halte ich für ausgeschlossen. Mein Großvater hätte es nämlich nicht unerwähnt gelassen, wenn jemand von Rang und Namen in Hollvitz sesshaft gewesen wäre oder hier logiert hätte. Nein, nein, hier war niemand, der weltweite Aufmerksamkeit genießt.« Er legte Jettes Kuvert auf den Tisch und blickte auffordernd zum Pastor. »Oder ist Ihnen mal ein Name untergekommen?«

Lüdtke rückte die Brille zurecht, schien zu überlegen. Dann sah er Jette schulterzuckend an. »Keine Idee, Frau Herbusch.«

Daraufhin verabschiedeten sie sich und verließen zusammen mit Fechners Tochter das Esszimmer. Während sie die Diele durchquerten, nagte an Richard das Gefühl, dass er gerade etwas verpasst hatte. Nur konnte er es nicht greifen. Nicht einmal sagen, was dieses Empfinden ausgelöst hatte. Ein Gegenstand? Eine Bemerkung? Ein Blick? Vielleicht wäre Richard im Laufe des Gesprächs noch darauf gekommen, hätte es denn länger angedauert.

Die Siedlung lag mittlerweile im Dunkeln. Da es keine Straßenbeleuchtung gab, erhellte allein die Nachtbeleuchtung des Bauhofs den Hauseingang. Diana Seifert war mit ihnen vor die Tür getreten. Sie presste die Hände nun seitlich gegen ihren runden Bauch. Es war ihr anzusehen, dass sie sich unwohl fühlte. Trotzdem umspielte ein glückseliges Lächeln ihre Lippen.

»Der Racker will heute einfach keine Ruhe geben.«

Jette lächelte zurück. »Wann ist es denn so weit?«

»Gefühlt schon morgen.« Die Frau seufzte laut. »Sechs Wochen werde ich aber noch durchhalten müssen. Zum Glück geht es in der Firma derzeit etwas ruhiger zu. Und unser Vereinsfest übermorgen ist auch meine vorerst letzte Aktivität für den Kirchenverein.« Das brachte sie anscheinend auf einen Gedanken. »Wie ist es? Hätten Sie beide nicht Lust dazuzukommen?«

Richards Zustimmung voraussetzend, sagte Jette: »Gern.«

»Prima! Es ist immer schön, wenn wir viele Einheimische begrüßen können.«

Die beiden Frauen tauschten sich noch kurz über Ort und Uhrzeit aus, ehe die Tür zufiel und sich eine eisige Stille ausbreitete. Richard wartete, dass Jette den Anfang machte. Das aussprach, was er sich weigerte zu glauben, obwohl sein Verstand es längst realisiert hatte. Als sich der Moment immer weiter ausdehnte, hielt Richard es nicht mehr aus.

»Einheimische? Was heißt das?«

Jette hob den Blick, doch es dauerte, bis er auch ihre Stimme hörte. »Das Küsterhaus gehört mir. Ich habe es gekauft.«

10

Es roch nach frisch gebrühtem Kaffee, als Richard von draußen in die Küche kam. Jette stand am Fenster, die Arme ineinander verschränkt. Sie trug jetzt Jeans und einen blauen Pullover. Sie musste sich umgezogen haben, während er vor dem Haus mit Charlotte telefoniert hatte. Der Uhr auf seinem Handy nach über eine halbe Stunde. Dabei war nichts Besonderes vorgefallen. Wenigstens nicht bei Henrik und Charlotte. Er war es gewesen, der das Telefonat absichtlich in die Länge gezogen hatte. Jettes Neuigkeit musste erst einmal sacken. Die kurze Autofahrt von der Siedlung ins Dorf war in Schweigen verlaufen. Richard hätte auch nichts zu sagen gewusst. Außer dass er enttäuscht war. Wieder einmal.

»Schöne Grüße«, sagte er und legte das Handy auf die Küchenzeile.

Jette sah ihn an, nickte still. Unter anderen Umständen hätte sie sicher mehr wissen wollen, Fragen nach Henrik gestellt. Aber Jette schien klar zu sein, dass er dringender ein paar Antworten benötigte. Sie hockte sich auf das Sofa, vor ihr auf dem Tisch dampfte der Kaffee in zwei Tassen. Sie zog eine Tasse heran, tat Milch und Zucker hinein, trank aber nicht. Es sah aus, als wartete sie darauf, dass er sich zu ihr setzte.

Richard blieb, wo er war. Unliebsame Gespräche führte er besser im Stehen.

»Ich weiß, was du denkst«, begann Jette schließlich, bemüht, ein Beben in der Stimme zu unterdrücken. »Der Hauskauf war wieder mal so eine vorschnelle Entscheidung von mir. Und eine gänzlich sinnfreie dazu. Stimmt's?«

»Ich denke, es wäre schön gewesen, wenn du mich mit einbezogen hättest. Das ist alles.«

»Du warst nicht da. Ich konnte dich nicht um deine Meinung fragen.«

Einen Moment lang war Richard perplex. »Wir haben telefoniert. Jeden Tag. Ein Wort, und ich wäre hergekommen.« In ihrem Gesicht erschien ein verkrampftes Lächeln. »Das Haus gehört mir seit dem Spätsommer.« Richard fing an zu begreifen. Der Kauf war schon vor Monaten über die Bühne gegangen, lange bevor er Jette Ende Dezember wiederbegegnet war. Seine Meinung hatte zu diesem Zeitpunkt keine Rolle gespielt. *Du warst nicht da.* Richard sollte erleichtert sein. Doch das war er nicht.

»Warum ausgerechnet Rügen? Zufall – oder hing das mit dem Auftrag hier zusammen?«

»Der Auftrag.« Jette rührte mit dem Löffel in ihrer Tasse. »Der Kontakt nach Hollvitz ist im letzten Juli durch einen befreundeten Kollegen entstanden. Er hat mich für die Restaurierung empfohlen. Ich wollte den Job zunächst ablehnen. Ich habe mich noch nicht fit genug gefühlt nach ...«, ihre Stimme versagte kurz, »... nach allem, was in Gellerhagen gewesen ist. Dann hieß es aber, die Arbeiten finden nicht vor dem nächsten Frühjahr statt. Ich konnte also in Ruhe überlegen, ob ich den Auftrag annehme. Gerd Fechner hat mich eingeladen, mir den Altar und die Kirche vorab anzuschauen. Bei einem Rundgang durchs Dorf hat er mir das Küsterhaus gezeigt und erzählt, dass der Kirchenverein überlegt, es aus Kostengründen abzustoßen. So kam eins zum anderen.« Sie hob die Schultern, lächelte. Diesmal ungezwungen. »Mir gefiel das Haus auf Anhieb. Das alte Fachwerk, die Fensterläden, der Blick auf den Kirchturm. Die Ruhe, die ich hier zum Schreiben –«

»Okay, das versteh ich alles«, unterbrach Richard ihre Schwärmerei. »Nur, es hat Jahrzehnte leer gestanden. Der größte Teil vom Haus ist in einem desolaten Zustand. Mal abgesehen von den Kosten: Es braucht zig Arbeitsstunden, so ein Gebäude wieder herzurichten.«

»Genau darum ging es doch.« Jette hörte auf zu rühren, legte den Löffel beiseite. »Hollvitz sollte eine Art Traumabewältigung für mich werden. Eine Herausforderung, der ich mich jeden Tag neu stellen muss. Viel Arbeit bedeutet keine Zeit zum Nachdenken. Über Rike, Gellerhagen ... und auch über dich.«

Es war unnötig zu fragen, was sie damit meinte. Die Umstände um den Tod ihrer Schwester waren auch schmerzhafter Teil seiner eigenen Vergangenheit.

Jette sank nach hinten. »Tja und dann, kaum dass der Kaufvertrag unterschrieben war, passierte das, womit ich nicht mehr gerechnet hatte: Du hast mir eine Nachricht geschickt. Hollvitz, das Küsterhaus, mein Auftrag – das alles rückte plötzlich weit in den Hintergrund.«

Richard ging zum Tisch und setzte sich ihr gegenüber. Forschend sah er sie an. »Ich bin bestimmt der Letzte, der kein Verständnis für deine Beweggründe hätte. Nur kapier ich nicht, wieso du mir bis heute nichts von dem Haus erzählt hast.«

»Das war dämlich, und es tut mir auch leid.« Jette schien noch tiefer ins Sofa zu sinken. »Aber da gab es deinen Sohn, von Anfang an ... Mir war klar, dass du nicht aus Dortmund wegkannst. Ich hatte die stille Hoffnung, wenn du erst einmal in Hollvitz bist – vielleicht sogar mit Henrik –, würde alles leichter sein. Nicht nur für mich, es dir zu sagen. Auch für dich, dir das Ganze vorzustellen.«

»Was soll ich mir vorstellen?« *Eine idiotische Frage.*

»Kannst du dir das nicht denken?«

Er konnte es. *Leider.*

»Du willst das Haus behalten.«

Ihre Atemgeräusche füllten die Pause. Dann rutschte Jette vor und umschloss Richards Hand, die auf der Tischplatte lag. »Dortmund wird für die nächsten Jahre dein Lebensmittelpunkt bleiben. Das ist mir bewusst. Aber du als Freiberufler kannst von überall arbeiten, und solange Henrik noch nicht zur Schule geht, könntet ihr auch unter der Woche nach Rügen kommen. Es kann funktionieren, meinst du nicht?«

»Was möchtest du hören, Jette?«, erwiderte er mit einer

Schärfe, die ihn selbst überraschte.»›Alles gut, führen wir eben eine Fernbeziehung, von Dortmund nach Hollvitz sind es ja bloß schlappe sechshundertfünfzig Kilometer‹?«

Jette ließ ihn los, zog ihre Hand langsam zurück.»›Ich denke darüber nach.‹ Das würde mir fürs Erste reichen«, sagte sie beinahe sanft.

Richard stand auf und stellte sich ans Fenster. Mit gespreizten Händen wischte er sich einige Male übers Gesicht. Er benahm sich unangemessen. Fand sich selbst auf einmal stur und bockig. Nach einem tiefen Atemzug schlug er bewusst einen deutlich ruhigeren Ton an.»Was ist mit deiner alten Wohnung? Hast du sie schon gekündigt?«

»Nein«, sagte Jette nachdrücklich.»Und so schnell habe ich das auch nicht vor. Ich bin mir ja selbst noch nicht über alle Konsequenzen im Klaren.« Sie nahm einen Schluck Kaffee. Verzog das Gesicht, als wäre er bereits kalt.»Zumal ich eh erst abwarten sollte, was es mit Frau Ortlepps rätselhaften Andeutungen auf sich hat, bevor ich größere Umbauarbeiten am Haus in Angriff nehme.«

Richard war verwirrt.»Susanne Ortlepp? Was hat sie damit zu tun?«

»Na ja, vorhin in Fechners Villa kam mir der Gedanke, dass es ihr möglicherweise um das Küsterhaus ging.«

»Wie kommst du darauf?«

»Zum einen, weil ich in den Augen dieser Frau keine Einheimische war. Sie wusste nicht, dass ich die neue Eigentümerin bin.«

»Sie hätte es vom Pastor oder Fechner wissen können.«

»Glaube ich nicht«, widersprach Jette.»Als wir das letzte Mal telefoniert haben, sagte sie, sie möchte sich gern in der Kirche treffen, nicht im Vereinshaus. Außerdem würde das Küsterhaus erklären, wieso sie einen Ortschronisten sprechen wollte.«

»Inwiefern erklären?«

»Das Haus wurde 1853 errichtet, ist aber 1917 bis auf die

Grundmauern niedergebrannt. Später beschloss die Kirche, es wieder aufzubauen. Die Bauzeit ist laut Grundbucheintrag auf 1921 datiert.«

Er nickte verstehend. »Zwischenkriegszeit.«

»Und wenn eine Denkmalpflegerin von öffentlichem Interesse redet, bedeutet das im Umkehrschluss für den Eigentümer meist strenge Auflagen bei der Sanierung.« Jette malte abwesend Kreise auf dem Tassenrand. »Das würde mein geplantes Budget wahrscheinlich verdreifachen. Ich könnte das finanziell nie und nimmer stemmen. Da helfen mir auch keine Zuschüsse aus irgendwelchen Fördertöpfen oder Steuerbegünstigungen.«

Richard rieb sich nachdenklich das Kinn, das Gesicht dem angestrahlten Kirchturm hinterm Fenster zugedreht. Jettes Überlegungen waren nicht von der Hand zu weisen. Bauzeitlich betrachtet passte das Küsterhaus durchaus. Jedoch traf das vermutlich auf über die Hälfte der Häuser in Hollvitz zu. Zudem hätte sich Susanne Ortlepp dann sicher nicht in der Kirche, sondern direkt vor Ort treffen wollen. Und ein weiterer Punkt störte Richard.

»Gut. Ich will nicht bestreiten, dass das Haus aus Sicht der Denkmalpflege für die Region von Bedeutung sein könnte. Aber mal ehrlich, Jette. Warum sollte sich die internationale Presse dafür interessieren? Das ist mir zu weit hergeholt.«

»Sicher, was den baulichen Aspekt angeht, ist am Küsterhaus nichts Außergewöhnliches. Doch wenn es von zeitgeschichtlicher Bedeutung ist, wäre das bestimmt auch eine Meldung im Ausland wert. Du selbst hast diese Möglichkeit vorhin bei Fechner in Betracht gezogen.«

Richard dachte an ihren Besuch in der Villa zurück. Dann verstand er. »Das Haus könnte in Verbindung mit einer namhaften Persönlichkeit stehen.«

Jette nickte voller Eifer. »Vielleicht hat hier jemand Bekanntes gewohnt. Gelegentlich oder auch für länger. Oder er ist hier zur Schule gegangen.«

»Im Haus gab es eine Schule?«

»Bis in die 1930er-Jahre hinein. Auf dem Dorf ist es früher gang und gäbe gewesen, dass das Küsterhaus gleichzeitig als Schulgebäude genutzt wird. Der Dorfschullehrer bekleidete häufig das Amt des Küsters in Personalunion. Um 1900 fing man zwar allmählich an, die Ämter aufzuspalten, aber in Hollvitz wurde das tatsächlich noch bis 1932 so gehandhabt.« Richard ließ sich ihre Argumente durch den Kopf gehen. Sie klangen durchaus plausibel. Ein Gebäude konnte auch durch seinen dokumentarischen Wert eine Denkmalwürdigkeit erlangen und somit von öffentlichem Interesse sein. Jedoch beruhte das Ganze auf bloßen Annahmen. Solange es keinen konkreten Anhaltspunkt gab, war Jettes Sorge hinsichtlich denkmalpflegerischer Auflagen für das Küsterhaus unbegründet.

»Ihre Anspielungen können alles und nichts bedeuten«, äußerte er den Gedanken schließlich laut. »Du machst dich wahrscheinlich völlig umsonst verrückt.«

Doch Jette schien gar nicht richtig hinzuhören. »Ruth Klawitter wird garantiert Genaueres wissen. Schade nur, dass ich morgen nach Greifswald muss.«

Das war neu. »Weshalb denn?«

»Der befreundete Kollege wohnt dort. Ich habe Probleme beim Farbabtrag und hatte ihn heute Vormittag telefonisch um Rat gefragt. Wir sind für morgen in seiner Werkstatt verabredet.« Sie schüttelte ärgerlich den Kopf. »Zu blöd …«

»Dann halte eben auf dem Rückweg in der Siedlung an.«

Klar, du Schlaumeier, wäre sie ja nicht von allein draufgekommen.

»Das ginge, logisch. Ich möchte aber anschließend noch im Kirchenkreisarchiv vorbeischauen. Dort sind die Hollvitzer Kirchenbücher archiviert. Ich hatte zwar vor Wochen bei meiner eigenen Recherche hineingesehen, aber unter einem ganz anderen Blickwinkel. Es kann nicht schaden, sie noch einmal unter die Lupe zu nehmen. Doch wenn ich dann auch Frau Klawitter besuche, haben wir morgen Abend noch weniger Zeit füreinander.«

Jette erhob sich mit ihrer Tasse vom Sofa und stellte sie ins Spülbecken. Ihr Blick blieb darauf liegen. »Es sei denn ...«, erwartungsvoll drehte sie sich zu ihm um, »... du stattest Ruth Klawitter einen Besuch ab.«

Richard machte eine ablehnende Geste. »Komm nicht in Frage, nein!«

»Du kommst sowieso nicht drum herum. Ich habe ihr praktisch schon versprochen, dass du vorbeischaust.«

Verständnislos sah er sie an.

»Sie besitzt ein altes Ölgemälde und hat mich gefragt, ob du es nicht mal schätzen könntest.«

»Na super«, entfuhr es Richard.

»Ja, der olle röhrende Hirsch über dem Sofa, ich weiß.« Jette schob sich ungeduldig eine Haarsträhne aus der Stirn. »Aber das Bild war ein Hochzeitsgeschenk, und ihr verstorbener Mann hing wohl sehr daran. Ich konnte ihr die Bitte nicht abschlagen.«

Das kam ihm bekannt vor.

»Du würdest mir damit wirklich helfen, und Frau Klawitter ist eine reizende alte Dame«, sagte Jette und fügte mit einem Lächeln hinzu: »Du wirst sie mögen.«

Richard kapitulierte. »Ich schaue bei ihr vorbei.«

»Danke.« Sie wurde wieder ernst, ihr Tonfall verhaltener. »Und? Denkst du darüber nach?«

Nach kurzem Zögern bejahte er. Dabei hätte er ihr die Antwort genauso gut gleich geben können. Es gab nichts zu überdenken.

Die Türklingel hallte durchs Haus. Sekundenlang lauschten sie dem Echo nach, ehe Jette verwundert auf ihre Uhr blickte. »Wer ist das denn noch?«

Richard checkte ebenfalls die Uhrzeit. Viertel nach zehn. Für einen Höflichkeitsbesuch definitiv zu spät. Wer auch immer zu dieser vorgerückten Stunde vor der Tür stand: Er musste ein dringendes Anliegen haben. Jette begab sich in den Flur, aus dem bald darauf leise Stimmfetzen zu vernehmen waren. Nach einigen Minuten näherten sich schwere Schritte, und eine vertraute Gestalt in Uniform drängte sich durch den Türrahmen.

»Hallo Richard«, sagte Bert Mulsow.

11

Martin Lüdtke gurtete sich an und drehte das Radio auf. Es war kurz nach halb elf, und die halbstündlichen Verkehrsnachrichten liefen. Für gewöhnlich war um diese spätabendliche Uhrzeit nie viel los auf den Straßen. So auch heute. Der Radiomoderator hatte lediglich eine einzige Meldung zu verlesen. Eine ungesicherte Unfallstelle auf der A 20, zwischen den Anschlussstellen Gützkow und Greifswald. *Gützkow.* Seine alte Wirkungsstätte. Martin erinnerte sich mehr als ungern an seine Amtszeit dort. Zu viele Rückschläge hatte er in Gützkow wegstecken müssen, berufliche wie private. Insbesondere private. Nach dreiundzwanzig gemeinsamen Jahren war seine Frau der Ansicht gewesen, dass sie sich lang genug für die Rolle der beflissenen, selbstlosen Pastorengattin geopfert hatte und endlich an der Reihe war, ihren eigenen Traum vom Leben zu verwirklichen. Martin hatte es nicht kommen sehen und war am Boden zerstört gewesen. Wenige ins Leere laufende Gespräche darauf war sie mit den Kindern vom Pfarrhaus in ein schmuckes Vier-Zimmer-Apartment nach Greifswald gezogen, und er hatte um seine Versetzung nach Rügen gebeten. Nur einen Monat später entpuppte sich der Lebenstraum seiner Frau als der blonde, hünenhafte Klassenlehrer der jüngsten Tochter. Das hatte Martin bis heute nicht verwunden.

Er startete den Transporter und verließ die Siedlung. Fokussierte die Gedanken auf die Gegenwart. Es gab momentan Dringenderes als das Scheitern seiner Ehe, über das er nachdenken musste. Die Angelegenheit war mit Susanne Ortlepps Tod lange nicht aus der Welt geschafft. Auch wenn sie bisher niemanden eingeweiht haben sollte, bestand weiter die Gefahr, dass das Ding in die falschen Hände geriet. Leuten wie diesem Richard Gruben. Der Mann war zwar Experte für zeitgenössische Kunst, besaß aber allemal genug historischen Sachverstand, um die richtigen Schlüsse zu ziehen. Schlimmer noch. Er hatte längst damit begonnen, wie er in Fechners Esszimmer unter Beweis gestellt hatte. Dabei wusste Gruben eigentlich nichts. Ein paar nebulöse Andeutungen von Susanne Ortlepp hatten ausgereicht, um das Gedankenkarussell des Professors in Gang zu setzen. Und jetzt warf ihr Tod obendrein allerhand Fragen auf. Was, wenn Gruben anfing, sich in die Sache zu verbeißen? Im Dorf herumschnüffelte? Martin wollte sich lieber nicht ausmalen, wie schnell ihr Ende dann womöglich besiegelt war.

Vor ihm schälte sich der beleuchtete Kirchturm aus der Dunkelheit. Martin nahm abrupt den Fuß vom Gaspedal. Stöhnte über seine eigene Schusseligkeit. Er war beim Losfahren so über seine Exfrau ins Sinnieren gekommen, dass er falsch abgebogen war. Für den Heimweg hätte er die Siedlung über die andere Zufahrt verlassen müssen, über Hollvitz brauchte er um einiges länger. Martin schwankte, ob er wenden sollte, doch die Lichter der ersten Häuser blitzen bereits auf. Schließlich mündete der Kolonnenweg in die Dorfstraße ein. Als sein Blick das Küsterhaus einfing, trat er scharf auf die Bremse. Der Transporter kam mitten auf der Straße zum Stehen. Martin überlegte fieberhaft, während er den Streifenwagen in der Einfahrt anstarrte.

Was führte die Polizei zu dieser Stunde zu Jette Herbusch? Eine Beschwerde wegen nächtlicher Ruhestörung? Ein Einbruch? Schlechte Nachrichten? – Martin hörte auf, nach Erklärungen zu suchen. Sein Bauchgefühl sagte ihm längst, dass es für den Streifenwagen vor dem Haus nur einen einzigen Grund geben konnte: Susanne Ortlepp. Die Polizei musste inzwischen erste Hinweise und Spuren ausgewertet haben, und Richard Gruben hatte sie gestern in seinem Auto mit nach Hollvitz genommen, wie er Martin am Morgen erzählt hatte. Höchstwahrscheinlich war Gruben der Letzte gewesen, der die Denkmalpflegerin lebend gesehen hatte. Da brauchte es nicht viel, um eins und eins zusammenzuzählen. Ein Unfall mit Todesfolge wurde von der Polizei ausgeschlossen.

Das behagte Martin ganz und gar nicht. Auch wenn er keine

Sicherheit hatte, verfügte er über viel zu viel Wissen, um dem keine Beachtung zu schenken. Durfte er es ignorieren? Sich anmaßen, zu entscheiden, was von größerem Belang war? War das die Sache wert? Martin griff nach seinem Asthmaspray. Nachdem die befreiende Wirkung eingesetzt hatte, fuhr er in gemäßigtem Tempo weiter, bis er auf Höhe des Friedhofstors erneut abbremste. Er steuerte nach links auf die Umfassungsmauer zu und drehte den Zündschlüssel. Die Motorengeräusche erstarben. Martin beugte sich über das Lenkrad und scannte den nächtlichen Friedhof ab. Der Bereich um den Kirchturm war durch die Bodenstrahler gut einsehbar. Die ersten Grabreihen, das spitzbogenförmige Eingangsportal. Der übrige Teil lag schemenhaft im Dunkeln. Trotzdem hatte Martin keine Mühe, sich zu orientieren. Sein Blick fixierte das hohe, mit Bleiruten eingefasste Chorfenster. Konzentriert saß er da und wartete. Und wartete. Dann, als er schon dachte, er hätte sich getäuscht, sah Martin es wieder. Ein Aufflackern hinter dem Glas. Schwach und schmal, wie der Lichtstrahl einer Taschenlampe.

Jemand trieb sich in der Kirche herum.

Kurzerhand kletterte Martin aus dem Wagen. So geräuscharm wie möglich zog er die seitliche Schiebetür auf und schnappte sich den Handscheinwerfer aus der Werkzeugkiste. Das Friedhofstor quietschte gedehnt, als Martin es aufstieß. Er mied den Hauptweg und bahnte sich über die im Dunkel liegenden Seitenpfade den Weg zur Kirche, das Fenster fest im Blick. Eine Windböe wehte durch die Buchen, das Blätterrascheln dämpfte seine Schritte.

Martin erreichte das Eingangsportal. Stellte fest, dass das Türschloss unversehrt war. Demnach musste sich der Eindringling über die Tür in der Sakristei Zugang verschafft haben. Aber er wollte sichergehen und drückte die schwere geschwungene Klinke. Die Tür war verschlossen. Er legte ein Ohr an den rechten Flügel, lauschte. Kein Laut drang durch das massive Eichenholz. Martin fischte nach seinem Schlüsselbund in der Jacke, entschied sich aber im letzten Moment dagegen, den Haupteingang zu benutzen. Es würde weniger Aufsehen erregen, wenn er sich von hinten näherte. Eng an die Backsteinwand gedrückt und den Handscheinwerfer noch immer ausgeschaltet, umrundete er das Kirchenschiff. Die Konturen der Sakristei zeichneten sich ab. Aus dem Fenster fiel spärliches Licht nach draußen. Martin pirschte sich heran und lugte ins Innere. Es vergingen mehrere Sekunden, bis er verstand, was sich da vor seinen Augen abspielte. Dort drinnen war kein Langfinger am Werk, wie Martin angenommen hatte. Hollvitz' sakrale Schätze oder Fechners Lehmputzsäcke scherten den Eindringling einen Kehricht. Nein, im Gegenteil. Er brachte etwas zurück. Etwas, das sein Versteck niemals hätte verlassen dürfen. Martin presste den Rücken an die Wand. Atmete tief durch. Wenigstens wusste er jetzt, dass seine Befürchtungen von vorhin haltlos waren. Diesbezüglich brauchte er sich nicht mehr zu sorgen. Wenngleich sein Herz weiter hart gegen den Brustkorb schlug. Denn die Angelegenheit war damit noch immer nicht vom Tisch. Das Versteck in der Sakristei stellte ein zu großes Risiko dar. Was sollte er nun tun? Untätig bleiben oder handeln? Hastig wog Martin die Gefahren des Für und Wider ab. Als die Sakristeitür mit einem leisen Ächzen zufiel, hatte er sich zum Handeln entschieden.

Er blieb noch zehn Minuten im Schutz der Dunkelheit stehen, dann schaltete er den Handscheinwerfer ein. Wie erwartet war die Sakristeitür wieder verriegelt worden. Martin angelte nach dem Schlüsselbund. Drinnen ließ er den Lichtkegel über die Wände gleiten. Er fand die Stelle, ging darauf zu und legte die Lampe auf den Boden. Danach löste er einige der losen Mauerziegel, bis ihm die Öffnung in der Wand groß genug erschien. Er steckte die Hand hinein, ertastete den kalten, rauen Körper und hob ihn vorsichtig heraus. Bei seinem Anblick verflachte sich Martins pochender Herzschlag. Er hatte die richtige Entscheidung getroffen. Jetzt musste er nur noch die richtige Lösung dafür finden.

12

»Darf ich Ihnen etwas anbieten? Kaffee? Oder einen Tee vielleicht?«

Bert Mulsow lehnte ab. »Nur ein paar Fragen, und ich bin schon wieder weg, Frau Herbusch.«

»Gut, dann lasse ich euch jetzt allein.« Jette entfernte Richards unberührte Tasse vom Tisch und reichte dem Polizisten die Hand. »War schön, dass wir uns mal wiedergesehen haben. Auch wenn der Anlass alles andere als das ist.«

»Ich hätte mir auch einen erfreulicheren Grund gewünscht, das können Sie mir glauben.«

Jette trug die Tasse zur Spüle, und auf der Türschwelle wünschte sie Mulsow noch eine gute Heimfahrt. Dann waren die Männer allein.

»Entschuldige, dass ich so spät bei euch reinschneie, Richard.«

»Kein Problem. Außerdem habe ich dich eingeladen, schon vergessen?« Er bot Mulsow einen Stuhl an. »Obwohl mir ehrlicherweise kein dienstlicher Besuch von dir vorgeschwebt hat.«

»Dein Name im Zeugenprotokoll war für mich eine mindestens genauso große Überraschung.«

Mulsow hängte seine Uniformjacke über die Lehne und sank mit einem müden Grinsen auf den Stuhl. Nachdem auch Richard Platz genommen hatte, wurde die Miene des Polizisten wieder ernst. Ohne Umschweife kam er zur Sache. »Du kannst dir denken, warum wir uns jetzt für den Tod von Susanne Ortlepp interessieren?«

Bert Mulsow war bei der Mordkommission tätig – allzu viele Möglichkeiten gab es nicht. Zudem waren auch bei Richard längst Zweifel an einen tragischen Unglücksfall aufgekommen.

»Es war kein Unfall.«

Mulsow nickte zögernd. »Wir können es noch nicht mit

hundertprozentiger Sicherheit sagen, aber der Verdacht auf eine vorsätzliche Tötung erhärtet sich. Und nach jetzigem Ermittlungsstand hast du Susanne Ortlepp als Letzter gesehen.« Er lehnte sich an und faltete die Hände vor seinem rundlichen Bauch. »Welchen Eindruck machte sie auf dich? Hatte sie Angst? War sie nervös? Schweigsam?«

»Nichts dergleichen, nein. Alles war völlig normal.«

»Worüber habt ihr gesprochen?«

»Über unsere Jobs. Ihren Mann. Hauptsächlich ging es aber um ihre Kandidatur für den Schweriner Landtag.«

Das schien Mulsows Interesse zu wecken. »Hat Frau Ortlepp in dem Zusammenhang Namen genannt? Parteifreunde? Gegner?«

»Sie erwähnte nur, dass ihr Vater früher für dieselbe Partei im Landtag gesessen hat«, sagte Richard nach einigem Überlegen.

»Stimmt, das war in den Neunzigern. Werner Raabe war eine Zeit lang auch Fraktionsvorsitzender. Später ist er dann ins Innenministerium gewechselt.« Mulsow rieb die Daumen aneinander. »Und sonst? Irgendwas anderes, das dir an ihr aufgefallen ist?«

»Nein. Außer …« Richard stockte.

»Ja?«

»Sie bekam einen Anruf. Hat das Gespräch aber nach wenigen Sekunden beendet. Ich hatte den Eindruck, sie wollte partout nicht mit demjenigen sprechen.«

Mulsow holte Notizbuch und Kugelschreiber aus der Innentasche seiner Jacke. »Wann genau war das?«

»Noch gleich am Bahnhof. So kurz vor acht.«

Mulsow machte sich Notizen. Danach legte er den Stift ins Buch und schaute wieder auf. »Du hast heute Morgen ausgesagt, du hättest die Tote an einer Bushaltestelle abgesetzt. Ist das die Haltestelle, an der ich gerade vorbeigefahren bin? Ungefähr einen Kilometer vom Ortseingang entfernt?«

Richard nickte. »Von dort führt ein Weg in die alte Werkssiedlung. Keine zweihundert Meter. Die wollte sie laufen.«

»Was hatte Frau Ortlepp an Gepäck dabei?«

»Ihre Handtasche und eine kleine Reisetasche.«

Mulsow blätterte zwei Seiten in seinem Notizbuch zurück. »Die Sachen, die auch am Gehege lagen.« Er hob den Blick. »Hat sie etwas herausgenommen? Einen Tablet-PC vielleicht?«

»Nein. Nur das Handy. Wieso?«

»Laut ihrem Mann hat Susanne Ortlepp ihr Tablet überallhin mitgenommen. Doch es war weder in ihren Taschen am Tatort, noch liegt es zu Hause oder im Büro auf dem Amt.«

Das Wort »Tatort« ließ Richard aufhorchen. »Du hast eben gesagt, ihr geht von einer vorsätzlichen Tötung aus.«

»Es besteht der dringende Verdacht.«

»Ich verstehe nicht so ganz, wie jemand ihren Tod willentlich herbeiführen konnte.« Richard krauste die Stirn. »Eine schwerwiegende Verletzung ist mit einem Tellereisen sicher abzusehen, aber nicht unbedingt, dass der Tritt in die Falle für einen Menschen tödlich endet.«

»Susanne Ortlepp litt an einer Immunthrombozytopenie, kurz ITP genannt«, sagte Mulsow nach einem Blick in sein Büchlein. »Eine seltene Bluterkrankung, bei der das körpereigene Immunsystem Blutplättchen zerstört und zu einem Mangel führt.«

Richard hatte noch nie davon gehört, ahnte jedoch, was das bedeutete. »Ihre Blutgerinnung war gestört.«

Mulsow machte eine zustimmende Kopfbewegung. »Bei der Schwere der Verletzung hätte sie umgehend ärztlicher Hilfe bedurft. So aber hat sie innerhalb weniger Minuten massiv Blut verloren. Das Herz konnte schließlich nicht mehr gegen den Blutverlust anpumpen, und es kam zu einem Herz-Kreislauf-Versagen.«

Susanne Ortlepps Erkrankung erklärte natürlich den letalen Ausgang, aber noch lange nicht, wie der Täter diesen Umstand hätte einkalkulieren können. Richard sah den Freund skeptisch an.

»Wer außer ihrem näheren Umfeld hätte wissen sollen, dass sie an dieser ITP litt?«

»Nun, Susanne Ortlepp hat kein Geheimnis aus ihrer Erkrankung gemacht. Sie war äußerst engagiert, was die Erforschung von ITP anging. Sie hat gemeinsam mit ihrem Mann und einem Arztkollegen aus dessen Klinik vor einigen Jahren eine Stiftung gegründet. Es gibt in diversen Medien Artikel und Informationen darüber. Auf ihrer Wahlkampfseite erwähnt sie ihre Erkrankung beispielsweise auch.«

Jetzt erinnerte sich Richard wieder. Er selbst hatte auf ihrer Homepage von einer Stiftung gelesen. Hätte er den Beitrag gründlicher studiert, wäre er vermutlich auch darauf gestoßen, dass Susanne Ortlepp an ITP erkrankt war. Dieses Wissen hätte sich jemand durchaus zunutze machen können. Trotzdem bedeutete das nicht zwingend, dass die Denkmalpflegerin vorsätzlich getötet worden war.

Richard kratzte sich den Bart. »Es könnte immer noch fahrlässige Tötung oder unterlassene Hilfeleistung gewesen sein. Was lässt euch auf Vorsatz schließen?«

Mulsow ließ mehrere Sekunden verstreichen. »Susanne Ortlepp wurde erpresst.«

»Erpressung?«

Das war nun doch überraschend. Wobei Richard nicht genau wusste, weshalb sich dieses Gefühl in ihm regte. Schließlich kannte er die Frau im Grunde nicht.

Mulsow legte Notizbuch und Stift auf den Tisch. »Susanne Ortlepps Ehemann hat heute Nachmittag einen anonymen Erpresserbrief im Briefkasten gefunden.«

»Heute Nachmittag?« Richard war irritiert. »Dann konnte sie aber nichts von der Erpressung gewusst haben.«

»Dieser Brief muss nicht der erste gewesen sein. Ihr Mann weiß zwar von keinen weiteren, und wir haben auch nichts dergleichen bei ihr gefunden, doch das muss nichts bedeuten. Sie hat die Briefe vielleicht versteckt oder vernichtet, oder der Täter hat sie an sich genommen.«

»Und worum ging es?«

»Über den genauen Inhalt darf ich mich nicht äußern. Ich kann dir nur so viel sagen, dass sich die Drohungen gegen ihre politischen Ambitionen richten.«

»Jemand aus Politikerkreisen?«

»Wir stehen noch ganz am Anfang, aber ja: Wir ermitteln in erster Linie im politischen Umfeld von Frau Ortlepp.« Mulsow trommelte mit den Fingern auf die Tischplatte. »Nun verstehst du sicher die Dringlichkeit meines Besuchs. Sehr wahrscheinlich hat sie ihren Erpresser gestern Abend in Hollvitz getroffen. Alles, was du gesehen hast oder dir aufgefallen ist, könnte daher wichtig für uns sein.«

Das war nicht abwegig, dachte Richard. Susanne Ortlepp hatte es eilig gehabt, und sie schien zu niemand Bestimmtem in der Siedlung gewollt zu haben. Aber wieso ein umständliches Treffen in Hollvitz? Sie hätte sich mit ihrem Erpresser einfach in Sassnitz verabreden können.

»Hast du am Bahnhof jemanden bemerkt, der sich seltsam verhielt?«, hörte er Mulsow fragen.

Richard sah den Polizisten an. »Nein. Und wenn, wäre es mir nicht aufgefallen. Ich hatte nach dem Einparken ins Handy geschaut, und kurz darauf fuhr auch schon der Zug ein.«

»Und später, in der Nähe der Bushaltestelle? Fußgänger auf der Straße? Ein Auto, das euch gefolgt ist?«

»An der Haltestelle war niemand. Da bin ich mir sicher. Aber auf der Straße selbst? … Keine Ahnung, Bert.«

In Mulsows Jackentasche erklang der Nachrichtenton seines Handys. Richard stand auf und füllte sich Wasser in ein Glas, unterdessen las Mulsow die Mitteilung. Als er das Telefon neben dem Notizbuch ablegte, kam Richard an den Tisch zurück.

»Wenn ich deinen Kollegen heute früh richtig verstanden habe, liegt der Todeszeitpunkt etwa um Mitternacht.«

»Plus/minus dreißig Minuten.« Mulsow nickte. »Wieso fragst du?«

»Frau Ortlepp ist gegen Viertel nach acht aus meinem Auto gestiegen. Das sind drei bis vier Stunden.« Richard verzog kleingläubig das Gesicht. »Recht lang für ein Treffen mit seinem Erpresser.«

»Susanne Ortlepp muss nicht unbedingt gewusst haben, wer sie erpresst. Es ist nicht auszuschließen, dass sie der Person vertraut hat, mit der sie verabredet war«, meinte Mulsow und hob vage die Hände. »Sie sind eine Weile umhergelaufen, haben geredet ... wer weiß.«

Richard war noch immer nicht so ganz von der Opfer-Erpresser-Treffen-Theorie überzeugt. »Und das Tellereisen am Gehege? Wer sollte davon wissen, abgesehen von den Personen, die eingeweiht waren?«

»Vorsätzliche Tötung bedeutet ja nicht automatisch eine von langer Hand geplante Tat. Das Gelände hinter dem Entenstall ist frei zugänglich. Die Täterin oder der Täter kann die Falle dort zufällig entdeckt und für ihre oder seine Zwecke genutzt haben.«

»Ist auch wieder wahr«, sagte Richard.

»Vermutlich wurde das Tellereisen vor ungefähr drei bis sechs Wochen ausgelegt. Die Spuren daran müssen noch im Labor analysiert werden.« Mulsow nahm sein Notizbuch zur Hand und begann darin zu blättern. »Es ist auf jeden Fall ein recht betagtes Teil, an die sechzig bis siebzig Jahre alt. Die Eigentümerin des Geheges bestreitet aber, von der Falle gewusst zu haben.«

»Ruth Klawitter.«

Mulsow schaute verdutzt auf. »Du kennst die Frau?«

»Jette kennt sie«, sagte Richard und wollte wissen, ob Ruth Klawitter bei ihrer Befragung angeführt hätte, dass die Tote vor zwei Tagen bei ihr gewesen war.

Abermals blätterte der Polizist in seinem Büchlein. »Hm, notiert habe ich mir nur, dass sie gestern Abend allein zu Hause war und nichts Ungewöhnliches bemerkt hat.« Er ließ es sinken. »Was hatten die beiden denn miteinander zu schaffen?«

So knapp wie möglich fasste Richard alles zusammen. Angefangen mit Susanne Ortlepps letztem Besuch in Hollvitz über deren Anruf bei Jette wegen eines Ortschronisten bis zu den schwammigen Andeutungen ihm gegenüber. Nachdem er geendet hatte, wiegte Mulsow den Kopf.

»Interessant wäre schon, zu wissen, was es damit auf sich hat. Es könnte erklären, wieso sie sich – eine Verabredung mit ihrem Erpresser vorausgesetzt – ausgerechnet in Hollvitz treffen wollte.«

Richard kam ein Gedanke. »Was ist mit Frau Ortlepps Ehemann? Weiß er nicht, was sie so spät noch vorhatte?«

»Herr Ortlepp war auf einem mehrtätigen Ärztekongress in Süddeutschland und ist erst heute zurückgekommen. Gestern hat er zwar noch einmal mit seiner Frau telefoniert, aber nur sehr kurz. Sie hatte sich den Tag zuvor freigenommen, weil sie ihren Vater besucht hat, und im Amt waren einige dringende Sachen aufgelaufen, die sie vor ihrer Abreise nach Hollvitz unbedingt erledigen wollte. Sie sagte noch etwas wie: Wir reden in Ruhe, wenn du zurück bist. Aber das kann sich auf alles Mögliche bezogen haben.«

Daraufhin rückte Mulsow den Stuhl nach hinten und kritzelte etwas in sein Notizbuch. Anschließend löste er die Seite heraus und reichte sie Richard. »Hier ist die Anschrift vom Kommissariat. Wir müssen unser Gespräch die Tage zu Protokoll nehmen. Das Beste ist, du klingelst bei mir durch, bevor du dich auf den Weg nach Stralsund machst.«

»Alles klar, Bert.«

Mulsow verstaute Telefon und Notizbuch und schlüpfte in seine Jacke. »Gut, dann mach ich mich mal wieder auf die Socken.«

13

»Dreihundert Euro? Mehr nicht?«

Die Enttäuschung in Ruth Klawitters Stimme war unüberhörbar.

Richard hängte die sommerliche Flusslandschaft wieder über dem Sofa auf und sah auf die Frau neben sich hinab. Sie war klein, reichte ihm kaum bis zur Schulter, hatte eine stämmige Figur und kurze silbergraue Haare. Über Rock und Pullover trug sie eine bunte Kittelschürze. Richard lächelte die Seniorin bedauernd an.

»Das Bild weist starke Gebrauchsspuren auf. Außerdem ist die Leinwand an mehreren Stellen gerissen, und die Farbe blättert ab. Das mindert den Wert erheblich. Das größte Manko ist aber, dass kein Sammlermarkt dafür existiert. Es gibt unzählige Einzelstücke dieser Art Ölgemälde, und der Preis hängt immer von der Seltenheit eines Stückes ab.«

»Wie schade.« Ruth Klawitter seufzte, sie war sichtbar geknickt. »Bei dem Gewese, das Herr Fechner jedes Mal um das Bild macht, dachte ich, es wäre einiges mehr wert.«

»Mit viel Glück fünfhundert Euro«, schraubte Richard seine Einschätzung höher, wobei er den Preis für mehr als unrealistisch hielt.

Doch es schien die Frau nicht zu trösten. Von Gerd Fechner ermutigt, hatte sie offenbar eine echte Kostbarkeit gewittert, wie in den Antiquitäten-Sendungen im Fernsehen, die momentan äußerst angesagt waren.

Sie winkte ab. »Das macht den Kohl auch nicht fett. Wenn Herr Fechner das Bild noch haben will, soll er dreihundert Euro dafür geben, und gut ist. Meine Töchter sind sowieso nicht scharf auf den alten Schinken.«

Dann zeigte sie auf das grüne, stoffbezogene Sofa, das mit Kissen und Spitzendecken über den Lehnen bestückt war.

»Aber nun nehmen Sie bitte Platz, Professor Gruben. Möchten Sie eine Tasse Kaffee?«

»Sehr gern.«

Nachdenklich beobachtete er Ruth Klawitter, wie sie schlurfend das Wohnzimmer verließ. Trotz der Freundlichkeit, mit der sie ihn empfangen hatte, wusste Richard noch immer nicht so recht, wie er sie auf Susanne Ortlepp ansprechen sollte. Immerhin war die Denkmalpflegerin an ihrem Gehege zu Tode gekommen. Ob die alte Dame von dem Tellereisen Kenntnis gehabt hatte oder nicht – die gestrigen Ereignisse dürften nicht spurlos an ihr vorübergegangen sein. Er hätte sich auf Jettes Vorschlag gar nicht erst einlassen sollen.

Richard betrachtete noch einmal das gerahmte, unsignierte Gemälde. Zugegebenermaßen war es kein abgeschmacktes Heimatbild, wie er erwartet hatte. Durch die gekonnt gesetzten losen Pinselstriche, die die Wirkung des Lichts sehr gut einfingen, besaß es durchaus impressionistische Züge. Zu Beginn des letzten Jahrhunderts, wohin Richard die Entstehungszeit des Bildes einordnete, hatten sich viele Künstler aber bereits dem Expressionismus zugewandt, und der unbekannte Maler war noch zu bemüht, die Natur der Flusslandschaft wiederzugeben. Dennoch konnte er dem kleinen Ölgemälde einen gewissen Reiz nicht absprechen.

»Ein Stück Kuchen dazu?«

Ruth Klawitter war ins Zimmer zurückgekehrt, ein Tablett vor dem Bauch. Die Schürze hatte sie gegen eine dünne taubenblaue Strickjacke getauscht.

»Danke, aber ich habe gerade zu Mittag gegessen«, sagte Richard.

»Ein bisschen wird schon noch hineinpassen, hm?« Sie verteilte Kanne und Geschirr auf dem Tisch und zwinkerte ihm zu. »Sie können es doch vertragen.«

Er gab sich geschlagen. »Ich nehme ein Stück.«

Abermals begab sie sich in die Küche, und Richard ließ sich auf dem Sofa nieder. Rechts davon stand eine Anrichte, darauf ein großer Pappkarton mit Deckel. An der Wand darüber hingen gerahmte Familienfotos. Brautpaare, Festgesellschaften, Kinder mit Schultüten und Zahnlücken. Und zwei ältere Porträtaufnahmen in Schwarz-Weiß von einem Kleinkind sowie einem Mann Ende vierzig. Vermutlich der verstorbene Ehemann, den Jette erwähnt hatte.

»Meine Sippe«, sagte Ruth Klawitter halb im Scherz, als sie mit dem Kuchen in der Tür erschien und seinen Blick auf die Fotos bemerkte. »Und letzten Monat ist ein weiterer Klawitter-Spross dazugekommen. Ich bin das dritte Mal Urgroßmutter geworden. Ein Mädchen. Maarja.«

»Noch meinen herzlichen Glückwunsch«, sagte Richard.

Sie stellte den Kuchenteller ab und deutete auf ein Brautpaar an der Wand. »Maarja ist die Tochter meines jüngsten Enkels. Er hat vergangenen Sommer auf Rügen geheiratet. Mir zuliebe. Timos Frau ist nämlich Estin, und die beiden leben in Tallinn. Für mich wäre die Reise dorthin zu beschwerlich gewesen, daher haben sie sich hier trauen lassen.« Ein verklärtes Lächeln lag auf dem von Falten zerfurchten Gesicht. »Oma durfte an so einem besonderen Tag nicht fehlen.«

Ruth Klawitter nahm im Ohrensessel gegenüber dem Sofa Platz und griff nach der Kanne. »Haben Sie Kinder, Professor Gruben?«

Richard hielt ihr seine Tasse hin. »Einen Sohn. Er heißt Henrik.«

»Genau wie mein Schwiegersohn«, rief sie entzückt und setzte die Kanne ab. Kaffeeduft erfüllte das Wohnzimmer. »Und wie alt ist Ihr Sohn?«

»Er wird im August vier.«

»Vier?«

Ruth Klawitter sank nach hinten. Ihr Blick glitt wieder zu den Fotos über der Anrichte. Sie wirkte verändert. Abwesend. Von Melancholie befallen.

»Vier … das ist ein schönes Alter«, sagte sie mehr zu sich selbst.

Es folgte eine bedrückende Stille. Richard räusperte sich. Versuchte, das Schweigen zu durchbrechen.

»Frau Herbusch sagte, sie hätten das Ölgemälde anlässlich Ihrer Hochzeit bekommen?«

Es zeigte Wirkung. Ruth Klawitter schaute ihn an. »Ganz richtig. Ein Geschenk von Herberts altem Studienfreund.«

»Herbert? Ihr Mann?«

Sie bejahte. »Leider ist mein Herbert früh von mir gegangen. '86 war das, im April. Der Krebs hatte ihn zerfressen.« Sie legte eine Pause ein. Trank von ihrem Kaffee. »In zwei Jahren hätten wir unsere eiserne Hochzeit gefeiert.«

Ihre Stimme klang bedauernd, aber ohne die tiefe Traurigkeit von vorhin.

Richard zog seine Tasse heran. »Leben Sie schon immer auf Rügen?«

»Nein, nein, erst seit Anfang der Sechziger. Mein Mann und ich, wir stammen beide nicht von der Insel. Aber unsere Jüngste, die Silke, die ist eine echte Rüganerin. Die kam in Sassnitz zur Welt. 1964. Drei Jahre nach unserem Einzug in dieses Haus.«

Rasch rechnete Richard nach. »Das sind fast sechzig Jahre.«

»Eine lange Zeit, nicht wahr?« Ruth Klawitter legte ihm ein Kuchenstück auf den Teller. »Zu DDR-Zeiten war die Siedlung Volkseigentum. Die ehemaligen Arbeiterhäuser gehörten zum staatlichen Kinderheim. Mein Herbert war dort angestellt, und wir wohnten hier als Betriebsangehörige zur Miete.«

»In der Direktorenvilla war früher ein Kinderheim untergebracht?«

»Bis Mitte 1990, dann wurde die Einrichtung geschlossen. Das ist aber noch vor der Rückübertragung der Siedlung an Gerd Fechners Familie gewesen. Wenn Sie mögen, zeige ich Ihnen gern ein paar Fotos von damals.«

»Noch mehr würde mich die Zeit vor dem Krieg interessieren«, meinte Richard nach einem Schluck Kaffee. »Wie ich von Frau Herbusch hörte, beschäftigte sich Ihr Mann mit Ortsgeschichte und hat einiges zusammengetragen.«

»Einiges? In Silkes altem Kinderzimmer stapeln sich die Kartons. Das reicht für ein halbes Museum.«

Ruth Klawitter hievte sich aus dem Sessel. Als sie an der Tür war, schlug sie sich mit einem Mal gegen die Stirn und zeigte auf den Pappkarton, der auf der Anrichte stand. »Ach, die Sachen sind ja noch hier.«

»Darf ich?« Richard nickte zum Schrank.

»Selbstverständlich, nur zu.«

Er beugte sich vor, fasste den Karton mit beiden Händen und stellte ihn neben sich auf das Sofa, da der eingedeckte Tisch keinen Platz mehr dafür hergab. Obenauf klebte ein handschriftlich beschriebener Zettel: »Hollvitz ab 1900 bis 1945«. Für Richard stand nun fest, dass Susanne Ortlepp hier gewesen war. Entweder unmittelbar nach ihrem Anruf bei Jette oder vorgestern Abend. Sonst hätte dieser Karton kaum ausgerechnet jetzt im Wohnzimmer der Seniorin gestanden.

Er nahm den Deckel ab. Fünf Aktenordner reihten sich aufrecht aneinander. Wahllos griff er einen heraus. Beim Durchsehen des mit Fotos und Schriftstücken gefüllten Ordners bemühte sich Richard um einen beiläufigen Ton.

»Kommt es häufig vor, dass sich jemand nach der Sammlung Ihres Mannes erkundigt?«

»Gelegentlich.« Seine Gastgeberin saß wieder in ihrem Sessel. »In der Regel stöbern die Leute nach Fotos, die sie für Jubiläumsfestschriften oder ähnliche Dinge benötigen. Manchmal sieht auch unser Pastor die Sachen durch, wenn Feierlichkeiten in der Kirchgemeinde anstehen oder er Anregungen für seine Predigt sucht.«

»Und in jüngster Zeit?«

»Nein, Pastor Lüdtke hat schon eine ganze Weile nicht mehr nach Herberts Kartons gefragt.«

Richard merkte, dass er so nicht weiterkam. Er entschied sich, Ruth Klawitter direkt mit der Denkmalpflegerin zu konfrontieren.

»Susanne Ortlepp. Hat sie danach gefragt?«

»Die Tote war nicht bei mir«, kam es wie aus der Pistole. »Das hab ich auch der Polizei schon gesagt.«

»Sie kannten sie also nicht?«

»Doch, gewiss. Frau Herbusch hat sie ja wegen Herberts Sammlung zu mir geschickt. Das war vor vier Tagen oder so ... Nur an dem Abend ... da ist sie eben nicht hier gewesen.« Ruth Klawitter sagte nichts mehr. Starrte ins Leere. Ihre von Altersflecken überzogenen Hände kneteten den Saum der Strickjacke. Wie Richard vermutet hatte, schien sie wegen der aktuellen Geschehnisse ziemlich angespannt zu sein.

Er schob den Ordner von den Knien. »Es ist vielleicht besser, wenn ich Sie allein lasse.«

»Nein! Bitte bleiben Sie, Professor Gruben!« Ruth Klawitter war aus ihrer Lethargie erwacht. »Ich freue mich doch über Ihr Kommen. Es ist bloß ... die tote Frau ... die Polizei ... Das ist zu viel in meinem Alter. Mir wird immer noch ganz schlecht, wenn ich an das Blaulicht bei meinem Gehege denke.« Sie schlug erschrocken die Hände zusammen. »Aber wem erzähle ich das? Sie haben die Leiche ja gefunden. Wie entsetzlich!«

»Kein schöner Anblick«, gab Richard zu, nicht im Geringsten überrascht, wie schnell die Buschtrommeln funktionierten.

»Furchtbar, wirklich furchtbar. Wenn ich mir vorstelle, ich sitze hier in meinem Sessel, während sie dort oben ...« Ruth Klawitter verstummte.

»Sie waren noch wach, als es passiert ist?«

»Ich habe ferngesehen, bis kurz vor Mitternacht.« Dann schüttelte sie den Kopf, als ahnte sie, welche Frage er als nächste stellen würde. »Hören konnte ich aber nichts. Hatte meine Empfänger nicht drin.«

»Empfänger?«

»Hörgeräte.« Sie strich die Haare vom rechten Ohr weg. Über dessen oberen Rand wölbte sich ein Stück graues Plastik. »Hab sie rausgenommen, gleich nachdem der Krimi aus war. Aber die Polizisten, die fragten und fragten ... Dabei bin ich ohne die Dinger eine taube Nuss.« Sie seufzte schwer.

»Was gab es denn im Fernsehen?« Richard schlug einen beruhigenden Tonfall an.

»Agatha Christies ›Poirot‹. Wie jeden Mittwoch.« Die alte Dame beugte sich vor, lächelte. Die Erregung schien plötzlich von ihr abgefallen. »Ich liebe Krimis, wissen Sie. Meine Töchter sagen immer, ich gehöre längst ins Gefängnis, so viele Krimis, wie ich gucke.«

Richard musste schmunzeln. »Da wären Sie nicht die Einzige. Diese Leidenschaft teilen viele.«

Sie lächelte einen Moment still in sich hinein, ehe sie eine empörte Miene aufsetzte. »Und dann die andauernden Fragen nach der Falle! Als ob ich wüsste, wer sie da ausgelegt hat.« Sie schnaubte und fügte leise hinzu: »Zumindest weiß ich es nicht mit Bestimmtheit.«

»Sie haben eine Vermutung?«

Die Antwort kam prompt. »Das waren diese Halbstarken, hundertprozentig.«

»Welche Halbstarken?«

»Jugendliche, hier aus der Gegend. Die treffen sich immer oben bei der Ruine, oft auch in der Nacht, grölen herum und betrinken sich. Auf dem Weg dahin müssen sie an meinem Gehege vorbei.« Ruth Klawitter rümpfte die Nase. »Man liest doch ständig von jugendlichen Tierquälern in der Zeitung.«

Das klang nicht besonders überzeugend, wie Richard fand. Die Falle im Wäldchen aufzustellen, hätte für die jungen Leute den gleichen Zweck erfüllt, und die Gefahr, überführt zu werden, wäre an einer weniger stark frequentierten Stelle wesentlich geringer. Zumal das Tellereisen laut Mulsow bereits Wochen hinter dem Stall gelegen haben musste. Richard weigerte sich noch immer zu glauben, dass die Frau nichts davon gewusst haben wollte.

»Dass sich jemand hinter Ihrem Stall zu schaffen gemacht hat, ist Ihnen nie aufgefallen?«, fragte er so einfühlsam wie möglich.

»Wie denn?«, erwiderte sie, jedoch ohne Empörung in der Stimme. »Wenn ich den Stall betrete, dann immer nur von vorn.

Ich benutze die Hintertür nicht. Niemals. Die ist seit Ewigkeiten verschlossen.«

»Und beim Wasserholen? Da geht man doch zwangsläufig nach hinten.«

»Bitte?« Ihre Augen zeigten Unverständnis.

»Als ich gestern an Ihrem Gehege war, fiel mir an der hinteren Stallecke eine Regentonne auf. Das Wasser verwenden Sie doch sicher für Ihre Pflanzen.«

»Welche Pflanzen?«

»Die in den Kübeln, neben dem Eingang«, sagte er geduldig.

»Ach so, meine Geranien!« Ruth Klawitters Gesicht erhellte sich. »Die gieße ich, natürlich. Aber das Wasser dafür hole ich aus dem Stall. Die Schlepperei von hinten ist viel zu anstrengend.« Sie wackelte mit den Fingern. »Nein, nein. Wir gehen immer durch die Vordertür.«

Richard merkte auf. »Wer außer Ihnen nutzt noch den Stall?«

»Florian. Florian Wenzel.« Sie deutete zum Fenster. »Er wohnt in der Jurte gegenüber und hat ein paar Sachen in meinem Stall untergestellt. Werkzeug, Zeltplanen und so ein Zeugs.« Ruth Klawitter neigte neugierig den Kopf. »Haben Sie Florian schon kennengelernt?«

»Flüchtig.«

Im angrenzenden Flur näherten sich Schritte, und kurz darauf hüpfte ein Mädchen in einem gelben Sommerkleid über die Türschwelle. Sieben, vielleicht acht Jahre alt. Sie hatte lange dunkelblonde Haare und hielt eine Katze in den Armen. Als ihr Blick auf Richard fiel, stoppte sie und musterte ihn mit scheuer Neugier.

Ruth Klawitter winkte sie heran. »Komm rein, Nele! Du bist doch sonst nicht so schüchtern.«

Langsam kam das Mädchen näher, ohne Richard dabei aus den Augen zu lassen. Neben dem Ohrensessel blieb es stehen. Ruth Klawitter streichelte ihr über die Wange.

»Und? Wie geht es deiner Mama?«

»Besser.« Die Stimme glich einem Piepsen.

»Das ist schön. Dann kommt sie sicher bald nach Hause.«

»Mmmh.«

»Magst du ein Stück Kuchen?«

»Mmmh.«

»Dann setz dich. Ich hole dir einen Teller.«

Ruth Klawitter öffnete eine Tür in der Anrichte, währenddessen ging das Mädchen in die Knie und ließ die Katze zu Boden. In einem Satz sprang das Tier zu Richard auf das Sofa.

»Bobby!«, schimpfte das Mädchen erschrocken.

»Das macht nichts.«

Er streckte die Hand aus, worauf der graue Kater den Kopf dagegenschmiegte. Richard registrierte ein fehlendes linkes Auge und ein abgeknicktes rechtes Ohr. Anscheinend hatte der Kater im Dorf so einige Revierkämpfe ausgetragen.

»Du stehst ja immer noch, Nelchen.«

Ruth Klawitter reichte ihr den Teller. Einen Moment nestelte Nele unschlüssig an ihren Haarspitzen. Wog offenbar ab, wo sie Platz nehmen sollte. Außer Sofa und Sessel gab es keine weiteren Sitzgelegenheiten im Zimmer. Schließlich quetschte sie sich in die äußerste Sofaecke und langte nach dem Kuchen.

»Die Kleine wohnt im Nachbarhaus. Ihre Mutter hat Multiple Sklerose und muss oft in die Klinik. Schlimme Sache. Der Vater arbeitet im Außendienst und ist selten vor neunzehn Uhr zu Hause.« Ruth Klawitter redete, als wäre das Kind gar nicht im Zimmer. »Ich bin so etwas wie die Ersatzoma. Bin hier, wenn sie mit dem Bus aus der Schule kommt, mache das Abendessen oder spiele ›Mensch ärgere Dich nicht‹ mit ihr. Meistens verliere ich aber haushoch.«

»Florian auch«, ertönte neben Richard die helle Stimme des Mädchens, dem offensichtlich kein einziges Wort entgangen war.

»Stimmt, der spielt noch miserabler als ich.« Die alte Frau lachte herzhaft auf. Dann leuchteten ihre Augen, als spräche sie wieder von ihrem Enkelsohn. »Florian ist wirklich ein feiner junger Mann. Hilft mir, wo er nur kann ... im Haus, mit meinen Enten, macht Besorgungen für mich ...«

»Mir hilft Florian bei den Hausaufgaben. Aber nur Rechnen. Das andere kann ich allein.« Nele zeigte Richard ein strahlendes Zahnlückenlächeln. Ihre Befangenheit war verflogen.

Ruth Klawitter setzte sich, schenkte Kaffee nach und forderte Richard auf, nun endlich von ihrem Hefezopf zu probieren. Nachdem er zwei Bissen genommen und ihren Kuchen ausgiebig gelobt hatte, versuchte er, wieder das eigentliche Thema aufzugreifen.

»Hat Frau Ortlepp erwähnt, was genau sie an der Sammlung Ihres Mannes interessierte?«

Die alte Dame blickte auf den Pappkarton, schien zu überlegen. Schließlich deutete sie ein Nicken an. »Kurt Rechlin. Für den interessierte sie sich.«

Der Name sagte Richard rein gar nichts. »Wer ist das?«

»Ein Architekt.«

Sie nahm Tasse und Untertasse in die Hand und lehnte sich nach hinten. »Kurt Rechlin hat hier in der ersten Hälfte des letzten Jahrhunderts gewirkt. Er wurde auf Rügen geboren und war damals ein recht bekannter Architekt in Mecklenburg und Pommern. Sein Schaffen muss ziemlich umfangreich gewesen sein. Man findet heute noch viele Gebäude, die von ihm entworfen wurden. Rechlin selbst besaß mehrere Häuser, auf Rügen und in Stralsund. In Stralsund lebte er auch bis zu seinem Tod. Das war im November '46, wenn ich mich recht entsinne.« Sie lächelte leicht verlegen. »Hätte mein Herbert nicht so oft über Rechlin gesprochen, wüsste ich das alles nicht.«

»Was ist mit Hollvitz?«, fragte Richard. »Wurde hier auch nach seinen Plänen gebaut?«

»Ich glaube nicht.« Sie tippte sich gegen die Schläfe. »Allerdings vergesse ich schon viel.«

Richard zeigte auf den Pappkarton. »Und Susanne Ortlepp? Wonach genau hat sie gesucht? Fotos? Schriftstücke?«

»Keine Ahnung. Sie hat eine Weile durch die Ordner geblättert, dann hat sie sich bedankt und ist wieder gegangen.«

»Hat sie etwas mitgenommen?«

»Nein, nichts.«

Eine Viertelstunde später verabschiedeten sie sich vor dem Haus. Auch heute war es ein warmer Maitag, hin und wieder schoben sich dünne Wolken vor die Nachmittagssonne. »Tausend Dank für Ihre Einschätzung, Professor Gruben.« Ruth Klawitter drückte seine Hand. »Jetzt kann ich das Bild ruhigen Gewissens weggeben, ohne dass die Kinder mich an meinem Grab als die einfältige Oma beschimpfen, die sie um ihr Erbe gebracht hat.«

»Behalten Sie das Bild«, entgegnete Richard. »Es ist schön, und es hängen Erinnerungen daran. Für Ihren Enkelsohn auf jeden Fall.«

»Meinen Sie? Vielleicht sollte ich Timo –«

Sie kam nicht dazu, den Satz zu beenden. Stimmengewirr schallte vom Bauhof herüber. Richard erkannte Fechners Tochter. Sichtlich angestrengt versuchte sie, mit einem Mann Schritt zu halten, der laut fluchend auf die Villa zumarschierte. Ein Typ Ende dreißig, durchschnittlich groß und mit auffallend blonden Haaren. Richard wusste sofort, wann und wo er ihn schon einmal gesehen hatte. Vorgestern früh, auf dem Beifahrersitz in Fechners Pick-up.

»Der Meckerkopp ist Fechners Schwiegersohn. Marco Seifert«, raunte Ruth Klawitter Richard von der Seite zu. »Ein unangenehmer Zeitgenosse. Den sollte die Polizei mal anständig verhören.«

Auf seinen fragenden Blick hin deutete sie verstohlen auf das Tor in ihrem Zaun. »Dort hat er sie abgepasst, an dem Nachmittag, als sie bei mir war. Worum es ging, hab ich nicht verstehen können, aber die haben gestritten wie die Kesselflicker.«

»Seifert und Susanne Ortlepp?«, fragte Richard, obwohl kein Zweifel daran bestand, von wem die Rede war.

Ruth Klawitter nickte und senkte die Stimme. »Seiferts Gesicht war krebsrot angelaufen, so hat der herumgebrüllt.«

14

Nach seiner Rückkehr ins Küsterhaus hatte Richard als Erstes
Jette angerufen und sie kurz über das Gespräch mit Ruth Klawitter ins Bild gesetzt. Der Name Kurt Rechlin sagte auch ihr
nichts, aber sie wollte im Kirchenarchiv, wohin sie gerade auf
dem Weg gewesen war, die Augen nach einer möglichen Verbindung zwischen dem Architekten und Hollvitz offen halten.
Anschließend hatte Richard ein paar geschäftliche Telefonate
geführt und sich dann mit dem Laptop an den Küchentisch
gesetzt, um sich selbst einen Überblick über Kurt Rechlin zu
verschaffen.
Die Informationen, die im Internet zu finden waren, ent-
sprachen in etwa dem, was Ruth Klawitter bereits angedeutet
hatte. Rechlin war in der ersten Hälfte des letzten Jahrhunderts
ein äußerst gefragter Architekt gewesen und hatte vielfältige
Spuren im heutigen Mecklenburg-Vorpommern hinterlassen.
Sein Œuvre reichte von repräsentativen Gutshäusern über
Fabrikgebäude bis hin zu bescheidenen Landarbeiterhäusern.
Jettes Küsterhaus könnte also durchaus nach Entwürfen von
Rechlin wiederaufgebaut worden sein. Richard war bei seiner
Suche zwar auf keinerlei Verbindungen nach Hollvitz gestoßen,
es war aber gut vorstellbar, dass Susanne Ortlepp Hinweise er-
halten hatte, dass der Architekt auch hier im Ort tätig gewesen
war. Eine Schwachstelle blieb jedoch bestehen – Kurt Rechlin
war lediglich zu regionaler Bekanntheit gekommen.
Richard klappte den Laptopdeckel hinunter. Nachdenklich
lehnte er sich auf dem Sofa zurück. Hatte die Sache vielleicht
doch nichts mit dem zu tun, weshalb die Denkmalpflegerin Jette
und ihn hatte sprechen wollen? War der Name Rechlin an jenem
Nachmittag in einem anderen Zusammenhang gefallen, und
Ruth Klawitter hatte es falsch in Erinnerung behalten? Nach
der Aufregung der letzten Stunden wäre es kein Wunder, wenn

sie etwas durcheinanderbrächte. Oder hatte die alte Dame ihm absichtlich eine Lüge aufgetischt? Richard konnte keinen Grund dafür erkennen, aber dass sie etwas zu verbergen hatte, war ihr anzumerken gewesen, als er sie auf die Regentonne hinter ihrem Stall angesprochen hatte. So ahnungslos, wie sie sich in Bezug auf das Tellereisen gab, war Ruth Klawitter längst nicht.

Auf der Küchenzeile piepte sein Handy. Die Nachricht war von Jette. Sie war im Kirchenarchiv fertig und würde in den nächsten Minuten in Greifswald losfahren. Richard schrieb eine kurze Antwort und begann, die Spülmaschine auszuräumen. Jettes Neuigkeit lag ihm immer noch im Magen. Dass sie den Kauf des Küsterhauses so lange für sich behalten hatte, machte Richard dabei weniger zu schaffen. Im umgekehrten Fall wäre er sicher auch nicht gleich mit der Tür ins Haus gefallen, wenn Jette aus familiären Gründen örtlich gebunden gewesen wäre. Mehr beschäftigte ihn, dass sie weiter über einen Umzug nach Rügen nachdachte. Sich seiner Nähe entziehen wollte. Die Motivation, die sie ursprünglich dazu bewogen hatte, das Haus wiederherzurichten, gab es nicht mehr. Zumindest war sie schwächer geworden, seit sie einander wiederbegegnet waren. Trotzdem spielte Jette mit dem Gedanken, den Umzug durchzuziehen.

Bis auf ein Glas war das Geschirr in den Schränken verstaut. Richard schlug die Klappe der Spülmaschine zu und bückte sich nach der Getränkekiste neben dem Kühlschrank. Er hob mehrere leere Flaschen nacheinander hoch. Stellte fest, dass ihr Wasservorrat zur Neige ging. Kurz entschlossen steckte er Handy und Brieftasche ein und zog sein Jackett über. Jette würde erst in einer Stunde zurück sein, also blieb ihm noch genügend Zeit, um nach Sassnitz zu fahren und die Getränkekiste zu tauschen.

Auf dem Weg nach draußen tastete er Jackett und Hose nach dem Autoschlüssel ab. Fehlanzeige. Er ging noch einmal in die Küche, suchte die Küchenzeile ab, die Fensterbank, den Tisch. Schließlich entdeckte er ihn auf der Kommode neben dem Sofa. Richard griff nach dem Schlüssel, wobei sein Blick die weiße Plastikkarte in der Obstschale streifte. Susanne Ortlepps Schlüsselkarte. Er war nun nicht mehr dazu gekommen, sie ihr persönlich auszuhändigen. Richard ermahnte sich, die Karte nicht zu vergessen, wenn er die Tage zu Mulsow aufs Kommissariat fuhr. Er war bereits zurück im Flur, als ihm ein Gedanke durch den Kopf jagte. Möglicherweise wusste man im Denkmalamt, worum es bei dem von Susanne Ortlepp anberaumten Termin gehen sollte. Ein Anruf kostete nichts. Und dass er zu dem Termin lediglich spontan hinzugebeten worden war, brauchte er ja nicht zu erwähnen.

Richard lief erneut in die Küche. Auf der Homepage der Behörde fand er unter der Rubrik »Ansprechpartner« auch den Namen Susanne Ortlepp. Die darunterstehende Telefonnummer war lang und ließ eine Durchwahl in ihre Abteilung vermuten. Er tippte die Ziffern ein und trat ans Fenster. Beim fünften Klingeln wurde abgehoben. Die Frauenstimme am anderen Ende stellte sich als Ines Marquardt vor und fragte routiniert höflich, was sie für ihn tun könne. Nachdem Richard sein Anliegen erklärt und sein Bedauern über den Tod der Kollegin ausgedrückt hatte, schlug ihr Tonfall in Betroffenheit um.

»Wir stehen alle noch unter Schock. Unser Dezernatsleiter hat uns heute Morgen zusammengerufen und erzählt, was passiert ist. Unfassbar! Frau Ortlepp war ein so liebenswerter Mensch, als Kollegin und auch privat …« Dann atmete sie tief durch und sagte:»Nun, wir müssen trotzdem irgendwie weitermachen. Sehen wir mal, ob ich Ihnen helfen kann, Professor Gruben. Ich muss mir die Akte aber erst heraussuchen, da Frau Ortlepp die Maßnahme in der Hollvitzer Kirche allein betreut hat. Einen Augenblick bitte.«

Der Hörer wurde beiseitegelegt. Tastaturgeklapper, fernes Stimmengewirr und Papierraschln schnarrten in der Leitung, schließlich wieder die Stimme von Ines Marquardt.

»In der Akte selbst ist nichts über einen Termin eingetragen, und in ihrem Kalender auf dem Schreibtisch steht auch kein

Vermerk. Soweit ich aber weiß, notiert sich –«, sie stoppte und verbesserte sich, »ich meinte, Frau Ortlepp *notierte* sich ihre Termine immer in ihrem Tablet.«

Es war die Antwort, mit der Richard fast gerechnet hatte. Er selbst handhabe das nicht anders. Zudem war er ohnehin der Überzeugung, dass es ihr nicht um die Kirche gegangen war.

»Können Sie mir sagen, ob außer der Kirche noch ein anderes Gebäude in Hollvitz für Ihre Behörde von Interesse ist?« Neuerliches Tastaturgeklapper rauschte in der Leitung.

»Tut mir leid, Professor Gruben«, sagte Ines Marquardt nach einer Weile, ohne mit der Tipperei aufzuhören. »In der Denkmalliste sind nur die Kirche und der Friedhof mit der Umfassungsmauer eingetragen. Ich muss aber dazusagen, dass die Denkmaleigenschaft eines Objektes nicht von der Eintragung abhängt. Für eine verbindliche Aussage, ob in Hollvitz derzeit noch ein weiteres Objekt für uns von Belang ist, müsste man die untere Denkmalschutzbehörde des Landkreises Vorpommern-Rügen ... Hoppla! ... Ich sehe gerade, Frau Ortlepp hat vorgestern eine Akte aus dem Archiv angefordert ... Das Objekt befindet sich in der Gemarkung Hollvitz.«

»Ist eine genaue Bezeichnung des Gebäudes ersichtlich?« Richard hielt die Luft an. Hoffte, sie würde jetzt nicht »das ehemalige Küsterhaus« sagen.

»Selbstverständlich. Es handelt sich jedoch nicht um ein einzelnes, sondern um drei Gebäude.« Das Tastaturgeklapper hörte auf. »Oh mein Gott ... das ist dort, wo man ihre Leiche gefunden hat ...«

Erleichtert atmete er aus. »Die alte Werkssiedlung also?«

»Ja.« Ines Marquardt schien langsam die Fassung wiederzuerlangen. »Nur verstehe ich nicht so recht, weshalb sie sich die Akte hat kommen lassen. Die Prüfung auf öffentliches Erhaltungsinteresse ist seit Ewigkeiten abgeschlossen.«

»Das heißt, es gab einmal Bestrebungen, die Siedlungshäuser unter Denkmalschutz zu stellen?«

»Korrekt. Das war um die Jahrtausendwende herum, steht hier. War damals offenbar ein ziemliches Hin und Her gewesen. Letztendlich unterlagen die Befürworter, und man sprach sich gegen eine Aufnahme in die Denkmalliste aus.«

»Was war das Hauptargument dabei?«

»Moment, ich sehe mal, ob ich den Grund hier finde ... ah ja, da steht es: Man konnte sich nicht darauf einigen, ob die Werkssiedlung ein Entwurf von Kurt Rechlin ist.«

»Rechlin?«

Richards Verblüffung deutete Ines Marquardt offenbar als Ahnungslosigkeit, denn sie fügte erklärend hinzu: »Ein Architekt, der unsere Region im letzten Jahrhundert sehr geprägt hat. Seine Bauten sind für uns von großer denkmalpflegerischer Wichtigkeit.«

Rechlin und die Werkssiedlung. Wieso war er nicht längst darauf gekommen? Die Siedlungshäuser waren stark von der klassischen Moderne geprägt. Die umlaufenden Fensterbänder mit den liegenden Öffnungen ließen die zwanziger und dreißiger Jahre doch förmlich wiederaufleben.

»Und es gibt bis heute keinerlei Belege, die Kurt Rechlin nachweislich als Entwurfsverfasser der Siedlung bestätigen?«, fragte Richard weiter.

»Leider nein. Die eingereichten Baupläne zur Genehmigung sind im Zweiten Weltkrieg während der Bombardierung Stralsunds verloren gegangen. Auch Rechlins Wohnhaus wurde zerstört und somit ein Großteil seiner Unterlagen.«

»Wie ist man dann auf ihn gekommen?«

»Es existieren Fotos aus der Bauphase. Die zeigen, dass er in Hollvitz zugegen war. Für eine Bestätigung der Urheberschaft reicht das aber nicht.«

»Kam außer Rechlin noch jemand in Frage?«

Keine Antwort. Durch den Hörer war ein kurzes, gedämpftes Gemurmel zu hören, daher dauerte es einen Moment, ehe Ines Marquardt reagierte.

»Verzeihen Sie, bitte. Was meinten Sie?«

»Gibt es noch andere Architekten, die als Entwurfsverfasser in Frage kommen?«, wiederholte er.

»Nein. Es wurden natürlich diverse Kandidaten in Betracht gezogen, jedoch verliefen die Untersuchungen ergebnislos.« Richard war nun sicher, dass Susanne Ortlepp auf einen Beweis für Rechlins Wirken in Hollvitz gestoßen war. Der Besuch bei der alten Ruth Klawitter, die angeforderte archivierte Akte, die Bauzeit der Werkssiedlung – alles passte zusammen.

»Professor Gruben?« Ines Marquardts Stimme holte ihn aus seinen Überlegungen. »Sagten Sie nicht, der Termin sollte in der Kirche stattfinden?«

»Richtig. Wieso?«

»Meine Kollegin hat mich soeben darauf aufmerksam gemacht, dass heute Vormittag Dr. Hartmann angerufen hat. Er wollte Frau Ortlepp sprechen. Er hatte noch nicht gehört, dass sie … na, Sie wissen schon.« Sie hüstelte verlegen. »Jedenfalls hat sich Frau Ortlepp vorgestern mit Dr. Hartmann in Verbindung gesetzt und ihn zu dem Termin hinzugebeten. Doch er war bereits anderweitig verplant.«

»Dr. Hartmann ist wer genau?«, fragte Richard gespannt.

»Er arbeitet für das Landeskirchenamt. Im Dezernat Bauwesen.«

Diesmal war Richard tatsächlich verwirrt. »Landeskirchenamt? Dann ging es Frau Ortlepp also doch um die Kirche?«

»Was diesen Termin anbelangt, schon«, sagte Ines Marquardt. »Dr. Hartmann drückte sich dahin gehend aus, dass Frau Ortlepp über eine Nutzungsänderung der Hollvitzer Kirche sprechen wollte.«

»Aha … Was schwebte ihr denn vor?«

»Ein Besucherzentrum.«

Ines Marquardt erläuterte Richard nun den Aufgabenbereich von Dr. Hartmann, doch er hörte gar nicht mehr richtig hin. Als sie geendet hatte, bedankte er sich für ihre Hilfe, und sie notierte sich seine Nummer, falls ihr noch etwas einfallen sollte.

Richard legte auf und blieb noch einen Moment am Fenster

stehen, grüblerisch den Kirchturm betrachtend. Das konnte kaum ein Zufall sein, dass Susanne Ortlepp Pläne für ein Besucherzentrum in der Hollvitzer Kirche hatte und sich gleichzeitig für Kurt Rechlin interessierte. Sollte die Werkssiedlung tatsächlich von ihm entworfen worden sein, bildeten die Häuser vermutlich den größten zusammenhängenden Gebäudekomplex seiner Schaffenszeit. Dazu war Rechlin waschechter Rüganer und hatte die Region architektonisch geprägt. Es ergab durchaus Sinn, Rechlin ausgerechnet in Hollvitz eine Ausstellung zu widmen.

Allmählich wurden Richard die Zusammenhänge klar. Trotzdem blieb eine Ungereimtheit. Die eine oder andere Zeitung in Deutschland würde ganz sicher über Kurt Rechlin und die Ausstellung in der Kirche berichten. Aber im Ausland?

Richard fand jedoch keine Zeit mehr, der Frage nachzuhängen, denn es klingelte an der Haustür.

15

Schwarzer Staub rieselte durch ihre behandschuhten Finger, als Ruth das Stiefmütterchen aus dem Plastiktopf befreite. Sie legte die Blumenkelle weg und schüttelte den Wurzelballen so kräftig, wie es die entzündeten Gelenke ihr erlaubten. Lose, trockene Erdklumpen fielen zu Boden. Anschließend knetete sie den Ballen durch, bis ihr das Wurzelgeflecht locker genug erschien, und pflanzte das Stiefmütterchen zu den anderen. Zufrieden betrachtete Ruth die Blumenpracht in der Schale. Ein vereinzelter Sonnenstrahl brach sich durch die Baumkronen und ließ die Blütenblätter leuchten. Blau und Gelb. Siggis Lieblingsfarben.

In ungelenken Bewegungen richtete sie sich aus der Hocke auf. Streifte ihre Handschuhe ab und klopfte sich die Erde vom Rock. Ursprünglich war der Friedhofsbesuch erst für übermorgen geplant gewesen, das Neubepflanzen der Schale hätte noch Zeit gehabt. Aber als Herr Jacobi Nele nach seinem Feierabend bei ihr abgeholt hatte, hatte Ruth ihn dann doch gebeten, ihr die Blumen und den Sack Erde zum Friedhof rüberzufahren. Sie fühlte sich nicht gut. Ihr Herz galoppierte, und bei jedem Atemzug flatterte es bedrohlich in ihrem Brustkorb. Ruth hatte gehofft, sich bei Herbert und Sigmar ablenken zu können. Zur Ruhe zu kommen. So wie stets, wenn sie das Grab besuchte. Doch heute half nicht einmal das. Unentwegt spukten die Toten und die Lebenden durch Ruths Hirn. Allen voran Professor Gruben.

Hätte sie ihm nicht so viel erzählen dürfen? Sich einfach ahnungslos geben müssen, was die Denkmalschützerin an jenem Nachmittag zu ihr geführt hatte? Aber was konnte der Professor groß mit ihren Informationen anfangen? Mit Kurt Rechlin hatte Ruth nichts Neues ausgeplaudert. Und dass sie zu erwähnen vergaß, dass das Denkmalamt Rechlin vor Jahren als Architekten der Siedlung in Verdacht gehabt hatte, daran musste sich eine Frau in ihrem Alter nicht mehr erinnern. Nein, auf den wahren Grund für Susanne Ortlepps Interesse an Herberts Kisten konnte der Professor deshalb nicht kommen und somit auch nicht auf deren Verbindung zu … Ruth atmete durch. Es war gänzlich unmöglich. Aber was war mit ihr selbst? Mit ihrem eigenen traurigen Schicksal, das sie mit der Toten verband?

Nie und nimmer hätte sie wegen Herberts Bild die Hilfe des Professors ersucht, wenn Ruth geahnt hätte, dass ausgerechnet er die Leiche finden würde. Und nicht nur das. Wie im Dorf gemunkelt wurde, war Susanne Ortlepp obendrein in seinem Auto nach Hollvitz gekommen. Ruth hätte zu gern gewusst, worüber er sich mit ihr unterhalten und was sie ihm womöglich anvertraut hatte. Doch Ruth hatte nicht gewagt, Professor Gruben danach zu fragen. Der Mann ließ sich nicht so leicht in die Irre führen, das hatte sie schon nach wenigen Minuten erfasst. Aber spätestens als er sie auf die Regentonne hinterm Stall angesprochen hatte, war Ruth sich bewusst gewesen, dass sie höllisch aufpassen musste. Die Polizei hatte ihr die tüttelige, aufgekratzte Alte noch abgekauft. Wenigstens hoffte sie das. Aber nicht der Professor.

Dabei fand sie den Mann eigentlich recht sympathisch. Vielleicht weil er Ruth irgendwie an Hercule Poirot erinnerte. Nicht äußerlich. Da gab es keine Gemeinsamkeiten mit dem kleinen, dicklichen, fast glatzköpfigen Detektiv. Auch war Professor Gruben niemand, den man als exzentrisch oder schrullig beschreiben würde. Aber genau wie Poirot war er adrett gekleidet, schien gut situiert und besaß beste Manieren. Und er hatte denselben scharfen Verstand.

»Guten Abend, Frau Klawitter.«

Ruth fuhr herum. Sie brauchte einige Sekunden, um die Frau hinter sich zu erkennen. Anstelle ihrer üblichen derben Arbeitshose trug Jette Herbusch heute eine luftige weiße Leinenhose, dazu eine kurzärmlige Bluse. Ruth fiel auf, dass sie die private Jette Herbusch bisher nur wenig kannte. Obwohl sie sich beinahe jeden Tag über den Weg liefen. Sobald sich der Wirbel um die Tote gelegt hatte und sie ein bisschen zur Ruhe gekommen war, sollte Ruth sie endlich einmal im Küsterhaus besuchen. Eine Tasse Tee mit ihr trinken und sie nach dem Grund für die manchmal traurigen Augen fragen. Aber erst, wenn der Professor wieder abgereist war.

»Wie geht es Ihnen?«, erkundigte sich die junge Frau nun. »Bloß das übliche Zipperlein.« Ruth bemühte sich, möglichst gelöst zu klingen. Betont knetete sie ihre Finger. »Aber Sie kennen mich, die Hände in den Schoß legen, das ist nichts für mich.«

»Ich meinte wegen der polizeilichen Untersuchungen.«

Ruth wollte auf keinen Fall alles noch einmal durchkauen. Der Professor hatte ihr für heute genug zugesetzt.

»Ach das ... eine furchtbare Geschichte, nicht wahr?« Ein bestürztes Gesicht aufzusetzen, kostete Ruth keine Mühe. Sie konnte sich so geben, wie sie sich deshalb fühlte. Nur, dass es sich mit ihrer Anspannung etwas anders verhielt, als Frau Herbusch glaubte. »Aber bitte, lassen Sie uns über was Erfreulicheres reden.«

»Wenn Sie es möchten ...«

Die Verwunderung in der Stimme wusste Ruth nur allzu gut zu deuten. Reserviertheit entsprach so gar nicht ihrer Art. Gewöhnlich hätte Ruth ihrem Gegenüber jetzt ihr Herz über den ganzen Kummer ausgeschüttet. Denn eigentlich war der Tod der Frau nicht ihre Schuld. *Eigentlich.*

Ruth machte eine Kopfbewegung in Richtung Kirche. »Und Sie? Noch immer am Arbeiten?«

»I wo. Ich komme gerade von einem Kollegen aus Greifswald.« Die Restauratorin hob einen Stoffbeutel in die Höhe. »Darin sind Lösungsmittel, die er mir empfohlen hat. Ich will sie nur schnell in meiner Werkbank einschließen.«

»Stimmt, Ihr Freund hat erwähnt, Sie wären heute beruflich unterwegs«, entsann sich Ruth und setzte lächelnd hinzu: »Ein sehr netter Mann übrigens, Ihr Professor. Passen Sie gut auf ihn auf.«

»Werde ich. Versprochen.« Sie lächelte zurück, aber etwas bekümmert, wie Ruth schien. Dann sah sie sie gespannt an. »Konnte Richard Ihnen denn weiterhelfen?«

»Gewiss. Leider nicht so wie erhofft. Fünfhundert Euro. Höchstens. Mehr wird für das Bild nicht herausspringen.« Ruth machte eine nachlässige Geste. »Was soll's, für ein schönes Familienessen langt's allemal.«

»Womit Sie Ihre Lieblingsmenschen wieder einmal alle um sich hätten.«

Wortlos drückte Ruth abermals den Arm der Frau. Schon seltsam, wie gut sie beide einander verstanden, dachte sie.

»Kann ich Ihnen dabei irgendwie behilflich sein?«, fragte die Restauratorin schließlich und zeigte auf den angebrochenen Sack Blumenerde.

»Das könnten Sie tatsächlich.« Ruth legte die Handschuhe in den Korb mit dem Gartenbesteck. »Ich möchte den Sack ungern hier liegen lassen. Sie glauben nicht, was mir auf dem Friedhof schon alles abhandengekommen ist.«

»Von dem Problem höre ich bei meiner Arbeit leider immer wieder. Wir können den Sack gern in der Kirche unterstellen, Frau Klawitter.«

»Wunderbar, danke.«

Ruth schickte sich an, sich auf dem Friedhof nach einer Schubkarre umzusehen, aber Jette Herbusch war bereits in Hockstellung gegangen.

»Herrje, Sie machen sich noch ganz schmutzig«, rief Ruth.

»Halb so schlimm. Im Küsterhaus steht eine Waschmaschine.«

Beherzt packte die junge Frau den Sack an beiden Enden. Doch anstatt sich aufzurichten, blieb sie am Boden sitzen. Ihr Blick ruhte auf dem Grab vor ihr.

Ruth, die keine Erklärung für ihre Reglosigkeit hatte, fasste ihr an die Schulter. »Frau Herbusch? Was ist los?«

Mit aufgerissenen Augen sah sie zu ihr hoch. Ihre Stimme war kaum mehr als ein Flüstern. »Ihr Sohn, der Sigmar. Er war noch ... so klein.«

Jetzt erkannte Ruth, was ihre Aufmerksamkeit dort unten auf sich gezogen hatte. Siggis Grabtafel. Normalerweise stand immer die Blumenschale darauf, die das eingravierte Geburts- und Sterbejahr bedeckte. Doch Ruth hatte die Schale während des Bepflanzens beiseitegeschoben und noch nicht an ihren gewohnten Platz zurückgestellt. Es war zu lange her, als dass sie heute noch hätte sagen können, wann sie damit angefangen hatte, Siggis Lebensjahre für fremde Blicke mit der Schale zu verdecken. Weshalb sie es tat, wusste Ruth aber sehr wohl: um sich vor Situationen wie dieser zu schützen. Denn Ruth ahnte längst, wie die Frau vor ihr nun reagieren würde. Welche Frage sie unweigerlich stellen würde.

Jette Herbusch erhob sich und umfasste sichtlich ergriffen ihre Hand. Ruth sah, wie ihre Lippen bebten, ehe sie sich öffneten. »Wie ist Ihr Sohn gestorben, Frau Klawitter?«

Ruth drehte den Blick zur Seite. Sie könnte jetzt dieselbe Lüge vom tödlichen Sturz erzählen, mit der sie die meisten ihrer Mitmenschen seit fast sechzig Jahren abspeiste. Die ersten achtundzwanzig Jahre, weil sie die Wahrheit nicht aussprechen durfte, und die anderen, weil sie schließlich keine Kraft mehr dafür hatte. Nur war Jette Herbusch nicht wie die meisten. Sie nahm sich Zeit für sie, hörte ihr zu. Verstand sie oft auch ohne Worte. Noch vor wenigen Tagen hätte Ruth ihr die Umstände um Siggis Tod anvertraut. Doch das konnte sie nun nicht mehr. Musste schweigen, um seinetwillen. Zu groß schien die Gefahr, dass die Wahrheit zu der toten Frau hinter ihrem Entenstall führte.

Doch Jette Herbusch belügen, das missfiel Ruth auch.

»Bitte, nicht böse sein, Frau Herbusch«, startete sie ein Ausweichmanöver und löste sich aus dem Handgriff. »Ich bin ziemlich in Eile. Florian kommt gleich vorbei. Er will mir im Wohnzimmer die Gardinen von der Stange ziehen. So allgemein bin ich noch recht fit, Gott sei Dank. Aber auf die Trittleiter traue ich mich dann doch nicht mehr. Wir reden ein anderes Mal, in Ordnung?«

Ruth wartete keine Antwort ab. Wunderte sich, dass sie überhaupt noch so schnell laufen konnte. Erst als die Rufe hinter ihr verstummten, blieb sie schweißüberströmt stehen.

16

»Ich kann Sie doch fahren ... Warten Sie! ... Frau Klawitter!«
Jette gab es auf. Ratlos starrte sie auf die Hecke, hinter der
die rundliche Gestalt verschwunden war. Was war bloß in sie
gefahren? Rannte ohne jede Verabschiedung los. Hatte nicht
einmal auf ihre Rufe reagiert. Jette konnte sich einfach keinen
Reim auf Ruths überhasteten Aufbruch machen. Im ersten
Moment hatte sie geglaubt, ihre Frage wäre vielleicht doch zu
aufdringlich gewesen. Zu indiskret. Aber je länger sie darüber
nachdachte, desto überzeugter war Jette, dass Ruth sie nicht
als taktlos empfunden hatte. Sie hatte weder entrüstet gewirkt,
noch schien sie plötzlich von ihrem stillen, immerwährenden
Schmerz übermannt worden zu sein. Nein, was sie in Ruths
Augen wahrgenommen hatte, war eine völlig andere Emotion
gewesen: Angst. Fast schon Panik.
Was hatte das nur zu bedeuten?
Jette blickte zu Boden. Sogar ihr Gartenbesteck hatte Ruth in
ihrer Eile vergessen. Sie hockte sich abermals hin. Legte Harke
und Blumenkelle in den Korb und sammelte die leeren Plas-
tiktöpfe ein. Anschließend griff sie nach der frisch bepflanzten Schale, um sie auf das Grab zurückzustellen. Lichtflecken
tanzten auf der verwitterten Granittafel. Wie wenige Minuten
zuvor durchlief Jette ein Schaudern, als sie die verblasste In-
schrift las:

Sigmar Klawitter
»Siggi«
*1957 – †1961

Was mochte Ruths Sohn so jung aus dem Leben gerissen haben? Eine Krankheit? Ein Unfall? Sie musste dringend Pastor Lüdtke morgen beim Vereinsfest danach fragen. Wenn es

jemand wusste, dann der Pastor. Eigentlich geboten es der Anstand und auch ihre Bekanntschaft zu Ruth, zu warten, bis die alte Dame es ihr von selbst erzählte. Aber Jette war wegen Ruths Verstörtheit in Sorge und fing an, sich Vorwürfe zu machen. Welche Wunden hatte sie mit ihrer Frage nach dem verstorbenen Kind aufgebrochen? Was für schreckliche Erinnerungen geweckt, dass es Ruth solch eine Angst einjagte? Nach beinahe über sechzig Jahren? Auch wenn sie ungern in Ruths Privatleben herumschnüffeln wollte, Jette musste einfach wissen, was sie da womöglich losgetreten hatte.

Sie schulterte ihren Stoffbeutel. Hängte sich den Korb mit dem Gartenbesteck über den Arm und presste sich den Sack Blumenerde gegen den Bauch. Während sie durch die Grabreihen schritt, kam Jette das Kirchenarchiv in den Sinn, das sie am Nachmittag in Greifswald aufgesucht hatte. Wie sie von einem Mitarbeiter erfahren hatte, reichten die Eintragungen der dort archivierten Hollvitzer Kirchenbücher bis in die achtziger Jahre hinein. Da Jette davon ausging, dass Ruth Klawitters Sohn kirchlich bestattet wurde, musste das Begräbnis im Kirchenbuch eingetragen worden sein. Eventuell fand sie darin einen Vermerk zur Todesursache. So ein Eintrag war zwar unüblich, aber nicht gänzlich ausgeschlossen. Jette nahm sich vor, das Kirchenarchiv noch heute anzuschreiben und zu bitten, ihr den betreffenden Auszug zu zumailen.

Ihre eigentliche Recherche in den Kirchenbüchern war glücklicherweise fruchtlos geblieben. Jette war in den Jahren zwischen den Weltkriegen weder der Name einer bekannten Persönlichkeit aufgefallen, noch hatte sie einen Eintrag zum Küsterhaus finden können, der heute aus denkmalpflegerischer Sicht von Belang sein könnte. Auch der Name dieses Architekten, den Richard ihr am Telefon durchgegeben hatte, war nirgends aufgetaucht. Den anstehenden Renovierungsmaßnahmen am Haus sah Jette nun ein wenig entspannter entgegen. Beziehungsweise dem Wiederverkauf.

Jette war vollkommen klar gewesen, dass Richard über

ihre Umzugspläne nicht in Jubelstürme ausbrechen würde. Schon allein deshalb nicht, weil sie ihm die Sache viel zu lange verschwiegen hatte. Und da sie selbst monatelang Zeit gehabt hatte, den Gedanken reifen zu lassen, hatte sie auch nicht mit seiner sofortigen Zustimmung gerechnet. Aber Richards vehemente Reaktion hatte ihr deutlich gezeigt, wohin seine Entscheidung tendierte.

Dabei konnte Jette es ihm nicht einmal verdenken. Sie war kinderlos geblieben. Musste somit in ihrem Leben kaum Kompromisse eingehen oder auf jemanden Rücksicht nehmen. Bei Richard lagen die Dinge aber etwas anders. Wenn sie das Haus behielt, bedeutete das in erster Linie eine zusätzliche Belastung für ihn. Er war Vater eines Kleinkinds und hatte Henriks Mutter eine gemeinsame Betreuung zugesichert. Spontane Fahrten an die Ostsee, wenn es der Terminkalender gerade hergab, waren für ihn nicht ohne Weiteres machbar. Mit oder ohne Henrik. Richard musste sich immer mit Charlotte absprechen, seine und ihre Termine aufeinander abstimmen. Dienstfahrten, Arztbesuche, Kindergeburtstage – alles wurde Wochen im Voraus geplant. Dazu kamen unvorhergesehene Ereignisse wie Krankheit oder Unfälle, auf die er reagieren musste. Und mit ihrem Umzug nach Rügen würde Jette die Situation noch mehr verkomplizieren. So schwer es ihr auch fallen mochte, sich wieder von dem Haus zu trennen: Sie sollte diese Option in den nächsten Wochen unverbindlich mit einem Makler besprechen.

Am Kirchenportal setzte Jette Sack und Korb auf dem Boden ab, um nach dem Schlüssel in ihrer Hose zu suchen. Sie würde Ruths Sachen später nachholen. Erst einmal wollte sie ihre Lösungsmittel wegschließen. Jette sperrte die Tür auf und betrat die Kirche. Das Halbdunkel des alten Gemäuers umfing sie. Eine sanfte Kühle breitete sich auf ihren nackten Armen aus. Jette war sie gewohnt und wunderte sich, dass ein Frösteln sie schüttelte, als sie zwischen den Bänken auf den Altar zulief. Auf den Steinplatten am Boden leuchtete ein farbiger

Fleckenteppich. Sonnenlicht, das das Buntglas im Chorfenster reflektierte.

Sie öffnete das Schrankfach in ihrer Werkbank und stellte die Dosen nacheinander hinein. Das letzte Lösungsmittel war verstaut, als ein dumpfer Knall sie zusammenfahren ließ. Jette schnellte herum, weil sie annahm, jemand wäre nach ihr in die Kirche gekommen. Aber es war niemand da. Die schwere Eichentür stand noch immer offen, der Lichtschein fiel unverändert hell ins Innere. Ihr Blick ging durch die Kirche, hinüber zu der geschlossenen Sakristeitür. Jette meinte dahinter ein Schleifgeräusch zu hören, war aber unsicher, ob es nicht doch von einem der umliegenden Häuser herüberdrang. Schließlich vernahm sie nur das Vogelkonzert in den Buchen vor der Kirche. Nach einem tiefen Durchatmen drückte sie die Schranktür zu und schloss ab.

Die Augen mit der Hand abgeschirmt, suchte Jette draußen vor dem Portal den Friedhof ab. Doch außer ihrem Auto hinter der Umfassungsmauer sah sie nichts. Sie schien der einzige Besucher zu sein. Über sich selbst den Kopf schüttelnd, griff sie nach dem Korb und dem Sack mit der Blumenerde. Das Beste wäre, die Sachen neben ihrer Werkbank abzustellen. Ruth würde wahrscheinlich als Erstes dort nachsehen, sollte Jette bei deren nächstem Friedhofsbesuch nicht in der Kirche zugegen sein. Als sie den Mittelgang entlanglief, ertappte sie sich dabei, wie sie auf Geräusche um sich herum lauschte. Der hohle Widerhall ihrer Schritte war jedoch alles, was sie hören konnte.

An der Werkbank ließ Jette den Sack zu Boden gleiten. Kurz überlegte sie, ob sie für Pastor Lüdtke und Gerd Fechner vorsichtshalber einen Zettel hinlegen sollte, hielt es dann aber doch für überflüssig. Es dürfte auch so zu erkennen sein, dass hier niemand ungefragt seinen Müll entsorgt hatte. Als Jette den Korb dazustellen wollte, fiel ihr links von der Werkbank ein länglicher Strich am Boden auf. Sie beugte sich hinunter, um ihn genauer in Augenschein zu nehmen. Es war ein Riss, der mitten durch vier Steinplatten ging. *Verflixt!* Das musste in der letzten Woche beim Umsetzen ihres Gerüsts passiert sein. Sie stieß ein kleines Stoßgebet gen Himmel, dass noch irgendwo Reserveplatten herumlagen und der Schaden somit schnell zu beheben war. Jette setzte den Korb ab und drehte sich um. Sie erstarrte in der Bewegung.

Die Eingangstür war angelehnt. Nur ein schmaler Streifen Licht drang durch den Spalt.

Unruhe breitete sich in ihr aus. Hatte sie sich vorhin doch nicht getäuscht und jemand war nach ihr in die Kirche gekommen? Aber wie hätte sie die Person übersehen können? Das Kirchenschiff war nicht sonderlich groß, und falls der- oder diejenige die Treppe zur Orgelempore hinaufgestiegen wäre, hätte Jette etwas hören müssen. Die morschen Holzstufen knarrten bei jedem Tritt. Nein, die Tür konnte nur von allein zugefallen sein. Schwer genug dafür war sie. Zudem hatte Jette die Tür nur halb aufgezogen und den Feststeller nicht eingehakt.

Trotzdem blieb das ungute Gefühl, nicht allein zu sein.

»Hallo?«, rief sie zaghaft.

Nichts.

Jettes Blick wanderte die Orgelempore hinauf. »Hallo? Ist da jemand?«

Ihre Stimme war jetzt entschieden lauter, aber wieder antwortete nur ihr eigenes Echo. Sie ging drei Schritte nach links, auf die Sakristei zu. Mit angehaltenem Atem horchte sie in die Stille der Kirche hinein. Aber außer dem gedämpften fernen Vogelgezwitscher nahm sie keinen Laut wahr. Jette ließ die Luft entweichen. Hör auf, hier ist niemand!, schimpfte sie innerlich mit sich. Die Grübelei über Ruths seltsames Verhalten machte sie schon völlig meschugge. Energisch straffte sie die Schultern. Jette hatte den ersten Fuß gesetzt, als sich das Öffnen der Sakristeitür kalt in ihre Ohren bohrte.

Nein, sie war nicht allein.

17

»Ein Besucherzentrum?« Martin Lüdtke blickte ungläubig durch seine randlose Brille. »Das kann ich mir nicht vorstellen. Davon wüsste ich doch.«
»Die Idee für eine Ausstellung schien Frau Ortlepp erst kürzlich gekommen zu sein. Dieser Dr. Hartmann vom Landeskirchenamt wusste von ihren Plänen bis vorgestern offenbar auch nichts«, sagte Richard, der dem Pastor soeben das Telefonat mit Ines Marquardt wiedergegeben hatte.

Lüdtke war eigentlich nur vorbeigekommen, um etwas für Jette dazulassen – den Flyer eines Baustoffkontors auf Bornholm, das mit historischen Baumaterialien wie Fenster und Türen handelte. Der Inhaber war Lüdtkes Jugendfreund und würde Jette angeblich einen guten Preisnachlass gewähren, falls sie in seinem Lagerbestand etwas Passendes für das Küsterhaus finden sollte. Beim anschließenden Austausch von Höflichkeitsfloskeln waren sie unweigerlich auf Susanne Ortlepp zu sprechen gekommen, und Richard hatte den Pastor ins Haus gebeten. Ihm schwirrte noch das Telefonat im Kopf, und es interessierte ihn, was Lüdtke von der Idee der Denkmalpflegerin hielt.

Richard sah seinen Gast gespannt an. »Wie denken Sie darüber, in der Kirche eine Ausstellung für Rechlin auszurichten?«

»Offen gestanden sind mit Frau Ortlepp da ein wenig die Pferde durchgegangen«, antwortete Lüdtke geradeheraus. »Eine Kirche ist kein alter Lokschuppen, den man so mir nichts, dir nichts für eine Horde Besucher zugänglich machen kann. So etwas kann schnell zu einem Zugehörigkeitsverlust führen. Kirchen sind unser kulturelles Erbe, in Jahrhunderten gewachsen. Taufen, Hochzeiten, Konfirmationen, Bestattungen – jeder verbindet ganz eigene und sehr persönliche Erinnerungen mit ihnen.«

Die rigorose Ablehnung erstaunte Richard. »Aber könnte man so ein Besucherzentrum nicht auch als Chance sehen? Man hört und liest doch ständig von Kirchenaustritten und verwaisten Gottesdiensten. Durch die zusätzlichen Besucher würden sich für die Hollvitzer Kirche neue Möglichkeiten auftun.«

Lüdtke nahm die Brille ab. »Selbstverständlich kenne ich die Probleme, Professor Gruben. Und bei meinem Amtsantritt vor zehn Jahren sah es in dieser Gemeinde ganz ähnlich aus.« Er zog ein Tuch aus der Jackentasche und fing an, die Gläser zu putzen. »Aber mittlerweile bleibt die Zahl unserer Mitglieder konstant, der Zuwachs an jungen Familien ist nicht unerheblich. Wir sind eine äußerst aktive Gemeinde, mit regelmäßigen Senioren- und Familiennachmittagen und verschiedenen Kinder- und Jugendangeboten. Und das ist lange nicht alles. Auch unsere außerkirchlichen Veranstaltungen werden von Einheimischen und Urlaubern gleichermaßen gut angenommen. Besonders in Hollvitz. Die Kirche ist schon jetzt zum Kulturträger geworden. Das Orgelkonzert im Juli ist fester Bestandteil im Rügener Kulturkalender.«

»Und was spricht dann gegen das Aufstellen von ein paar Ausstellungstafeln?«, fragte Richard, der nicht recht verstand, wieso der Pastor die Idee eines Besucherzentrums für so abwegig hielt. »Die Eintrittsgelder und Spenden würden letztlich auch dem Erhalt der Kirche zugutekommen.«

»Mit dem Eintrittsgeld fängt das Problem doch bereits an.«

»Ich glaube, ich verstehe nicht, worauf Sie hinauswollen.«

Lüdtke setzte die Brille auf. »Ein Besucherzentrum ist etwas völlig anderes, als zwei- bis dreimal im Jahr die Kirchenpforte aufzuschließen. Das bedeutet tägliche Öffnungszeiten, auch im Winter. Nur, wo sollen wir in der winzigen Kirche noch einen beheizten Kassenraum integrieren? Oder einen Museumsshop mit Cafébetrieb? Ganz zu schweigen von den WC-Anlagen für die Besucher. Bei unseren Veranstaltungen handhaben wir das mit mobilen Toilettenkabinen, aber das ganze Jahr über die

Plastikboxen vor der Kirche stehen haben, das möchte niemand.«

»Ich gebe zu, Ihre Bedenken sind nicht unbegründet«, erwiderte Richard. »Eine regelmäßige Ausstellung würde zwangsläufig zu mehr Besuchern führen, und man muss darauf eingerichtet sein. Aber ich vermute mal, Kurt Rechlins Bekanntheit reicht dann doch nicht aus, um einen regelrechten Ansturm auszulösen. Die Zahl der Besucher dürfte sich in einem überschaubaren Rahmen bewegen. Außerdem würden andere Stellen, wie beispielsweise der Landkreis, doch bestimmt finanzielle Unterstützung geben, um die Voraussetzungen für eine zusätzliche touristische Nutzung des Kirchengebäudes zu schaffen. Meinen Sie nicht?«

Einen Moment herrschte Schweigen.

»So eine Nutzungsänderung ist ein sensibles Thema, Professor Gruben. Man sollte keine vorschnellen Entscheidungen treffen.«

Martin Lüdtke war anzumerken, dass ihn der Einwand nicht überzeugte und er weiter auf seinem Standpunkt beharren würde. Richard beschloss, es im Augenblick dabei bewenden zu lassen.

»Ganz was anderes«, sagte er und schenkte dem Pastor von dem Wasser nach, das er ihm beim Eintreten angeboten hatte. »Haben Sie davon gewusst, dass es um die Jahrtausendwende schon einmal Bestrebungen gab, die Werkssiedlung unter Denkmalschutz zu stellen?«

»Nein. Ich höre das heute zum ersten Mal.« Lüdtke drehte das Glas in den Fingern. »Um davon zu wissen, hätte ich hier länger leben müssen. Der Vorgang ist zig Jahre her. Er wird bei den meisten inzwischen in Vergessenheit geraten sein.«

Es war richtig, was Lüdtke sagte. Zwanzig Jahre waren eine sehr lange Zeit. Außer der Familie von Gerd Fechner, die als Eigentümer direkt betroffen gewesen war, dürfte sich heute kaum jemand daran erinnern, geschweige denn damals der Sache große Aufmerksamkeit geschenkt haben. Trotz alledem fand Richard es seltsam, dass Ruth Klawitter den Vorgang ihm gegenüber nicht erwähnt hatte. Sie lebte seit Ewigkeiten in der Siedlung, und ihr Mann war ein Bewunderer von Kurt Rechlin gewesen.

»Was denken Sie? Wird es für die Siedlung eine erneute Prüfung auf Denkmalwürdigkeit geben?«, unterbrach Lüdtke Richards Überlegungen.

Er nickte. »Frau Ortlepp wird die Akte nicht grundlos aus dem Archiv angefordert haben. Wenn sie auf etwas gestoßen ist, das Rechlin als Entwurfsverfasser bestätigt – wovon ich ausgehe –, wird es sicher dazu kommen.«

»Und Kosten verursachen.« Der Pastor machte ein bedeutungsvolles Gesicht.

Richard runzelte die Stirn. »Gerd Fechner ist Bauunternehmer. Die Ausgaben für die notwendigen Erhaltungsmaßnahmen dürften für ihn wesentlich geringer ausfallen als für andere Eigentümer von denkmalgeschützten Gebäuden. Darüber hinaus hat er die Villa und die Wohnhäuser ohnehin sehr aufwendig saniert.«

»Aufwendig zweifellos. Aber auch nach den Maßgaben des Denkmalschutzes?«

»Da ist was dran«, sagte Richard nach einigem Nachdenken. »Gerd Fechner steckt gewiss nicht in Geldnöten, Professor Gruben, doch die Investition für eine Sanierung bereits sanierter Häuser dürfte auch ihm sauer aufstoßen.«

Außerdem würde der Denkmalschutz im Fall der Siedlung sicher Wert auf Originaltreue legen, sinnierte Richard im Stillen. Jedes noch so kleine Detail musste mit der Behörde abgestimmt und von ihr genehmigt werden. Reibereien und Ärger waren vorprogrammiert. Für die meisten Eigentümer waren steuerliche Begünstigungen dann auch kein Trostpflaster mehr.

»Das Schlimme ist, Frau Klawitter und Familie Jacobi trifft es letztlich am stärksten«, sagte Lüdtke in bedauerndem Ton.

Richard verstand. »Gerd Fechner wird die Kosten auf ihre Mieten umlegen.«

»Für Ruth Klawitter dürfte eine Erhöhung kaum zu stemmen sein. Sie kommt schon jetzt mit Rente und Witwenrente gerade so über die Runden. Es wäre furchtbar, wenn sie ausziehen müsste. Frau Klawitter lebt seit fast sechzig Jahren in dem Haus.«

»Sie hat es mir erzählt.«

Richards Gegenüber blickte verdutzt. »Ach? Sie kennen sich?«

»Ich war nach dem Mittag bei ihr. Sie besitzt ein Ölgemälde. Das habe ich mir angesehen.«

»Verstehe. Wie geht es Frau Klawitter denn?«, forschte Lüdtke nach.

»Gut. Etwas angespannt vielleicht.«

»Nach der ganzen Aufregung verständlich. Ein Glück, dass sie Nachbarn hat, die sich um sie kümmern. Besonders der junge Mann aus der Jurte … Fechners Handlanger.«

»Florian Wenzel.«

»Wenzel, genau. Kümmert sich wirklich rührend, scheint mir aber ein etwas labiler Charakter zu sein. Es passiert nicht selten, dass er einfach der Arbeit fernbleibt, ohne Bescheid zu geben. Im Normalfall würde Fechner so jemanden achtkantig rauswerfen, doch es gibt da wohl irgendwelche verwandtschaftlichen Beziehungen.« Lüdtkes Blick glitt für einen kurzen Moment ins Leere, ehe er zum eigentlichen Thema zurückkam. »Hoffentlich bleibt Frau Klawitter ein Umzug erspart. In einer Wohnung in der Stadt würde sie vereinsamen.«

Der Pastor trank sein Wasser in einem Zug aus und schob es mit Nachdruck in die Tischmitte. »Ganz ehrlich, Professor Gruben? Mir bereitet diese Idee von Frau Ortlepp ziemliche Bauchschmerzen. Von den Auswirkungen sind ja nicht nur die Bewohner der Siedlung betroffen.«

»Wie meinen Sie das?«

Lüdtke fuhr sich über die grauen Bartstoppeln. »Angenommen, die Gebäude sind ein Entwurf dieses Architekten, werden unter Denkmalschutz gestellt und eine Ausstellung wird eröffnet: Mit der beschaulichen Ruhe im Dorf dürfte es dann vorbei sein.«

Richard verstand den Wink. Das Küsterhaus lag unmittelbar an der Kirche, auch Jette wäre von dem Besucheraufkommen im Ort betroffen. Doch er hielt den Gedanken weiter für unbegründet. »Ich bin auf dem Gebiet der Architektur kein Experte, aber nach dem, was ich bisher über Kurt Rechlin in Erfahrung bringen konnte, scheint es mir doch so, dass dieses Besucherzentrum eher etwas für Kenner sein dürfte und als zusätzliches touristisches Angebot zu verstehen ist. Der Gästezustrom dürfte sich in Grenzen halten.«

»Wahrscheinlich haben Sie recht, und ich male da ein wenig zu schwarz«, sagte Lüdtke. »Aber wenn man auf Rügen lebt und sieht, wie die Insel durch den Tourismus mehr und mehr an ihre Grenzen stößt, steht man neuen Ideen wie der von Frau Ortlepp automatisch kritisch gegenüber.«

»Ich verstehe das. Mehr, als Sie vielleicht glauben.« Richard schmunzelte, wurde aber gleich wieder ernst. »Doch ich bin auch Historiker und kann Frau Ortlepps Überlegungen nachvollziehen. Kurt Rechlin ist Teil der Geschichte Rügens, die Werkssiedlung wäre einer seiner komplexesten Entwürfe. Ihm eine Ausstellung in Hollvitz zu widmen, wäre eine passende Würdigung seines Schaffens.«

Der Pastor wiegte den Kopf hin und her. Er schien an der Idee eines Besucherzentrums partout keinen Gefallen zu finden. »Warten wir erst einmal ab, ob es lohnt, das Für und Wider so eines touristischen Angebots abzuwägen. Im Moment sieht es ja danach aus, als ob niemand weiß, worauf sich die Idee überhaupt stützt.«

Und das war nicht der einzige ungeklärte Punkt, dachte Richard. Ihm war nach wie vor schleierhaft, wieso Rechlins Ausstellung die Aufmerksamkeit der internationalen Presse auf sich ziehen sollte.

»Für Frau Ortlepps Familie kann man jedenfalls nur hoffen, dass bald Bewegung in die Ermittlungen kommt und der

Fallensteller seiner gerechten Strafe zugeführt wird.« Lüdtke hatte das Thema Besucherzentrum endgültig ad acta gelegt. »Den alten Raabe wird der Tod der Tochter besonders schwer getroffen haben. Seine Frau ist erst im vergangenen Jahr einem Schlaganfall erlegen.«

»Werner Raabe? Susanne Ortlepps Vater?«, fragte Richard nach.

»Richtig. Nach der Wende saß er etliche Jahre im Schweriner Landtag und hat die politische Landschaft in Mecklenburg-Vorpommern maßgeblich mitbestimmt. Hervorragender Mann. Ist auch heute noch in Sachen Politik und als Ehrenamtler aktiv. Mit über achtzig. Das muss man sich mal vorstellen.«

»Kennen Sie ihn persönlich?«

»Persönlich wäre zu viel gesagt. Ich bin Werner Raabe ab und an bei der einen oder anderen Veranstaltung über den Weg gelaufen. Es blieb aber meist bei einem kurzen formalen Händeschütteln.«

Lüdtke stand auf. Mit einem Handzeichen signalisierte er Richard, dass er sitzen bleiben solle. »Ich kenne das Haus wie meine Westentasche. Ich finde allein raus. Auf Wiedersehen, Professor Gruben.«

Richard erwiderte den Gruß. Lüdtke war bereits in der Diele, als er ihn zurückrief. »Pastor Lüdtke?«

Die asketische Gestalt des Kirchenmannes erschien auf der Türschwelle. Abwartend sah er Richard an.

»Wussten Sie, dass Susanne Ortlepp an ITP litt?«

»Ihre Autoimmunerkrankung? Ja, die war mir bekannt«, bekam Richard eine leicht eilig klingende Antwort. »Sie wollte diesen Sommer zugunsten ihrer Stiftung ein Benefizkonzert geben. In Dömitz, glaube ich. Die Stadt liegt …«, Lüdtke stockte, »… lag in ihrem Heimatwahlkreis. Der alte Raabe stammt auch von dort. Sie hatte mich bei einer unserer Beratungen auf das Konzert aufmerksam gemacht. Fechner und einige Mitglieder aus dem Kirchenverein waren ebenfalls anwesend. Ich erinnere mich, dass Diana Seifert sich sogar anbot, bei den Jasmunder

Landfrauen die Werbetrommel dafür zu rühren. Weshalb fragen Sie?«

Richard, der froh war, dass Lüdtke nicht sofort einen Zusammenhang zwischen Susanne Ortlepps Erkrankung und dem Tellereisen hergestellt hatte, überlegte, was er erwidern sollte. Mulsow hatte ihm zwar gesagt, dass man inzwischen von einer vorsätzlichen Tötung ausging, aber nicht, ob bereits offiziell ermittelt wurde. Außer mit Jette sollte er vorerst mit niemandem darüber sprechen.

»Ach, nur so. Ich habe davon auf Frau Ortlepps Wahlkampfseite gelesen. Es interessierte mich, weil ich noch nie von dieser ITP gehört habe«, redete er sich heraus.

»Die wenigsten, nehme ich an. Scheint eine recht seltene Krankheit zu sein.« Lüdtke hob die Hand zum Abschied. »Und Grüße an Frau Herbusch. Sie soll mich wegen des Baustoffkontors bei Gelegenheit anrufen.«

»Richte ich aus.«

Wenig später war Richard allein. Abwesend pulte er am Etikett der Wasserflasche. Von Susanne Ortlepps Erkrankung hatte also auch in Hollvitz der eine oder andere gewusst. Aber wer im Ort sollte einen Grund gehabt haben, sie zu töten? Gerd Fechner, weil ihm eine Denkmalprüfung ins Haus stand? Das war doch ein eher schwaches Motiv. Wegen einer möglichen Mieterhöhung zu morden, wie bei Familie Jacobi oder Ruth Klawitter, schloss Richard erst recht aus. Und das Besucherzentrum in der Kirche brachte sicher einige Touristen mehr ins Dorf, aber kaum so viele, dass jemand aus Angst um seine häusliche Ruhe die Denkmalpflegerin ins Jenseits beförderte.

Mulsows Hypothese, dass der Täter in Susanne Ortlepps politischem Umfeld zu finden war und die Siedlung als Treffpunkt mit ihrem Erpresser gedient hatte, klang da wesentlich plausibler. Aber der Todeszeitpunkt lag um Mitternacht herum, und Susanne Ortlepp war gegen Viertel nach acht aus seinem Auto gestiegen. Dazwischen lagen über drei Stunden. Selbst wenn sie der Person vertraut hätte, erschien Richard diese Zeitspanne für ein Treffen zwischen Erpresser und Opfer unrealistisch.

Und noch ein Puzzlestück passte nicht ins Bild: Susanne Ortlepps argloses Verhalten am Sassnitzer Bahnhof. Wenn sie wegen der Erpressungsgeschichte nach Hollvitz gekommen wäre, wäre sie einem Unbekannten gegenüber nicht so unbedacht aufgetreten. Normalweise hätte sie doch abwarten müssen, bis er den Namen genannt hätte, den Jette ihr am Telefon durchgegeben hatte. Es war aber umgekehrt gewesen. Das war nicht schlüssig.

Sein Handy meldete sich mit einem mehrmaligen Piepen. Charlotte hatte Fotos von Henrik in einem Ziegengehege geschickt. Offensichtlich hatte heute ein Tierparkbesuch mit Oma und Opa angestanden. Richard verfasste eine längere Nachricht und schickte sie ab. Dabei streifte sein Blick die Uhrzeit im Display. Das Getränkeholen konnte er getrost auf morgen verschieben, Jette müsste jede Minute ... Richard stutzte. Er ging zurück ins Postfach und öffnete ihre letzte Nachricht. Sie hatte sie vor zwei Stunden gesendet. Von Greifswald nach Hollvitz brauchte sie knapp neunzig Minuten, wie sie ihm heute früh gesagt hatte. Sie hätte also längst hier sein müssen. Natürlich war nicht auszuschließen, dass sie in einen Stau geraten war. Doch in dem Fall hätte Jette ihn angerufen. Er kannte sie. Richard wählte ihre Nummer. Nach dem siebten Klingeln sprang die Mailbox an. Er spürte ein nervöses Ziehen in der Magengegend.

Wo zum Teufel steckte Jette?

18

Jette musste sechs oder sieben Jahre alt gewesen sein, als sich ihre Großeltern einen Hund angeschafft hatten. Tasso. Einen Spitz-Terrier-Mix mit flauschigem weißen Fell und einer imposanten, aber leicht schief gewachsenen Rute. Nach Tassos Einzug waren Jette und ihre Schwester nur noch selten zu den Großeltern gefahren. Sie hatten immer Angst vor dem kleinen Hund gehabt. Sobald sie das Grundstück betreten hatten, war er mit einem ohrenbetäubenden Kläffen um die Ecke gefegt. Kein wachsames oder freudiges Bellen. Nein, Tasso tobte wie tollwütig. Ihr Großvater hatte ihn dann nur mit größter Mühe bändigen können. Während ihrer Besuche war der Hund nicht eine Sekunde von der Seite der Mädchen gewichen. Beim Spielen, bei den Mahlzeiten oder wenn sie auf dem Sofa vor dem Fernseher lümmelten – Tasso hatte stets in der Nähe Stellung bezogen und die fremden Wesen mit seinen schwarzen Knopfaugen feindselig fixiert. Auch Jahre später, als sie der kindlichen Angst längst entwachsen waren und der von Arthrose geplagte Hund sabbernd in seinem Körbchen gelegen hatte, war Tasso den Schwestern immer noch mit finsterem Blick begegnet.

Wie Marco Seifert, der Jette nun eine Armlänge entfernt gegenüberstand.

»Sind Sie nicht ganz dicht?«, keifte er. »Was schreien Sie hier so herum?«

Das geht dich einen Scheißdreck an, hätte Jette Seifert am liebsten an den Kopf geworfen. Sein Kasernenton ging ihr gehörig gegen den Strich. Doch sie sollte ihn besser nicht reizen. Sie kannte ihn zu wenig, um abschätzen zu können, wie er reagieren würde. Und beim Blick in seine kleinen, kalten Augen verlangte es Jette nicht im Geringsten danach, es herauszufinden.

Rede und Antwort musste sie dem unverschämten Kerl aber auch nicht stehen.

»Wie sind Sie überhaupt hereingekommen?«, antwortete sie mit einer Gegenfrage.

Seiferts Gesichtsausdruck nach zu urteilen, schien er kurz davor, ihr die Scheibenwischergeste zu zeigen. »Hallo? Gerd Fechner ist mein Schwiegervater. Unsere Firma führt in der Sakristei die Bauarbeiten aus. Klingelt da was?« Dann winkte er geringschätzig ab und klopfte sich Staub von der schwarzen Anzughose.

Zugegeben, darauf hätte sie auch allein kommen können. Natürlich war Gerd Fechner als Vereinsvorsitzender in Besitz eines Schlüssels. Das war ihr bekannt. Doch es war Jette einerlei, ob Seifert sie als dumme Kuh abstempelte. Wenigstens starrte er sie nicht mehr so unverhohlen an.

Seifert klopfte mittlerweile immer energischer an seinen Hosenbeinen, und Jette fing an, sich über sein Äußeres zu wundern. Seiferts Hose sah aus, als hätte er auf Knien im Dreck gelegen. Sein Hemd hatte nasse Flecken unter den Achseln, und Schweißtropfen perlten auf seiner Stirn. Was zum Kuckuck hatte er hier getrieben? Die Sakristei war bis auf die Putzsäcke komplett leer geräumt. Da die Wände bekanntermaßen erst trockengelegt werden mussten, würde Seifert wohl kaum mit dem Putzen begonnen haben. Ungeachtet dessen, dass er Hemd und Anzughose trug und Angestellte für derartige Tätigkeiten hatte. Aber sein Erscheinungsbild ließ nun mal keinen Zweifel daran, dass er sich dort drinnen körperlich angestrengt hatte. Bloß wobei?

»Dann war der Sachverständige doch schneller als gedacht«, versuchte Jette, das Thema Sakristei anzuschneiden.

Ihr Gegenüber sah auf. Zwei feuchte blonde Haarsträhnen klebten an seiner Stirn. »Schneller? Womit?«

»Seinem Gutachten.«

»Das ist nicht fertig. Wie kommen Sie darauf?«

Jette zeigte mit vieldeutigem Blick zur Sakristei. »Nun ja, Ihr

Schwiegervater meinte, solange das Gutachten nicht vorläge, würden die Arbeiten erst einmal ruhen.«

Seifert verstand die Anspielung. »Ich glaube kaum, dass ich Ihnen Rechenschaft schuldig bin«, sagte er scharf, zog aber gleich darauf eine Grimasse. »Aber bitte, wenn es Ihnen dann besser geht: Ich mache mir gerade selbst ein Bild über das Ausmaß des Schadens.«

Und dabei verausgabst du dich derart, dass dir in dem kühlen Raum der Schweiß aus allen Poren bricht. Irgendwas stimmte hier ganz und gar nicht. Jette hätte zu gern gewusst, was dadrinnen vor sich ging. Aber die Tür war nicht mehr als einen Spaltbreit geöffnet, sodass sie keinen Blick ins Innere werfen konnte.

»Sie dürfen mir gern zur Hand gehen«, setzte Seifert in überheblichem Ton hinzu, als sie nicht reagierte. »Mit Stift und Zollstock werden Sie doch umgehen können.«

»Bedaure.« Jette lächelte dünn.

Seiferts Augen färbten sich kurz dunkel, ehe er die Arme ausbreitete und gönnerhaft fragte: »Kann ich Ihnen sonst was Gutes tun? Andernfalls würde ich jetzt gern weiterarbeiten.«

Jette zog die Mundwinkel ein Stück höher. »Bitte! Ich will Sie nicht aufhalten.«

Sekundenlang taxierten sie einander, dann wandte Seifert sich von ihr ab und stapfte grußlos in Richtung Sakristei.

Auch Jette begab sich zum Ausgang. »Was für ein Kotzbrocken!«, stieß sie leise aus. Sie kochte innerlich vor Empörung. Wie konnte Fechner mit so einem Menschen unter einem Dach leben? Noch rätselhafter war ihr, wie Diana Seifert es mit ihm aushielt. Jette konnte sich noch so sehr anstrengen, aber dass Seifert zu Hause den liebenswürdigen Ehemann gab, entzog sich ihrer Vorstellungskraft. Jette war so in Gedanken über Seiferts despektierliches Auftreten, dass sie es erst registrierte, als sie den Gang unter der Orgelempore erreicht hatte: *das Schließen der Sakristeitür.* Sie hatte es nicht gehört. Sie blickte über die Schulter. Tatsächlich. Seifert hatte die Tür nicht hinter sich geschlossen. Zudem stand sie nun weit offen. Jette brauchte nur zurückzugehen, dann würde sie Seiferts Treiben auf den Grund kommen. Jedoch lief sie dabei Gefahr, von ihm bemerkt zu werden, und sie hatte absolut kein Verlangen auf ein weiteres Zwiegespräch mit dem unausstehlichen Kerl.

Dennoch. Die Sache ließ ihr keine Ruhe.

Nach kurzem Abwägen siegte schließlich ihre Neugierde. Sie machte kehrt und schlich durch die Bankreihen. Jette ging durch den Kopf, dass sie lieber eine Erklärung parat haben sollte, weshalb sie hier weiter herumscharwenzelte. Seifert mochte ein aufgeblasener Fatzke sein, aber er war kein Idiot. Jette dachte noch über eine Ausrede nach, als sie hörte, wie draußen eine Autotür zugeschlagen wurde. Sie blieb stehen. Das konnte nur Seifert gewesen sein. Die Frage war, ob er wegfahren wollte oder lediglich etwas aus seinem Wagen geholt hatte. Sekunden verstrichen. Dann erklang das Anlassen eines Motors. Jette wartete noch einen Augenblick, ehe sie auf die Sakristei zuging und vorsichtig hineinspähte. Hinter dem Fenster setzte sich gerade Fechners grauer Pick-up in Bewegung. Seifert saß am Steuer, der Platz neben ihm war leer. Etwas irritierte sie an dem davonfahrenden Auto, doch Jette kam nicht darauf, was.

Nachdem die Motorgeräusche verstummt waren, betrat sie den kleinen Anbau und schaute sich um. Alles sah unverändert aus. Die Wände. Der Fußboden. Die Decke. Sogar das Loch, das Florian vor einigen Tagen in die Wand geschlagen hatte, schien dieselbe Größe zu haben. Es lag auch kein Werkzeug oder neues Baumaterial herum, das Seifert dort abgeladen haben könnte. Der Raum war komplett leer geräumt.

Leer.

Endlich dämmerte es Jette. Die Lehmputzsäcke. Sie hatten auf der Ladefläche des Pick-ups gelegen, Seifert hatte sie weggeholt. Wozu er aber durchaus berechtigt war. Fechners Baubetrieb hatte die Putzarbeiten noch nicht erbracht, und der Kirche waren die Säcke somit auch nicht in Rechnung gestellt worden. Jette müsste sich eigentlich eingestehen, dass sie Seifert zu Unrecht irgendwelcher unlauteren Handlungen verdächtigt hatte. Es gelang ihr nicht.

Sie ließ den Anblick der leeren Sakristei noch einen Moment auf sich wirken. Schließlich wandte sie sich ab und verließ die Kirche. Jette wusste nicht, was ihre Beobachtung zu bedeuten hatte. Aber das Gefühl, dass hier etwas nicht mit rechten Dingen zuging, verstärkte sich immer mehr.

19

Richard blickte gespannt zum Fenster, als er draußen ein Auto vorfahren hörte. Es war Jettes alter Kombi. Na endlich. Er legte das Handy weg und lief in den Flur. Er hatte bereits mehrere Male versucht, sie zu erreichen, aber immer nur ihre Mailbox erwischt. Zehn Minuten länger, und er hätte angefangen, das Internet nach Unfallmeldungen zu durchforsten.

Richard trat vors Haus. Der Duft von Gegrilltem hing in der Luft, von einem Grundstück auf der anderen Straßenseite wehte Kinderlachen herüber. Jette war inzwischen aus dem Auto gestiegen und hatte sich in den Laderaum gebeugt. Nur die weißen Hosenbeine waren zu sehen.

Er ging ihr entgegen. »Wo hast du gesteckt?«

Jette richtete den Oberkörper auf. Vor dem Bauch hielt sie einen prall gefüllten Stoffbeutel, aus dem das Ende einer Baguettestange ragte. »In Greifswald. Das weißt du doch.«

»Ich meine, wieso gehst du nicht an dein Telefon?«

Anstelle einer Antwort drückte sie ihm den Beutel in den Arm und gab ihm einen Kuss. »Ich freu mich auch, dich zu sehen.«

Richard musste lächeln. »Und trotzdem bist du nicht rangegangen.«

»Entschuldige. Mein Handy lag im Auto«, sagte sie und beugte sich in den Wagen, um ihre Umhängetasche herauszunehmen. »Ich bin noch drüben in der Kirche gewesen.«

»Was hat denn so lange gedauert?«

»Frag nicht. Ich wollte nur rasch die neuen Lösungsmittel wegschließen, aber dann stand plötzlich dieser Lackaffe vor mir.«

Richard legte den Kopf schief. »Lackaffe?«

»Marco Seifert.« Fester als nötig schlug Jette die Heckklappe zu. »Der ist mir vielleicht blöd gekommen.«

Sie gingen ins Haus, dabei berichtete Jette von ihrer unerquicklichen Begegnung mit Fechners Schwiegersohn. »Denkst du, ich sollte Pastor Lüdtke davon erzählen?«, fragte sie abschließend.

»Und wovon willst du ihm erzählen?« Richard stellte den Beutel auf der Küchenzeile ab. »Du hast eben selbst gesagt, die Putzsäcke gehören dem Baubetrieb. Es ist Seiferts gutes Recht, sie wegzuholen.«

»Das ist es doch, was mich stutzig macht.«

»Jette, ich verstehe nur Bahnhof.«

Sie hängte ihre Tasche über eine Stuhllehne, kam zu ihm und lehnte sich mit verschränkten Armen gegen die Arbeitsplatte. »Also: Gerd Fechner meinte mal zu mir, er kümmert sich innerhalb der Firma um den praktischen Baustellenbetrieb und sein Schwiegersohn würde den Bürokram erledigen. Angebote erstellen, Material ordern, Rechnungen schreiben und so weiter.« Jette strich sich eine Haarsträhne aus dem Mundwinkel. »Genauso lief es auch in der Sakristei. Es war immer Fechner, der vor Ort gewesen ist. Oder einer der Gesellen, wie Florian. Aber Seifert habe ich nicht ein einziges Mal auf der Baustelle gesehen.«

»Dass er dort war, kann zig Gründe gehabt haben. Fechner war vielleicht verhindert, und die Säcke wurden dringend auf einer anderen Baustelle benötigt.«

»So spät noch am Freitag?«

»Es war doch nur ein Beispiel.«

»Nein, Richard!« Jette schüttelte bestimmt den Kopf. »Da ist irgendwas faul. Ganz sicher.«

»Sei bloß vorsichtig mit dem, was du sagst. Seifert könnte sich provoziert fühlen, und er scheint der Typ zu sein, der schnell die Beherrschung verliert. Wenn es stimmt, was deine Frau Klawitter behauptet, ist er Susanne Ortlepp ziemlich heftig angegangen.«

Jette sah ihn voller Spannung an. »Die beiden sind aneinandergeraten? Wann denn?«

»An dem Nachmittag, als sie in der Siedlung war. Seifert hat sie am Gartentor abgepasst.«

»Hat Frau Klawitter mitbekommen, worum es ging?«

»Nein.«

»Zu dumm ...«

Jettes Blick verlor sich in der Küche, und sie fing an, an der Unterlippe zu nagen. Richard sah förmlich, wie es hinter ihrer Stirn arbeitete. Wahrscheinlich versuchte sie, einen Zusammenhang zwischen ihrer Beobachtung und dem vermeintlichen Streit zu erkennen.

»Jette!«

»Was?« Sie schreckte auf.

»Du hast Bert gehört«, sagte er in eindringlichem Ton. »Susanne Ortlepps Tod war kein bloßer Unfall. Die Polizei geht von vorsätzlicher Tötung aus.«

Ihre Augen weiteten sich. »Glaubst du, Seifert –«

»Ich glaube gar nichts. Ich möchte nur nicht, dass du etwas Unbedachtes unternimmst. Okay?«

»Ja. Okay«, sagte sie nach einigem Zögern. Dann griff sie in den Beutel und förderte das Baguette, Antipasti, Käse und Salat zutage. »Übrigens. Ich habe in den Kirchenbüchern nichts Auffälliges finden können. Weder irgendeinen bekannten Namen noch einen Anhaltspunkt zum Küsterhaus. Auch nichts über diesen Architekten, diesen Rechlin. Ist das ein gutes Zeichen? Was meinst du?«

»Du kannst das Grübeln einstellen.« Richard nahm das Baguette und schnappte sich Messer und Schneidebrett. »Susanne Ortlepps Interesse galt nicht dem Küsterhaus.«

Jette, die die Antipasti auf einem Teller verteilte, verharrte in der Bewegung. »Woher weißt du das?«

In groben Zügen schilderte Richard ihr den Inhalt seines Telefonats mit Ines Marquardt. Als er zum Ende gekommen war, stand Jette die Erleichterung ins Gesicht geschrieben.

»Puh ...! Mir fällt echt ein Stein vom Herzen. Eine Aufnahme in die Denkmalliste hätte mir das Genick gebrochen.«

Wenngleich Richard ebenso froh darüber war, ließ er die Äußerung unkommentiert. Er wollte das Hausthema jetzt nicht vertiefen. Daher fragte er: »Wie würde Fechner es wohl aufnehmen?«

»Eine erneute Denkmalschutzprüfung?«

»Ja. Hätte er ein Problem damit?«

»Ganz im Gegenteil. Wie ich Gerd Fechner einschätze, wäre er sogar recht angetan.«

»Angetan? In welcher Hinsicht?«

Jette widmete sich wieder den Antipasti. »Sein familiäres Erbe erfüllt ihn schon mit einem gewissen Stolz, und er ist sehr um den Erhalt der Siedlung bemüht. Fechner würde sich garantiert gebauchpinselt fühlen, wenn sie der Entwurf eines bekannten Architekten wäre.«

Richard konnte dem nur beipflichten. Er hatte den Bauunternehmer gestern selbst mit stolzgeschwellter Brust über die Geschichte seiner Familie und die ehemalige Werkssiedlung reden hören. Aber Fechner war auch Geschäftsmann, wie der Pastor vorhin richtig angemerkt hatte.

»Der Umstand der Bekanntheit könnte einen bitteren Beigeschmack für ihn haben. Der Denkmalschutz wird bei Bauten von Rechlin Wert auf größtmögliche Originaltreue legen. Die Siedlungshäuser sind fraglos aufwendig saniert worden, aber nicht zwingend den Vorgaben entsprechend.«

»Ich weiß, worauf du hinauswillst. Er müsste in etwas investieren, das baulich eigentlich in einem guten Zustand ist.«

Jette holte aus den Tiefen ihrer Schränke ein Tablett hervor und stellte die Antipasti darauf. »Aber Gerd Fechner nagt nicht am Hungertuch. Er wird es verschmerzen, wenn man die Leistungen seiner Familie dann ausreichend zu würdigen weiß.«

»Du meinst, in der Ausstellung über Rechlin?«

Sie nickte. »So ein Besucherzentrum wäre ganz nach seinem Geschmack. Seit er von meiner Autorentätigkeit erfahren hat, liegt er mir ständig in den Ohren, ich soll eine Biografie über seinen Großvater schreiben. Wenn man Fechners Worten

Glauben schenken kann, vertrat der Mann sehr progressive Ansichten und hat viel für das kulturelle und gesellschaftliche Leben auf Jasmund getan, obwohl er als Eigentümer mehrerer Kreidebrüche natürlich in erster Linie Kapitalist gewesen ist.« Richard legte die Brotscheiben mit aufs Tablett. »Einen fortschrittlichen Zeitgeist kann man seinem Großvater nicht absprechen. Rechlins Werkssiedlung ist stark von der Moderne geprägt. Nicht unbedingt die Art von Architektur, die man zu dieser Zeit in der pommerschen Provinz erwartet hätte.«

»Herr Fechner hat mir einen Geschichtsband über Jasmund empfohlen. Angeblich steht da auch etwas zu seinem Großvater … Mist!« Jette schaute ihn erschrocken an. »Mir fällt ein, ich hätte das Buch längst aus der Buchhandlung in Sassnitz abholen müssen.«

»Das kann ich für dich erledigen. Ich wollte morgen sowieso in die Stadt. Unsere Wasservorräte gehen zur Neige.«

»Danke, das ist lieb.« Sie streichelte kurz über seinen Arm. »Du musst nach Alt Sassnitz.«

»Straße? Hausnummer?«

»Schreibe ich dir auf. Und auch das Pesto und Olivenöl, das ich noch brauche. Wäre das okay?«

»Kein Problem.«

Jette nahm zwei Weingläser vom Wandbord. »Frau Seifert meinte zwar, wir bräuchten nichts mitbringen, aber ich möchte trotzdem einen Salat beisteuern.«

»Beisteuern wozu?«, fragte Richard entgeistert.

»Zum Vereinsfest morgen Abend.« Jette musterte ihn. »Du hast es vergessen, stimmt's?«

»Hatten wir überhaupt zugesagt?«, tat er ahnungslos, als er sich wieder an die gestrige Einladung von Fechners Tochter erinnerte.

»Hatten wir.« Sie bedachte ihn mit einem nachsichtigen Lächeln, anschließend deutete sie zum Fenster. »Wollen wir uns zum Essen nach draußen setzen? Es ist noch so schön warm.«

»Klar. Warum nicht?«

»Ich muss noch schnell eine E-Mail schreiben, dann können wir anfangen.« Suchend blickte sie sich um. »Hast du meinen Laptop gesehen?«

»Du kannst meinen nehmen.« Richard nickte zum Tisch und nahm eine Flasche Weißwein aus dem Kühlschrank.

Jette eilte hinüber, und gleich darauf flogen ihre Finger über die Tastatur.

»Ach, eins noch«, sagte sie, ohne aufzusehen. »Unser Wasser hol am besten im Getränkemarkt in der Rügen-Galerie. Dann kannst du nämlich gleich zwei Flaschen von dem Wein mitbringen. Den bekommt man nicht überall. Und außerdem ist das Personal da immer so nett.«

Obwohl ihre Umzugspläne ihm einigen Verdruss bereiteten, musste Richard innerlich schmunzeln. Jette klang tatsächlich schon wie eine Einheimische.

20

Richard bog am Ende der Stubbenkammerstraße links ab und fuhr in die Sassnitzer Altstadt ein. Es war Samstagmittag, kurz vor halb eins. Das Thermometer hatte längst die Zwanzig-Grad-Marke geknackt. Keine Wolke trübte den Himmel, und in der kleinen Hafenstadt herrschte ein lebendiges Treiben. Nach etwa dreihundert Metern erblickte Richard auf der linken Seite den Parkplatz am Steinbachweg, den Jette ihm empfohlen hatte. Er passierte die Einfahrt. Fahrzeug drängte sich an Fahrzeug. Doch er hatte Glück. Ein Minivan stieß gerade rückwärts aus einer Parklücke.

Auf dem Weg zum Ticketautomaten wählte er Mulsows Nummer. Das Protokollieren seiner Zeugenaussage stand noch aus, und Richard wollte sich mit dem Freund auf einen Termin in der nächsten Woche verständigen. Das war aber nicht der alleinige Grund für den Anruf. Ihm ging Susanne Ortlepps sorgloses Verhalten am Bahnsteig nicht aus dem Sinn. Je mehr Richard darüber nachdachte, desto sicherer wurde er, dass sie nichts von der Erpressung gewusst haben konnte. Wäre sie von jemand Unbekanntem erpresst worden – worauf ein anonymer Brief schließen ließ –, hätte sie sich ihm gegenüber unter Garantie reserviert gegeben. Aber das Gegenteil war der Fall gewesen. Sie war ohne Zögern auf ihn zugegangen.

Auch gesetzt den Fall, der Erpresser wäre ihr bekannt gewesen, hätte man eine gewisse Anspannung spüren müssen. Doch auf ihn hatte die Denkmalpflegerin ausgesprochen unaufgeregt und redselig gewirkt. Richard war überzeugt: Was auch immer Susanne Ortlepp an dem Abend in Hollvitz vorgehabt hatte, die Erpressung hatte sie nicht dorthin geführt.

Mulsows Mailbox bat, eine Nachricht zu hinterlassen. Richard legte auf und beschloss, es später noch einmal zu versuchen. Er platzierte den Parkschein auf dem Armaturenbrett seines Wagens und betätigte die Verriegelung. Während er Jettes Wegbeschreibung zur Buchhandlung am Alten Markt folgte, nahm er die Atmosphäre der Sassnitzer Altstadt in sich auf. Herrschaftliche weiße Villen reihten sich dicht an dicht. Ihre Balkone und Veranden zeigten zur Ostsee hin und waren mit üppigen Schnitzereien geschmückt. Hügelabwärts schlängelten sich kopfsteingepflasterte Gassen, gesäumt von kleinen Läden, Cafés und Restaurants. Heckengrün und blühende Balkonkästen bildeten bunte Farbtupfer. Sassnitz' alter Stadtkern vermittelte ein nostalgisches, nahezu mediterranes Flair, dem man sich nur schwer entziehen konnte.

Als Richard den Alten Markt erreichte, fand er das Geschäft verschlossen vor. Er sah auf die Öffnungszeiten, danach auf seine Uhr. Noch eine halbe Stunde, bis geöffnet wurde. Grübelnd rieb er sich den Bart. Er könnte in der Zwischenzeit zum Getränkemarkt fahren und die Wasserkisten tauschen. Das würde er locker schaffen. Da Jette aber vorgehabt hatte, ein, zwei Stunden an ihrem Manuskript zu schreiben, gab es keinen Anlass für Eile, und die geschenkte Zeit bot ihm Gelegenheit, seinen Koffeinspeicher aufzufüllen.

Richard schlenderte zur Strandpromenade hinunter. Unweit der Seebrücke fand er eine Konditorei mit Selbstbedienung, direkt an der Uferkante gelegen. Er holte sich am Tresen einen Espresso und setzte sich an einen Tisch auf den Außenplätzen, die von zwei Bäumen beschattet wurden. Es ging ein kühles Lüftchen, und die von der Kreide türkisblau gefärbte Ostsee glitzerte unter der Sonne. Am Horizont zogen Segelboote und Ausflugsschiffe vorbei. Passanten bummelten entspannt über die Promenade. Auf den Steinblöcken der Uferbefestigung hüpften Kinder. Berieselt von der Kulisse, sank Richard angenehm schwer nach hinten.

»Das ist ja ein Zufall!«

Eine dunkle Stimme zu seiner Linken ließ ihn den Kopf drehen. Ein Mann in grün kariertem Kurzarmhemd sah freundlich auf ihn herab. Es war Gerd Fechner.

»Ach, hallo!«

Richard stand auf, und die Männer begrüßten sich per Handschlag. Fechner deutete in die Konditorei.

»Frau Herbusch ist drinnen?«

»Ich bin allein in der Stadt, ein paar Besorgungen machen.«

»Was dagegen, wenn ich mich zu Ihnen setze?«

»Keineswegs, bitte.«

Fechner legte ein Notizbuch und einen Zollstock auf den Tisch. »Ich hole mir rasch einen Kaffee. Möchten Sie auch noch etwas?«

»Danke, nein.«

Mehrere Minuten vergingen, dann kam der Bauunternehmer zurück und ließ sich auf dem Stuhl gegenüber Richard nieder. Neben dem Notizbuch standen jetzt eine große Tasse Kaffee und ein Teller mit Salamibrötchenhälften. Fechner erklärte, dass er zwischen zwei Baustellenterminen hänge und dies sein Mittagessen sei.

Richard leerte seinen Espresso. »Baustellentermine an einem Samstag?«

»Das lässt sich manchmal nicht umgehen.« Ohne hinzusehen, rührte Fechner Zucker in seinen Kaffee. »Einige unserer Kunden sind nur am Wochenende auf der Insel. Vermieter von Ferienwohnungen oder Eigentümer, die ihre Häuser als reines Urlaubsdomizil nutzen. Mein Kunde von eben kommt aus dem Rheinland. Wir treffen uns jeden zweiten Samstag, um den Fortschritt der Bauarbeiten zu besprechen.«

»Was macht den Großteil Ihrer Aufträge aus? Altbau? Neubau?«, wollte Richard wissen.

»Hin und wieder fällt ein Neubau an, aber hauptsächlich sind wir auf dem Gebiet der Altbausanierung tätig. Darunter viele denkmalgeschützte Objekte, wie aktuell die Hollvitzer Sakristei. Seit zehn Jahren dürfen wir uns auch ›zertifizierter Fachbetrieb für Denkmalpflege‹ nennen.«

»Wann haben Sie Ihre Firma eigentlich gegründet? Bereits vor der Wende?«

»Nein, nein. Selbstständig gemacht habe ich mich erst auf Jasmund. Im Februar '91, um genau zu sein.« Fechner legte den Löffel ab, lachte. »Oh Mann! Wenn ich so zurückdenke, wie ich hier angefangen habe. Mit nur einem Gesellen und einem winzigen Kellerbüro in der Villa. Unser Familienbulli musste als Materialtransporter herhalten, und die Ziehharmonika diente als Lagerplatz.«

»Ziehharmonika? Was muss ich mir darunter vorstellen?«

»Das ist eine Art Halle aus ineinander verschachtelten Raumteilen gewesen. Das Prinzip bei diesen Hallen war, dass man die Teile wie ein Teleskop auseinanderziehen konnte. Zusammengeschoben waren die Hallen etwa so groß wie ein Wohnwagen und leicht zu transportieren. Offiziell hießen sie aber Raumerweiterungshallen. In der DDR kannte die jeder.«

Fechner griff nach einem der Salamibrötchen. »Unsere Ziehharmonika war ein Überbleibsel des Kinderheims, das bis zur Wiedervereinigung in der Villa untergebracht war.«

»Ich hab von dem Heim gehört.« Richard nickte.

»Mitte der Neunziger habe ich die Ziehharmonika ausrangiert und Container aufgestellt. Den Bau unseres jetzigen Hallengebäudes mit Bürotrakt habe ich dann 2004 in Angriff genommen«, sagte Fechner kauend. »Falls es Sie interessiert, wie die Siedlung zu DDR-Zeiten ausgesehen hat: Ruth Klawitter besitzt eine Unmenge an Fotos. Ihr verstorbener Mann war als Hausmeister im Kinderheim angestellt.«

»Wieso als Hausmeister?« Richard war irritiert. »Ich dachte, er wäre Geschichtslehrer gewesen.«

»Das stimmt auch. Aber man hat Herbert Klawitter nach der Ankunft auf Rügen nicht mehr in seinem Beruf arbeiten lassen.«

Zuerst dachte Richard, Fechner würde mit »Ankunft« die Zeit um das Kriegsende herum meinen und der Mann wäre, wie viele andere Flüchtlinge damals auch, auf Rügen gestrandet. Aber wie Richard von Ruth Klawitter erfahren hatte, wohnte die Familie erst seit Anfang der sechziger Jahre auf der Insel.

»Was genau heißt ›nach der Ankunft‹?«

»Sagt Ihnen ›Aktion Ungeziefer‹ oder ›Aktion Kornblume‹ etwas?«

Richard kramte in seinem Gedächtnis, fand jedoch nichts, das er damit in Einklang bringen konnte. Er verneinte, worauf Fechner das Brötchen auf den Teller legte und sich nach hinten lehnte.

»Das waren Decknamen für die zwei großen Zwangsaussiedlungswellen entlang der innerdeutschen Grenze. Die erste fand im Juni '52 statt, die zweite – ›Aktion Kornblume‹ – an einem Oktobertag '61. Die DDR-Regierung hat damals Tausende Menschen aus den grenznahen Gebieten ins Landesinnere umgesiedelt. Gegen ihren Willen und ohne jede Vorwarnung. Auch die Klawitters waren im Oktober '61 davon betroffen.«

»Welcher Tag war das genau?«, fragte Richard, der sich nicht einmal vage an dieses Kapitel deutscher Nachkriegsgeschichte erinnerte.

»Auf Anhieb kann ich das nicht sagen, aber ich glaube, es war der dritte Oktober.« Betroffen schüttelte der Bauunternehmer den Kopf. »Man muss sich das mal vorstellen, da stehen in aller Herrgottsfrühe Lastkraftwagen und bewaffnete Männer in Uniform vor dem Haus, und einem wird gesagt, man hätte zu seinem eigenen Schutz den Wohnort zu wechseln und nur wenige Stunden Zeit zum Packen.« Fechner ließ ein Schnauben hören. »Die Menschen wurden nur mit dem Allernötigsten und ein paar Möbeln zusammen auf einen Lkw gepfercht und in einen kilometerweit entfernten Ort gebracht. Weitab von Freunden und Familie. Viele haben ihr Zuhause nie wiedergesehen. Etliche Dörfer sind im Zuge der Grenzsicherung einfach von der Landkarte verschwunden.«

Er wandte den Kopf zur Seebrücke, sein Blick schien ins Leere zu gehen. »Ich kann mich gut in diese Menschen hineinversetzen. In das Leid, das ihnen angetan wurde. Von einem Tag auf den anderen werden sie ihres Hab und Guts enteignet und müssen ihre Heimat auf Nimmerwiedersehen verlassen. Solche schmerzhaften Erinnerungen wird man nie mehr los. Der Familie meiner Mutter erging es '45 mit Flucht und Enteignung nicht viel anders, und weder meine Großeltern noch meine Mutter und ihre Geschwister haben das jemals verwinden können.«

Fechners Tonfall war immer verbitterter geworden. Die Parallelen zur eigenen Familiengeschichte wühlten ihn hörbar auf. Richard versuchte, die Unterhaltung wieder auf die Familie Klawitter zu bringen. »Und wie hängen Herbert Klawitters Berufsverbot und die Zwangsaussiedlung zusammen?«

Als Fechner ihn anschaute, waren Blick und Stimme wieder vollkommen neutral. »Nun, die Zwangsaussiedlungen betrafen ja vor allem Grenzbewohner, die vom DDR-System als politisch unzuverlässige Personen eingeschätzt wurden. Die Klawitters waren regelmäßige Kirchengänger, und ein gläubiger Geschichtslehrer war den Behörden wohl ideologisch nicht verlässlich genug.« Er zuckte mit seinen kräftigen Schultern. »Die Gründe erfuhr damals wahrscheinlich keiner, und Ruth Klawitter redet so gut wie nie darüber. In den fast drei Jahrzehnten, die wir jetzt Nachbarn sind, hat sie über ihre Zwangsaussiedlung nur ein einziges Mal gesprochen. Und viel erzählt hat sie auch da nicht.«

»Wissen Sie, in welcher Grenzregion die Klawitters gelebt haben?«, fragte Richard.

»Irgendwo an der Elbe. Sie hatten dort erst kurz zuvor ein Häuschen mit Garten und Flussblick erworben. Das alles musste die Familie zurücklassen.«

Fechners Handy summte in der Brusttasche seines Hemdes. Er entschuldigte sich und stellte sich an die Uferkante, wo er das Gespräch entgegennahm. Während Fechner telefonierte, dachte Richard über die Familie Klawitter nach. Über den drastischen Einschnitt, der die Zwangsaussiedlung in ihrem und im Leben aller Betroffenen gewesen sein musste. Wie kam ein Mensch damit zurecht, von einem Tag auf den anderen aus seinem gewohnten Umfeld gerissen zu werden? Was hieß es, sich in der Fremde praktisch mit Nichts eine neue Existenz aufzubauen? Er vermochte es sich nicht vorzustellen.

»Mein Termin fällt aus.« Fechner hatte wieder am Tisch Platz genommen. »Das Ehepaar musste nach Schwerin zurück. Irgendeine dringende Familienangelegenheit.« Er nippte an seiner Kaffeetasse. »Apropos Schwerin: Sind Sie mit Frau Ortlepps ominösen Andeutungen weitergekommen?«

Richard schüttelte den Kopf. »Was das angeht, nicht, nein.«

»Was das angeht? Wie darf ich das verstehen?«

»Sagen wir so: Allem Anschein nach hatte die Denkmalschützerin in der Hollvitzer Kirche ein Besucherzentrum angedacht.«

Fechners Mienenspiel wechselte zwischen Erstaunen und Unglauben. »Ein Besucherzentrum? Für welchen Zweck?«

Richard zögerte mit der Antwort. Sein Blick glitt über die seichten Wellen der Ostsee. Dass die Denkmalpflegerin damit geliebäugelt hatte, in der Kirche ein Besucherzentrum einzurichten, war eine Tatsache. Doch es beruhte nur auf Mutmaßungen seinerseits, dass Kurt Rechlin und die Werkssiedlung der Grund dafür waren. Ebenso bedeutete die angeforderte Akte aus dem Archiv nicht automatisch eine neuerliche Denkmalschutzprüfung der Siedlung. Mit Jette und dem Pastor darüber zu fabulieren, war eine Sache. Eine andere, Gerd Fechner womöglich grundlos schlaflose Nächte zu bereiten. Auch wenn Jette das ein wenig anders sah, sollte er sich dem Bauunternehmer gegenüber lieber an die Fakten halten.

»Das ist mir nicht bekannt.«

Er hatte zu lange gezögert. Fechner spürte, dass er ihm etwas vorenthielt, das stand ihm ins Gesicht geschrieben. Doch der Tonfall des Bauunternehmers blieb ohne jeden Argwohn.

»Woher haben Sie diese Information überhaupt?«

»Von einer Kollegin von Susanne Ortlepp.«

»Wie hieß die Kollegin?«

»Ines Marquardt.«

Ihr Gespräch wurde unterbrochen. Eine junge Frau mit aufgesteckter Sonnenbrille erkundigte sich, ob sie den freien Stuhl an ihrem Tisch wegnehmen dürfe. Nachdem sie sich bedankt und samt Sitzgelegenheit entfernt hatte, zückte Fechner mit wichtiger Miene einen Kugelschreiber.

»Marquardt, sagten Sie?«

Auf Richards Bestätigung hin nahm er das Notizbuch zur Hand und kritzelte etwas auf eine leere Seite. »Da hake ich mal nach. Kann doch nicht sein, dass niemand bei der Landesdenkmalpflege weiß, welche Pläne Frau Ortlepp für Hollvitz hatte.«

Richard sparte sich eine Erwiderung. Es war ihm mehr als recht, wenn sich Fechner dort Erkundigungen einholte und seine eigenen Schlüsse in Bezug auf Susanne Ortlepps letzte Amtshandlungen zog.

Noch eine Viertelstunde sprachen die Männer über den Kirchenverein und das anstehende Fest am Abend, dann brach Fechner in Richtung Stadthafen auf, und Richard schlug den Weg zum Alten Markt ein. Die Buchhandlung bestach mit einer erlesenen Mischung aus Büchern, Feinkost und Cafébetrieb, und er sah sich eine Weile in dem Geschäft um, ehe er mit Jettes Geschichtsband sowie dem Pesto und einer Flasche Olivenöl den Parkplatz ansteuerte. Richard war kaum zehn Schritte gegangen, als wenige Meter vor ihm ein Paar aus einer der Villen trat. Die Szene, die sich vor seinen Augen abspielte, glich haargenau der, die er gestern Nachmittag in der Siedlung beobachtet hatte: Marco Seifert schimpfte gestikulierend, und seine hochschwangere Frau redete beschwichtigend auf ihn ein. Lose Wortfetzen flogen zu Richard herüber, doch bevor er deren Sinn erfassen konnte, entfernten sich die beiden in die entgegengesetzte Richtung. Er ging weiter. Erleichtert, dass Fechners Tochter ihn nicht bemerkt hatte. Nach allem, was er bisher über Seifert gehört hatte, konnte er gut und gern auf ein Kennenlernen verzichten.

Als Richard die Villa erreichte, aus der die Seiferts gekommen waren, fiel sein Blick auf das polierte Messingschild neben der Eingangstür. Verwundert blieb er stehen. Er hätte wegen Diana Seiferts weit fortgeschrittener Schwangerschaft in dem Haus die Räumlichkeiten einer gynäkologischen Praxis vermutet. Doch dem Schild nach befand sich darin das Büro eines Fachanwalts für Baurecht. Richard checkte die Uhrzeit. Kurz nach halb zwei.

Was konnte so dringend sein, dass man an einem Samstagnachmittag den Beistand eines Rechtsanwalts suchte?

21

Als Martin Lüdtke auf die Hollvitzer Kirche zufuhr, stellte er
zufrieden fest, dass er der Erste war. Kein Auto parkte vor der
Umfassungsmauer. Der Fahrradständer neben dem Friedhofstor war verwaist. Auch beim Eingangsportal konnte er keinen
der freiwilligen Helfer entdecken. Wie er gehofft hatte, waren
die Festvorbereitungen noch nicht im Gange. Martin atmete
durch. Wenn er sich mit dem Ausladen der Stühle beeilte, wäre
er wieder weg, bevor den anderen seine Abwesenheit überhaupt auffiele.

Ohne den Blick von der Straße zu nehmen, griff er in das
Ablagefach und tastete nach dem Schlüsselbund. Erfolglos.
Martin stieg in die Eisen und kam vor der Mauer zum Stehen.
Er suchte alles ab. Die Ablage. Das Türfach. Die Taschen sei-
ner Jacke. Doch der Bund war unauffindbar. Er schnaubte
innerlich. Das seitliche Zufahrtstor war verschlossen – ohne
Schlüssel konnte er nicht direkt an die Kirche heranfahren. Das
hieß, ihm blieb nichts anderes übrig, als die Stühle über den
Hauptweg zu tragen. Dafür bräuchte er das Zigfache an Zeit.
Aber wozu lamentieren, wenn es nicht zu ändern war?

Hastig kletterte er aus dem Transporter und öffnete die
Schiebetür, hinter der sich die Gartenklappstühle aus dem
Pfarrhaus stapelten. Sein Blick ging hinüber zu der Kiste, die
er mit einer Plane abgedeckt hatte. Prüfend wanderten Martins Augen über die grüne Folie. Er nickte beruhigt. Das Ding
war gut vor fremden Blicken geschützt. Dann klemmte er sich
unter jeden Arm zwei Stühle und lief mit langen Schritten den
Kiesweg zur Kirche hinauf.

Natürlich würde man sich über sein Fernbleiben wundern.
Dass Pastor Lüdtke mit anpackte, wenn es galt, den Grill anzu-
heizen oder Wimpelketten aufzuhängen, war in der Gemeinde
hinlänglich bekannt. Doch ihm stand heute nicht der Sinn nach

Partygeplänkel. Die Frage, was er mit dem Ding in seinem Auto anstellen sollte, war noch immer ungelöst. Dabei brauchte er eine Lösung dringender denn je. Das hatte ihm seine gestrige Unterhaltung mit dem Professor in aller Deutlichkeit klargemacht.

Richard Gruben hatte sich noch schneller in die Angelegenheit verbissen als befürchtet. Susanne Ortlepp war nicht einmal achtundvierzig Stunden tot, und er hatte bereits Nachforschungen bei ihrem Arbeitgeber angestellt. Die angeforderte Akte, das Besucherzentrum in der Kirche … Was würde er als Nächstes zutage fördern? Martin konnte von Glück reden, dass Gruben im Baurecht nicht allzu bewandert war und die Mitarbeiterin der Denkmalpflege nicht richtig verstanden hatte.

Aber die Hartnäckigkeit des Professors hatte auch sein Gutes. Wegen Grubens Anruf war sich Martin nun sicher, dass Susanne Ortlepp niemandem von ihrem Fund erzählt hatte. Ansonsten hätte die sensationelle Entdeckung der Kollegin Ortlepp nämlich längst im Amt die Runde gemacht. Fast konnte Martin das nicht glauben, so versessen, wie sie auf ihre Idee vom Besucherzentrum gewesen war. Er seufzte. Eigentlich wäre mit ihrem Tod alles wieder in Vergessenheit geraten, wenn sie nicht den Professor angefixt hätte.

Als er am Eingangsportal angelangt war, fühlte Martin das vertraute Kratzen im Hals. Er lehnte die Stühle gegen die Tür und angelte nach seinem Spray in der Hosentasche. Nach einem tiefen Hub stapfte er zurück. Wenn er weiter darauf wartete, dass sich das Problem von selbst löste, würde sein Asthma ihn irgendwann noch umbringen. Er musste endlich eine Lösung finden. Das Ding musste verschwinden. Auf dem schnellsten Weg. Der Professor hatte ihm das schließlich nochmals vor Augen geführt. Mit bloßen Worten, wie er gehofft hatte, konnte man hier nichts ausrichten.

Martin hatte sich den nächsten Schwung Stühle gegriffen, als er eine ferne Stimme seinen Namen rufen hörte. Er blickte nach rechts, blinzelte gegen die Sonne. An der Einfahrt zum

Küsterhaus erkannte er Jette Herbusch. Sie stand beim Briefkasten und winkte ihm mit einem weißen Kuvert zu.

»Pastor Lüdtke! Haben Sie eine Minute?«

Er stöhnte leise auf. Das passte ihm jetzt gar nicht. Die anderen Vereinsmitglieder könnten jeden Augenblick eintreffen, und das Auto war noch randvoll. Mit einer fadenscheinigen Ausrede wollte er Jette Herbusch jedoch auch nicht abspeisen, dafür schätzte er sie zu sehr. Sie steckte viel Engagement und Herzblut in die Restauration und hatte immer ein offenes Ohr für seine Anliegen. Auch für das Mobiliar aus der Sakristei hatte sie ohne viel Federlesens Platz im Küsterhaus zur Verfügung gestellt. Es half nichts, das Ausladen musste warten. Martin bugsierte die Stühle zurück in den Laderaum und ging zu ihr.

»Soll ich gleich mit anfassen?«, fragte sie nach der Begrüßung und deutete auf seinen Transporter.

»Nicht nötig, danke.«

Anscheinend hatte sein Ton schroffer geklungen als beabsichtigt, denn sie fuchtelte nun nervös mit dem Briefkuvert herum. »Ich weiß, Sie haben mit den Vorbereitungen zu tun, und ich will Sie auch wirklich nicht lange auf–«

»Frau Herbusch, was haben Sie auf dem Herzen?«, unterbrach Martin ihr Stammeln und lächelte betont herzlich.

»Es geht um Frau Klawitter. Ich glaube, ich bin da in ein großes Fettnäpfchen getreten.« Sie wies auf eine Sitzgruppe am anderen Ende des Grundstücks, wo ein weiß blühender Fliederbusch Schatten spendete. »Wollen wir uns setzen?«

»Gern.« Martin nickte widerstrebend.

Während sie nebeneinanderher gingen, betrachtete er Jette Herbusch aus dem Augenwinkel. Sie trug ein dezentes Make-up, und die dunkelblonden Haare waren mit Spangen aus dem Gesicht gesteckt. Ihre gewohnte Arbeitskleidung hatte sie heute gegen eine ausgewaschene Krempeljeans und ein lockeres weißes T-Shirt eingetauscht. Bisher hatte Martin sie nur wenige Male außerhalb ihrer Arbeit gesehen, doch es schien ihm, als würde sie privat einen eher legeren Kleidungsstil bevorzugen. Ganz im Gegensatz zu Richard Gruben, der stets wie aus dem Ei gepellt aussah. Aber nicht nur äußerlich wirkten die beiden auf ihn vollkommen gegensätzlich. Jette Herbuschs warmherziges, kontaktfreudiges Wesen und ihre unkonventionelle Art unterschieden sich deutlich von dem etwas steifen, eher konservativen Charakter des Professors. Martin war es ein Rätsel, wie eine Partnerschaft zwischen zwei so grundverschiedenen Menschen funktionieren konnte. Aber in Beziehungsfragen war er wahrhaftig kein Experte.

Auf dem kleinen, runden Holztisch stand ein Laptop, daneben ein Glas Wasser. Jette Herbusch legte das Kuvert ab und bot Martin einen Stuhl an. Als er Platz genommen hatte, fiel ihm auf, dass der Volvo nicht vor dem Haus parkte. Ein Funken Hoffnung keimte in ihm auf.

»Professor Gruben ist abgereist?«

Doch sie verneinte. »Richard ist in Sassnitz, Einkäufe machen. Möchten Sie etwas trinken?«

Er lehnte ab. Dabei hätte er durchaus einen Schluck kühles Wasser vertragen können. Aber Martin hatte es eilig. Was er ihr auch mit einem Seitenblick zur Kirchturmuhr signalisierte.

»Also, Frau Herbusch, dann erzählen Sie mal!«

»Eigentlich geht es um Frau Klawitters Sohn.« Sie machte eine Kopfbewegung zum Friedhof hin.

Martin musste einen Moment überlegen. Es war lange her, dass Ruth Klawitter mit ihm über ihr totes Kind gesprochen hatte. »Sigmar.«

»Wissen Sie, wie er gestorben ist?«

»Der Junge hatte einen Unfall. Ist vom Traktor gestürzt.«

Ihr stummes Nicken wertete Martin als Aufforderung, weiterzusprechen, doch er hatte nichts mehr zu erzählen. Das war alles, was er darüber sagen konnte. Merkwürdig, dachte er. Bisher war ihm nie aufgefallen, wie wenig er über den Tod des Jungen wusste.

»Näheres weiß ich nicht.« Martin schob seine Brille nach

oben, die auf dem schweißnassen Nasenrücken heruntergerutscht war. »Weshalb fragen Sie danach?«

»Ich habe Sigmars Grabplatte gesehen ... wie jung er war.« Sie holte kurz Luft. »Aber als ich Frau Klawitter fragte, wie er gestorben ist, hat sie mich einfach stehen lassen.«

»Und jetzt machen Sie sich Vorwürfe?«

»Natürlich.«

Martin schüttelte entschieden den Kopf. »Das müssen Sie nicht. Ich versichere Ihnen, Frau Klawitters Verhalten hat gewiss nichts mit Ihrer Frage zu tun. Es ist zwar einige Zeit her, dass ich sie selbst darauf angesprochen habe, aber sie hat das in keiner Weise als indiskret empfunden.«

»Das macht mir auch keine Sorge.«

»Sondern?«

»Frau Klawitter ist danach völlig kopflos gewesen. Ich habe den Eindruck, dass ihr die Frage nach Sigmar Angst gemacht hat.«

»Angst? Inwiefern?«

»Das weiß ich eben nicht.«

Ein grüner Kastenwagen fuhr an der Einfahrt vorbei. Er gehörte dem Kassenwart des Kirchenvereins. Martin erinnerte sich mit Unbehagen an seinen offen stehenden Transporter. An die abgedeckte Kiste darin.

Er stand auf. Versuchte, aufmunternd zu lächeln. »Frau Klawitter ist sicher nur etwas mitgenommen von dem schrecklichen Ereignis. Die polizeiliche Befragung hat ihr schwer zugesetzt.«

»Schon möglich.« Die Restauratorin zupfte am Saum ihres T-Shirts. »Trotzdem war ihre Reaktion seltsam.«

Martin spürte ihre Bedrücktheit, und unter anderen Umständen hätte er sich mehr Zeit für sie genommen. Doch es gab jetzt Wichtigeres als Ruth Klawitters gegenwärtige Gemütsverfassung, um das er sich kümmern musste.

»Ich muss dann auch wieder.«

Jette Herbusch sprang auf. Obgleich ihr anzusehen war,

dass sie sich über sein Desinteresse wunderte, bedankte sie sich höflich für seine Zeit. Martin eilte los. Er hatte den halben Weg bis zur Straße zurückgelegt, als er merkte, dass sie ihm nachlief.

»Eine Sache noch, Pastor Lüdtke!«

Er blickte ihr ungeduldig entgegen.

»Ich muss Ihnen was beichten.« Sie rang verlegen die Hände. »Mir ist ein kleines Missgeschick passiert.«

Weil Martin noch immer nicht die Stellplätze vor dem Friedhof einsehen konnte, ging er langsam weiter. »Was haben Sie denn angestellt?«

»Beim Versetzen meines Gerüsts sind vier Kalksteinplatten gerissen.«

»Oh!«

»Schlimm?«

»Wie man's nimmt, der Boden im Chorraum ist erst letzten Herbst neu verlegt worden.«

»Dann müssten doch auch irgendwo Reserveplatten herumliegen.«

»Schon, aber in einem Baustoffkontor auf Bornholm. Von dort hat der Kirchenverein die Platten bezogen.« Er warf ihr einen Blick zu. »Ich habe Ihnen gestern Nachmittag den Flyer vorbeigebracht.«

»Richard hat ihn mir gegeben«, sagte sie nickend. »Aber wieso lagern die Platten auf Bornholm ein?«

»Der Inhaber ist ein guter Freund von mir. Ich fahre regelmäßig rüber. Kann also jederzeit Ersatz mitbringen. Zudem hat niemand damit gerechnet, dass so schnell etwas zu Bruch geht. Der neue Boden sollte schließlich für Jahrzehnte –«

Ein Gedankenblitz durchzuckte Martin. Er wagte kaum zu atmen. Doch die nebulöse Idee formte sich immer klarer in seiner Vorstellung. Plötzlich war er wie elektrisiert, und ihn erfasste eine freudige Erregung.

Martin blieb stehen. Lächelte. Dann fragte er: »Waren Sie schon einmal auf Bornholm, Frau Herbusch?«

22

»Dann lass uns den kommenden Dienstag festmachen. Dreizehn Uhr dreißig?«

»Warte kurz, Bert!«

Richard würgte den Motor ab. Durch das Seitenfenster schaute er zu Jette. Sie saß in der Sitzgruppe beim Fliederbusch und blickte zu ihm herüber. Mit einem Handzeichen gab er ihr zu verstehen, dass er telefonierte. Danach nahm er sein Smartphone in die Hand und drückte es ans Ohr, um mit Mulsow nicht weiter über die Freisprecheinrichtung reden zu müssen.

»So, da bin ich wieder.« Richard sank gegen die Kopfstütze.

»Wann, sagtest du, soll ich auf dem Kommissariat sein?«

»Dreizehn dreißig. Passt das?«

»Passt immer.«

»Okay, dann sehen wir uns nächsten Dienstag, halb zwei. Die Adresse hast du ja … Ach, eins noch, Richard!« Dem Rascheln im Hintergrund nach zu urteilen, suchte Mulsow etwas auf seinem Schreibtisch. »Uns liegt inzwischen die Auswertung von Susanne Ortlepps Telefonverbindungen vor. Die letzte Person, die sie selbst angerufen hat, war Frau Herbusch, und zwar um … ah, hier: zehn vor fünf.«

»Kommt hin. Jette hat mich unmittelbar danach angerufen und gebeten, Frau Ortlepp abzuholen. Da war ich bei dir in Stralsund. Unten am Hafen beim Fischstand. Erinnerst du dich?«

»Ja, ja, aber mir geht es um etwas anderes. Nämlich um den Anruf, den sie zuletzt erhalten hat. Neunzehn Uhr siebenundfünfzig.«

Richard musste kurz seine Gedanken sortieren. »Das Gespräch am Bahnhof, das sie gleich wieder beendet hat?«

»Exakt. Um das geht es. Als ich bei euch war, hast du mir von deinem Eindruck erzählt, Susanne Ortlepp hätte nicht mit dem Anrufer sprechen wollen.«

»So kam es mir vor.«

»Kannst du das näher beschreiben?«

»Nun …«, überlegte Richard und rief sich die Situation ins Gedächtnis. »Sie hat einige Sekunden gezögert, ob sie das Gespräch annehmen soll, dann hörte sie kurz zu und legte abrupt auf.«

»Vielleicht aus Höflichkeit deinetwegen.«

»Das war es nicht. Ich hab ihr ja sofort gesagt, sie hätte ruhig telefonieren können.« Richard blickte die Fassade des Küsterhauses entlang. »Sie tat den Anruf als unwichtig ab, aber ihr war deutlich anzusehen, dass sie deshalb verstimmt war. Und hat so was gesagt wie: ›Hätte gar nicht erst rangehen sollen.‹«

»Verstimmt im Sinne von genervt?«

»Nein … Es klang eher, als hätte es zwischen ihr und dem Anrufer Ärger gegeben … Streit. Ja, Streit, so hat es auf mich gewirkt.«

Richard konnte nicht abschätzen, ob das Mulsow in irgendeiner Weise weiterhalf, denn nach einem Moment des Schweigens sagte er nur: »Danke, Richard! Wir reden Dienstag weiter. Bis dann.«

Leicht irritiert über das jähe Ende legte Richard auf. Er hatte das Handy eingesteckt und die Wagentür geöffnet, als ihm einfiel, dass er Mulsow noch von Susanne Ortlepps unbedachtem Auftreten am Bahnsteig hatte erzählen wollen. Aber da Mulsow – ganz entgegen seiner Art – kurz angebunden gewesen war, schien er im Stress zu sein. Wahrscheinlich war es besser, damit bis Dienstag zu warten.

Während Richard die Getränkekisten aus dem Kofferraum lud, kam Jette zum Wagen.

»War das Charlotte?«

»Bert.«

»Der Termin wegen deiner Zeugenaussage?«

»Genau.«

Jette holte ihr Buch und die restlichen Einkäufe von der Rückbank. »Wann fährst du hin?«

»Dienstag.«

»Am Vormittag?«

»Nachmittags.«

»Welche Zeit?«

»Halb zwei.« Die Heckklappe fiel zu. »Wieso?«

»Was hältst du davon, wenn ich dich nach Stralsund begleite? Wir könnten anschließend ein bisschen durch die Stadt bummeln ... Rathaus, Nikolaikirche, Meeresmuseum ... Hättest du Lust?«

Richard verzog das Gesicht.

»Dumme Idee?«, fragte sie kleinlaut.

»Sightseeing mit einem Menschenmuffel wie mir? Ich bin nicht sicher, ob du dir das wirklich antun willst.«

»Ich werde es überleben.« Jette schlug lachend die Autotür zu. »Und du auch.«

In der Küche stellte Richard die Getränkekisten neben den Kühlschrank, und Jette begann, die Einkäufe wegzuräumen.

»Bist du mit deinem Manuskript vorangekommen?«, fragte er und wies zur Sitzecke hinterm Fenster.

»Kein Stück. Pastor Lüdtke hat mich abgehalten.« Ein resolutes Kopfschütteln folgte. »Nein, es war umgekehrt. Ich habe ihn aufgehalten, und dann sind wir ins Quatschen gekommen.«

Jette holte Luft, als wollte sie noch etwas hinzufügen, doch sie sagte nichts mehr. Nach drei Minuten stillem Herumhantieren griff Richard ihre Schultern, sodass sie innehalten musste. Er sah ihr in die Augen. »Was ist los?«

»Nichts.« Sie lachte unsicher.

»Jette! Raus mit der Sprache!«

»Pastor Lüdtke will mit mir nach Bornholm fahren. Morgen Nachmittag.«

Richard hatte keine Ahnung, was er zu hören erwartet hatte. Das jedenfalls nicht.

»Bornholm? Weshalb das denn?«

»Im Chorraum sind ein paar Steinplatten zu Bruch gegangen. Muss beim Umsetzen meines Gerüsts passiert sein.« Sie zeigte zu dem Flyer auf dem Küchentisch. »Die Reserveplatten lagern auf Bornholm ein.«

»In dem Baustoffkontor?«

Jette nickte zögernd. »Streng genommen ist es meine Schuld. Da mag ich Pastor Lüdtke nicht hängen lassen. Und außerdem«, sie machte eine umfassende Geste, »reizt mich der Laden irgendwie.«

Er musste eine Weile überlegen. »Du hoffst, dort was Brauchbares fürs Küsterhaus zu finden.«

»Ich habe noch nicht zugesagt, und Pastor Lüdtke würde notfalls auch allein fahren«, beeilte sie sich zu erklären. »Es wäre halt nur eine gute Gelegenheit, sich in dem Kontor umzuschauen. Ganz unverbindlich. Indianerehrenwort. Aber wenn es dir nicht recht ist, Richard, dann bleibe ich. So wichtig ist mir das nun –«

Er stoppte sie mit einem langen Kuss. Als sie sich voneinander lösten, schaute Jette ihn verwirrt an. »Was heißt das jetzt?«

»Fahr, verdammt noch mal!«

»Ist das dein Ernst?«

Er strich ihr mit dem Daumen über die Wange. »Die Sache lässt dir doch eh keine Ruhe.«

»Wahrscheinlich.« Sie lächelte zaghaft, schien seinen Worten allmählich Glauben zu schenken. »Wir würden aber nicht vor übermorgen Abend zurück sein.«

»Ich werde mich schon nicht langweilen, Jette.« Richard beugte den Kopf hinunter und küsste die Narbe an ihrem Hals. »Ich bin ans Alleinsein gewöhnt.«

»Gut, wenn du meinst«, hörte er sie sagen und dann: »Mit dem Umzug … ist wirklich noch nichts … entschieden, Richard.«

»Ich weiß«, sagte er rau und zog ihr das T-Shirt über den Kopf.

Dabei wusste er längst, dass es entschieden war.

✳✳✳

Es war kurz vor sieben Uhr, als Jette und Richard das Küsterhaus verließen. Die Sonne senkte sich bereits, und erste blassrosa Streifen zeigten sich am abendlichen Himmel. Von der Kirche dröhnte Musik herüber, gemischt mit dumpfem Gelächter und Kinderkreischen. Das Vereinsfest war unüberhörbar in vollem Gange.

Obwohl Richard sich die größte Mühe gegeben hatte, sich seine Unlust nicht anmerken zu lassen, schien sie Jette nicht entgangen zu sein. Im Laufe des Nachmittags hatte sie gefühlte hundertmal beteuert, dass sie nicht auf das Fest gehen müssten und den Abend auch anderswo verbringen könnten. Und tatsächlich wäre Richard lieber irgendwohin ans Wasser gefahren oder einfach nur zu Hause geblieben, statt auf harten Gartenstühlen zu hocken und von wildfremden Menschen Dinge zu erfahren, die er eigentlich gar nicht wissen wollte. Doch gesagt hatte er nichts davon. So schwer es ihm auch fiel, es zu akzeptieren: Jette machte das Leben hier glücklich.

Sie durchquerten das schmiedeeiserne Tor, liefen den Kiesweg hinauf und umrundeten die Kirche. Hinter der Sakristei standen lange, mit weißen Papierdecken bespannte Tische, bunte Lichterketten hingen überkreuzt darüber. Auf den Holzklappstühlen verteilten sich ungefähr dreißig Personen. Etwa noch mal so viele plauderten in Grüppchen zusammenstehend auf der Rasenfläche. Weiter hinten tobten ein paar Kinder um einen Baum. Die Stimmung war ausgelassen, und ein Holzkohlegrill verströmte seinen unverkennbaren Geruch.

»Hallo!«

Ein paar neugierige Gesichter drehten sich zu ihnen um, als Diana Seifert überschwänglich winkend auf sie zukam. Ihr schwangerer Bauch wölbte sich unter einem engen blau-weiß gestreiften Kleid, die dunklen Locken hatte sie nach oben aufgesteckt. Die Flecken auf ihren Armen schienen heute noch röter.

»Frau Herbusch! Professor Gruben! Schön, dass sie gekommen sind. Ich freue mich«, begrüßte sie sie lachend. Doch ihre Heiterkeit wirkte ein wenig aufgesetzt.

Jette hob den Korb an, den sie dabeihatten. »Wo können wir den Salat abstellen?«

»Oh, wie nett! Kommen Sie!«

Diana Seifert führte sie zu einem reichlich angerichteten Buffet, wo Jette von den Umstehenden mit herzlichem Hallo empfangen wurde. Als die Begrüßung begann, sich in einen Plausch auszuweiten, raunte Richard Jette zu, dass er schon mal etwas zu essen besorgen wolle.

Hinter dem Grill stand ein gut gelaunter Enddreißiger. Auf seiner Schürze prangte der Schriftzug »Es ist fertig, wenn ich es sage«. Mit einem ebenso flotten Spruch legte er Jettes Grillkäse und Richards Steak auf zwei Pappteller. Anschließend beschaffte Richard noch Besteck und hielt nach zwei freien Plätzen Ausschau. Er suchte die Stuhlreihen nach einem bekannten Gesicht ab, konnte aber weder Pastor Lüdtke noch Ruth Klawitter entdecken. Und der Tisch, an dem Fechner saß, war bis auf den letzten Stuhl besetzt. Schlussendlich steuerte Richard den Tisch an, der am weitesten von den Musikboxen entfernt stand. Als er näher kam, stach ihm Florian Wenzels rotblonder Pferdeschwanz ins Auge. Seine schmale Gestalt steckte auch heute in kurzen Hosen und einem Batik-Shirt.

»Darf ich?«, fragte Richard und deutete auf die freien Stühle gegenüber Wenzel.

Der Rotschopf nickte mit unbewegter Miene. Erst als Richard die Teller abgestellt und Platz genommen hatte, spiegelte sich in den hervorstehenden Augen Wiedererkennen. Auf dem Stuhl neben Wenzel hockte das Mädchen, dem Richard bei Ruth Klawitter begegnet war. Durch ihre gespreizten Finger war eine neongrüne Schnur gezogen, so, dass sich zwischen den Händen ein kunstvolles Flechtmuster gebildet hatte. Ein Geschicklichkeitsspiel, das Richard noch aus seiner eigenen Kindheit kannte, dessen Name ihm aber entfallen war.

Auch das Mädchen schien sich an ihn zu erinnern. Sie legte

den Kopf schräg und sagte keck:»Du warst gestern bei Frau Klawitter.«

»Du auch.«

»Hä? Ich bin doch immer da«, erwiderte sie in einem Ton, als hätte er etwas völlig Selbstverständliches kundgetan. Dann schüttelte sie sich und streckte Richard die Hände entgegen. »Wir spielen Abheben. Willst du mitmachen?«

»Nele, jetzt lass mal!«, sagte Wenzel zu dem Mädchen und hob statt Richard die Schnur mit sichtlich geübtem Griff von den kleinen Händen. Offenkundig hatte der junge Mann bereits einige Partien Abheben hinter sich.

Richard schaute zum Buffet. Jette war nach wie vor ins Gespräch vertieft. Es sah nicht danach aus, als ob sie gleich nachkommen würde. Also konnte er getrost allein mit dem Essen beginnen. Richard nahm das Besteck in die Hand und schnitt ein Stück Steak ab. Kauend ließ er den Blick über das Partygemenge schweifen.

»Wie ist's? Ziehen Sie nun nach Hollvitz?«

Das kam so unvermittelt, dass Richard sich fast verschluckte. »Entschuldigung?«

Wenzel tat, als hätte er nichts gehört. »Sollten Sie. Ist schön hier. Bin vor achtzehn Monaten hergekommen. Würd's immer wieder tun.«

»Woher kommen Sie ursprünglich?«, fragte Richard. Nicht, weil es ihn sonderlich interessierte, sondern um von der eigentlichen Frage abzulenken.

»Hab hier und da gelebt. Kam immer drauf an, wo ich meine Jurte aufbauen durfte. Ist nicht ganz leicht, einen Platz zu finden. Das Aufstellen der Jurte ist legal, aber nicht, dass ich dauerhaft darin wohne. Die meisten Grundstückseigentümer wollen keine Probleme kriegen.«

»Gerd Fechner hatte keine Bedenken?«

»Doch, schon. Aber meine Mutter ist seine Cousine, und die Werkssiedlung ist quasi alter Familienbesitz. Da konnte er ihr die Bitte nur schwer abschlagen.«

Richard entsann sich, dass der Pastor das verwandtschaftliche Verhältnis zwischen Fechner und Wenzel erwähnt hatte. »Wie lange sind Sie bereits ohne festen Wohnsitz?«, fragte er und widmete sich wieder dem Stück Fleisch auf seinem Teller. Die grüne Schnur wurde derweil munter hin- und hergereicht.

»Sechs Jahre, fast sieben. Dabei ist das Jurtenleben nie etwas gewesen, nach dem ich mich gesehnt hatte. Bin durch meine damalige Freundin drauf gekommen. Die hat schon während unseres BWL-Studiums vom einfachen, minimalistischen Wohnen in der Natur geträumt. Gleich nach dem Abschluss haben wir dann einen Jurtenbau-Kurs besucht, haben das Auto und die Möbel aus dem WG-Zimmer verscherbelt und sind auf einen Bauernhof im Schwarzwald gezogen. Als der erste Winter vorüber war, hat sich jedoch rausgestellt, dass es mein Traum vom Wohnen war und nicht ihrer.«

»Was fasziniert Sie so daran?«

Wenzel, der sich die ganze Zeit auf die Schnur konzentriert hatte, schaute Richard an. Auf seinem schmalen Gesicht lag ein entrückter Ausdruck. »Das gleichzeitige Drinnen- und Draußensein. Gerüche, Geräusche, sogar Geschmack: Alles vermengt sich miteinander. Das Regenprasseln mit dem Bollern des Ofens, das Grillenzirpen mit dem süßen Tee, das Rauschen des Windes und der Duft der Kartoffelsuppe ...« Er atmete schwer aus. »Ich kann mir nicht mehr vorstellen, in einer festen Wohnung zu leben. Zwischen dicken Betonwänden eingekastelt. Das wäre die Hölle für mich.«

»Florian! Mach weiter!« Das Mädchen hielt ihm zappelig die Hände vors Gesicht.

Wenzel wandte sich mit stoischer Ruhe dem Spiel zu, hatte aber offenbar Gefallen an der Unterhaltung gefunden. Ohne aufzusehen, redete er weiter.

»Sicher ist das Jurtenleben manchmal zermürbend, wenn es im Herbst tagelang durchregnet oder im Winter Minusgrade herrschen und man die Bude trotz Dauerheizen nicht richtig warm bekommt. Aber was ist die Alternative? Der Stuckaltbau in der Innenstadt? Das Reihenhaus im Speckgürtel? Und dann jeden Tag die Angst im Nacken, bloß genug Kohle für Miete und Kreditraten zu verdienen? Dazu der ewige Druck, sich eine noch schickere Sofalandschaft, einen noch edleren Kaffeeautomaten als der Nachbar leisten zu können?«

»Die Entscheidung fürs Reihenhaus bedeutet nicht automatisch, dass man sich auch für fragwürdigen Luxus versklaven muss, geschweige denn überhaupt will«, entgegnete Richard.

»Okay, okay, das war vielleicht zu krass«, räumte Wenzel ein. »Aber je weniger der Mensch besitzt, desto weniger Kosten hat er nun mal. Und die ständige Sorge ums liebe Geld ist schließlich das, was uns tagein, tagaus stresst.« Er hob den Blick. »Ein Bett, ein bisschen Geschirr, Küchenzubehör, Werkzeug, einen gut funktionierenden Ofen ... Man braucht nur wenig zum Leben.«

»Einen Job dann aber doch.«

Wenzel lächelte ertappt. »Ganz ohne Kohle geht's nicht, stimmt schon. Bin auch froh, dass ich bei Gerd jobben kann.«

»Sie sind ausgebildeter Ökonom. Reizt es Sie nicht, in Ihrem Beruf zu arbeiten?«

»Den ganzen Tag in einem Zimmer eingesperrt sein? Da kriege ich Platzangst. Nee, nee, so'n Bürojob, das ist nix für mich.«

»Womit haben Sie sich denn bisher über Wasser gehalten?«

»Als Zeitungsausträger, Nachtwächter im Bärenpark, Eisverkäufer, Kinderanimateur in einem Ferienhotel, mit unzähligen Kellnerjobs ... Einfach mit allem, was sich mir geboten hat.«

Ein Aufschrei zerriss den Partylärm.

Richard reckte den Kopf. Am Buffet herrschte helle Aufregung. Es wurde lebhaft gestikuliert. Hektische Rufe waren zu hören. Soweit er es erkennen konnte, war Diana Seifert der Grund für den Aufruhr. Sie stand mit einer Hand am Buffet abgestützt und presste sich die andere gegen den Mund. Eine Frau hatte ihr den Arm um die Hüfte gelegt und schien beruhigend auf sie einzureden. Dann schob sich Fechners breiter Rücken ins Bild. Dem Anschein nach gab es nun einen erregten Wortwechsel zwischen ihm und seiner Tochter. Schließlich zückte Fechner das Handy und stürmte auf den Pick-up zu, der am seitlichen Friedhofstor abgestellt war. Diana Seifert eilte ihm, von der Frau gestützt, hinterher. Als der Motor gestartet wurde, tauchte Jette am Tisch auf. Mit offen stehendem Mund sackte sie auf den Stuhl neben Richard.

Wenzel, der das Geschehen wie alle anderen verfolgt hatte, grinste sie breit an. »Na, wird Gerd nun endlich Opa?«

Doch Jette blieb todernst. »Marco Seifert wurde verhaftet.«

23

Ruths Herz hämmerte in der Brust. Grelle Lichtflecken flimmerten vor ihren Augen, und das Atmen fiel ihr mit jedem weiteren Meter schwerer. Seltsam, dachte sie. Sie hatte doch erst die Hälfte des Kolonnenwegs zurückgelegt und lief die Strecke sonst auch mühelos. Mitunter zweimal am Tag. Aber es nützte nichts. Sie würde kurz verschnaufen müssen, wenn sie nicht jeden Augenblick der Länge nach hinschlagen wollte. Nach Luft japsend, torkelte Ruth nach links und hielt auf die Bäume am Wegrand zu. Sie war gerade im Begriff, sich an einem der Baumgitter abzustützen, als ein großer, abgeflachter Findling in ihr Blickfeld rückte. Dankbar sank sie auf den warmen Stein.

Wieso war sie nur so außer Puste? Der Weg ins Dorf hatte ihr auch mit zunehmendem Alter nie Probleme, schon gar nicht Herzbeschwerden bereitet. Sicher, sie litt seit Jahren unter ihren arthritisgeplagten Händen, und es zwickte auch hin und wieder in den Knien, aber ihr Herz funktionierte bisher ausgezeichnet. »Mit Ihrer Pumpe können Sie glatt hundert Jahre werden, Frau Klawitter«, hatte sich der Doktor erst kürzlich beim routinemäßigen Ultraschall zufrieden mit ihr gezeigt. Da hatten aber weder der Doktor noch Ruth selbst ahnen können, dass diese Person an ihrer Tür klingeln und die Vergangenheit wieder aufrühren würde.

Seit jenem unsäglichen Nachmittag hatten die qualvollen Bilder wieder vollständig Besitz von ihr ergriffen. Tagsüber verschafften Ruth noch Neles Besuche und die Versorgung ihrer Tiere ein wenig Ablenkung. Oder der abendliche Krimi. Aber wenn das Mondlicht seine Schattenmuster auf die Schlafzimmertapete warf, konnte sie ihren Erinnerungen nicht mehr entrinnen. Es war, als würde sie alles ein zweites Mal durchleben. Schmerz. Wut. Verzweiflung. Trauer. Seelisch wie körperlich. Für gewöhnlich half Ruth dann nur der Gang in die Küche, wo bei einer Tasse Tee und Bobbys beharrlichem Schnurren die Vergangenheit allmählich verblasste. Besser fühlte sie sich trotzdem nicht. Denn beim nächtlichen Blick aus dem Fenster brach sich ein anderes Gefühl Bahn: Angst.

Noch immer hatte sie es nicht gewagt, mit ihm über die Tote zu reden. Über das Versprechen, das er Ruth gegeben hatte. Zu sehr fürchtete sie sich vor den gegenseitigen Schuldzuweisungen. Dabei hatte sie den Tod der Frau niemals gewollt. Sie hatte an diesem Nachmittag völlig unter Schock gestanden und gedankenlos die erbetene Zustimmung erteilt. Sie war schlicht nicht bei Sinnen gewesen. Sie hätte zu allem Ja und Amen gesagt, nur um diese Person niemals wiedersehen zu müssen. Aber vielleicht war es ohnehin klüger, die Dinge, die zu den schrecklichen Ereignissen der letzten Tage geführt hatten, gar nicht erst ins Bewusstsein zu lassen. Je weniger Ruth wusste, desto geringer war die Gefahr, dass sie sich verplapperte.

Ruth versuchte, tief einzuatmen, und horchte in sich hinein. Nur noch ein kaum merkliches Stechen in der linken Brustgegend. Als sich der Schmerz auch nach fünf weiteren Atemzügen nicht verstärkte, entschloss sie sich zum Weitergehen. Mit einem Taschentuch tupfte sie sich den Schweiß von Stirn und Nacken, glättete ihren Rock und trat zurück auf den Weg.

Dass ihre Pumpe verrücktspielte, brauchte sie bei der ständigen Aufregung eigentlich nicht zu wundern. Als sie gestern Abend vom Entenstall gekommen war und das Polizeiaufgebot auf dem Bauhof gesehen hatte, war sie wie vom Blitz getroffen gewesen. Über eine halbe Stunde hatte Ruth mit angehaltenem Atem hinter dem Küchenfenster gestanden und die Vorgänge in der Siedlung beobachtet, bis Marco Seifert in Handschellen abgeführt worden und die Anspannung endlich von ihr abgefallen war. Doch lange hatte ihre Erleichterung nicht angehalten. Sie wusste es schließlich besser.

Die Betonspuren endeten. Ruth bog ins Dorf ein und stutzte. Vor dem Friedhofstor stand Pastor Lüdtkes Transporter. Was hatte er hier zu suchen? Der Gottesdienst wurde im Wechsel mit zwei Nachbargemeinden gefeiert, und in Hollvitz fand er erst nächsten Sonntag wieder statt. Ganz abgesehen davon, dass es kurz vor ein Uhr und bereits viel zu spät dafür war. Die leeren Stellflächen vor der Umfassungsmauer vermittelten zudem nicht den Eindruck, dass der Kirchenverein noch mit Aufräumarbeiten beschäftigt war.

»Frau Klawitter!«

Ruth, in ihrer Grübelei versunken, schrak zusammen. Sie wandte sich um und sah Jette Herbusch vom Grundstück des Küsterhauses kommen. In Ruths Kopf ratterte es. Ihr überstürzter Aufbruch auf dem Friedhof hatte bei der jungen Frau mit Sicherheit eine ziemliche Ratlosigkeit hinterlassen. Ruth konnte sich vorstellen, wie verunsichert sie deshalb war und dass Siggis Tod sie nun noch mehr beschäftigte. Ganz bestimmt wollte sie die versprochene Antwort einfordern. Aber vielleicht konnte sich Ruth mit einem Ablenkungsmanöver aus der Affäre ziehen. Zumindest heute.

»Haben Sie es schon gehört? Marco Seifert wurde verhaftet«, sagte sie in bemüht aufgeregtem Ton, kaum dass die Restauratorin vor ihr stand.

»Ja. Wir waren dabei, als man seine Frau auf dem Fest benachrichtigt hat.«

»Diana kann einem leidtun. Hochschwanger und der Mann im Gefängnis.« Ruth schüttelte betroffen den Kopf, konnte sich dann aber nicht verkneifen, hinzuzufügen: »Obwohl ich in Dianas Fall ziemlich sicher bin, dass sie ohne Seifert besser dran ist.«

»Sie mögen ihn also auch«, sagte Jette Herbusch trocken.

Ruth schmunzelte kurz, ehe sie wieder die Sensationslüsterne mimte. »Herr Jacobi hat heute früh erzählt, er hätte von Gerd Fechner gehört, dass Seifert tatsächlich wegen Mordes an der Frau von der Denkmalpflege unter Verdacht steht.«

»Das wurde auch auf dem Fest gemunkelt.«

»Mir kam es gleich spanisch vor, wie er sie vor meinem Haus angegangen ist. Seifert konnte sich ja kaum noch beherrschen.« Ruth schnaubte fassungslos. »Der Mann ist ein Ekel. Aber dass er so eiskalt ist, hätte ich nie und nimmer für möglich gehalten.« Sie fasste sich ans Herz. »Und dann besitzt er noch die Frechheit, mich mit hineinzuziehen.«

Sie musste es ein wenig übertrieben haben, denn ihre Gesprächspartnerin legte ihr besänftigend die Hand auf den Arm. »Nun wird sich ja alles aufklären.«

»Hoffentlich, Frau Herbusch, hoffentlich.«

Ruth seufzte und blickte für einen Moment zum Kirchturm, der sich vor einem makellos blauen Mittagshimmel erhob. Das kupferne Zifferblatt der Uhr glänzte wie Gold in der Sonne. Sie wandte sich wieder um. Jette Herbuschs Unterlippe bebte, sie suchte nach dem richtigen Anfang.

Ruth musste ihr zuvorkommen. »Sie sehen hübsch aus«, sagte sie und meinte ihre Worte diesmal ausnahmsweise ehrlich. Bewundernd ließ sie ihren Blick über das gürtellose grüne Leinenkleid wandern. »Was haben Sie denn heute noch so Schönes vor?«

»Es geht gleich nach Bornholm.«

»Bornholm? Wie wunderbar.«

Wieder entsprach das der Wahrheit. Ruth war es mehr als recht, wenn die zwei für ein paar Tage verreisten. Die Anwesenheit des Professors machte sie nervös.

»Wann geht Ihre Fähre?«, erkundigte sich Ruth und schielte nebenher zum Küsterhaus. Richard Grubens groß gewachsene Gestalt lehnte in der Tür. Er telefonierte.

»In einer Stunde.« Jette Herbusch zeigte zu dem weißen Transporter. »Ich fürchte nur, wir werden sie verpassen, wenn Pastor Lüdtke weiter so herumtrödelt. Dabei wollte er nur kurz nachsehen, ob hinter der Kirche wieder alles picobello ist.«

Ruth war verdutzt. »Was hat Ihre Reise mit unserem Pastor zu tun?«

»Pastor Lüdtke und ich, wir fahren zusammen rüber.«

»Was? Nur Sie beide?«, entfuhr es Ruth.

»Ja.«

Als Ruth nicht reagierte, fühlte sich die Frau anscheinend

zu einer Erklärung verpflichtet.»Ich habe im Chorraum versehentlich einige Bodenplatten beschädigt. Die Reserveplatten lagern in einem Baustoffkontor auf Bornholm ein. Pastor Lüdtke ist mit dem Inhaber befreundet.«

»Ich weiß, ich weiß.« Ruth nickte zum Küsterhaus.»Aber was ist mit Ihrem Freund? Wollen Sie ihn ganz allein lassen?«

»Wir sind doch morgen Abend wieder zurück.«

Ein Lächeln erschien im Gesicht der Restauratorin. Ein Lächeln, das wohl ausdrücken sollte, dass Ruth sich keine Sorgen um ihr Liebesleben machen musste. Dabei beunruhigte sie das am allerwenigsten.

Ruth drückte den Rücken durch, versuchte gleichfalls zu lächeln.»Dann werde ich dem Pastor mal sagen gehen, dass er sich sputen soll«, sagte sie rasch, ehe sich Jette Herbusch wieder an Siggi entsann.»Und eine gute Reise!«

»Danke. Und Ihnen noch einen schönen Sonntag.« Sie hatte sich halb von Ruth abgewandt, als sie sich mit einem Mal an die Schläfe tippte.»Fast hätte ich es vergessen.«

»Vergessen? Was?«

»Ihr Gartenbesteck. Ich habe den Korb zusammen mit der Blumenerde neben meiner Werkbank abgestellt.«

Ruth, die kurz innerlich zusammengezuckt war, verneinte.»Ich bin heute nur zum Gießen gekommen. Aber danke noch mal fürs Unterstellen. Ich werde Herrn Jacobi bitten, dass er den Sack Blumenerde gleich morgen weggeholt.«

»Das kann Richard erledigen.«

Ruth spürte das unangenehme Stechen in der Brust.»Nein! Das muss er nicht. Herr Jacobi tut das gern für mich.«

»Richard auch«, kam es prompt zurück. Dann drehte sich Jette Herbusch auf dem Absatz um und rief ihr über die Schulter zu:»Und machen Sie Pastor Lüdtke ruhig Beine. Die Fähre legt sonst noch ohne uns ab.«

Erneut presste Ruth ihre Hand auf den Brustkorb. Doch diesmal schauspielerte sie nicht.

24

»Seifert ist wieder auf freiem Fuß?«, fragte Richard erstaunt.

»Wir mussten ihn gehen lassen.« Mulsow hob die Schultern.
»Er hat ein lupenreines Alibi. Seifert war an besagtem Abend
in Begleitung seiner Frau bis zwei Uhr früh auf der Jubiläumsfeier eines Geschäftspartners.«

»Genug Zeugen also.«

»Reichlich.« Verstimmt nippte der Polizist an seinem Kaffee.

Richard griff sein Wasserglas und studierte das Gewimmel
auf der Sassnitzer Strandpromenade. Mulsow hatte ihn kurz
vor Jettes Abreise nach Bornholm angerufen und gefragt, ob er
auf einen Sprung vorbeikommen könne. Da auch Mulsow noch
nicht zu Mittag gegessen hatte, hatte Richard vorgeschlagen, sich
in Sassnitz am Stadthafen zu treffen. Vom Parkhaus aus waren
sie dann in Richtung Kurplatz gelaufen. Das frühsommerliche
Wetter hatte aber noch mehr Menschen als gestern an die Strandpromenade gelockt, sodass sie erst nach einigem Suchen einen
sonnenbeschirmten Restauranttisch gefunden hatten.

Richard sah den Freund wieder an. »Wie ist Seifert überhaupt ins Visier eurer Ermittlungen geraten?«

»Durch Susanne Ortlepps Telefondaten. Er hat sie in den
letzten Tagen auffallend oft angerufen. Sogar mehrmals nach
zwanzig Uhr.«

»Dann war es Seifert, mit dem sie am Bahnhof telefoniert
hat?«

Mulsow antwortete nicht sofort. Offenbar musste er sich
in Erinnerung rufen, worauf Richards Frage abzielte. »Ach
so, der Anruf, nach dem ich dich gefragt hatte.« Er winkte ab.
»Nein, das war nicht Seifert.«

Richard nahm einen Schluck Wasser. »Wie hat er denn die
häufigen Telefonate mit Frau Ortlepp erklärt?«

»Zunächst mit Problemen auf einer Baustelle in Stralsund,

was aber in Anbetracht der Anrufzeiten etwas ungewöhnlich schien.«

»Und?«

»Die Probleme gibt es. Allerdings haben die nichts mit dem üblichen Baustellen-Hickhack zu tun.« Mulsow setzte seine Kaffeetasse ab. »Der Baubetrieb Fechner hat dort preisgünstigeres Baumaterial eingebaut, als von ihm angeboten und später in Rechnung gestellt wurde. Worüber Susanne Ortlepp bei einer zufälligen Baustoffprobe gestolpert ist.«

Richard zog die Stirn in Falten. »Aber wenn der Betrug bekannt war, macht ein Mord im Nachhinein wenig Sinn. Zumal die erschwindelte Summe bestimmt nicht in die Millionen ging.«

Mulsow schaute ihn nur an.

»Das ist nicht die einzige Baustelle«, sagte Richard.

»Exakt. Das hat die Auswertung ihres Computers ergeben.«

Der Kellner kam mit ihrer Bestellung, und die Unterhaltung setzte kurz aus. Schließlich waren sie wieder allein.

Mulsow breitete eine Serviette auf seiner Uniformhose aus. »Seifert war sofort geständig, als wir ihn damit konfrontiert haben. Nach dem Fall in Stralsund hat sich Susanne Ortlepp noch andere Baustellen angesehen, auf denen die Firma Fechner tätig gewesen ist, und dort weitere Auffälligkeiten entdeckt. Worüber sie Seifert dann bei ihrem letzten Besuch in Hollvitz informiert hat. Und auch darüber, dass sie die Auftraggeber über ihren Verdacht in Kenntnis setzen wird.«

»Was ihm wenig gefallen haben dürfte«, folgerte Richard, der sich an den heftigen Streit erinnerte, den Ruth Klawitter vor ihrem Haus beobachtet hatte.

»Und ob. Das Geld, das Seifert auf diese Weise eingestrichen hat, beläuft sich seinen eigenen Angaben nach auf eine hohe sechsstellige Summe.« Mulsow nahm Messer und Gabel in die Hand. »Seifert hat den Betrug in vollem Umfang zugegeben. Den Tötungsvorwurf konnte er aber durch sein Alibi vorerst entkräften.«

»Und Seiferts Treiben ist bis dahin nie aufgefallen?«

»Etliche Produkte sind sich in ihrem Aussehen und in ihrer Verarbeitung sehr ähnlich. Da kann man ohne eine nähere Analyse kaum Unterschiede ausmachen«, sagte Mulsow kauend. »Außerdem hat Seifert das Ganze sehr glaubhaft untermauert: gefälschte Lieferbelege, Etikettenschwindel … Er war da äußerst erfinderisch.«

»Wusste Gerd Fechner von dem Betrug?«, fragte Richard und zog seinen Teller heran. »Immerhin ist es seine Firma.«

»Fechner sagt, ihm wäre lediglich der Fall auf der Baustelle in Stralsund bekannt gewesen. Was durchaus erklärbar ist. Er hat Seifert vor zwei Jahren zum zweiten Geschäftsführer gemacht. Wollte wohl aus gesundheitlichen Gründen kürzertreten. Zum anderen soll sein Schwiegersohn die Firma ohnehin weiterführen, wenn er in Rente geht. Fechner hat den kaufmännischen Teil komplett in Seiferts Hände gegeben.«

»So etwas hat Jette unlängst auch gemeint.« Richard gabelte ein paar Bratkartoffeln von seinem Teller auf.

»Fechner hat zwar kein Alibi – er war zum Nachtangeln –, aber es gibt kein Indiz für eine mögliche Mitwisser-, sprich Täterschaft. Nach der Sache in Stralsund hat es keinerlei Telefonate, Kurznachrichten oder E-Mail-Verkehr mehr zwischen Susanne Ortlepp und ihm gegeben. Zudem versichert Seifert, dass sein Schwiegervater in keiner Weise in den Betrug involviert war.«

Richard fiel etwas ein. »Ich denke, es stimmt, was Seifert sagt.«

»Aha?«, machte Mulsow gespannt.

»Ich habe Gerd Fechner gestern Mittag in einer Konditorei getroffen. Nicht weit von hier.« Richard deutete mit dem Messer Richtung Kurplatz. »Wir haben uns eine ganze Weile unterhalten, bestimmt eine halbe Stunde. Als ich anschließend zum Parkplatz zurück bin, habe ich Seifert zusammen mit seiner Frau aus einem Anwaltsbüro kommen sehen, einem Fachanwalt für Baurecht.«

Mulsow nickte. »Seifert hat uns gesagt, dass er wegen der Sache bereits bei einem Anwalt war.«

»Das ist es ja«, erwiderte Richard. »Fechner hätte dem Termin in jedem Fall beigewohnt, wenn er von dem Umfang des Betruges gewusst hätte.«

»Davon ist auszugehen. Sehe ich genauso.« Wieder ein zustimmendes Nicken, auf das ein tiefer Seufzer folgte. »Für Gerd Fechner muss das ein ziemlich herber Schlag sein. Sein Baubetrieb hat seit Jahrzehnten einen tadellosen Ruf.«

Schweigend widmeten sie sich ihrem Essen, untermalt von dem Stimmengewirr an den Nachbartischen. Auf der Promenade zankten zwei Möwen. Von der Ostsee zog ein leichter Salzgeruch herüber.

»Was ist mit Susanne Ortlepps Tablet? Ist es inzwischen aufgetaucht?«, setzte Richard ihr Gespräch nach einer Weile fort.

Mulsow verneinte. »Wir haben in Hollvitz alles auf den Kopf gestellt. Bürogebäude, Bauhof, die Villa – nichts.« Er stöhnte frustriert. »Seifert wird das Tablet zerstört und dann irgendwo entsorgt haben. Ihm das nachzuweisen, wird jedoch nicht einfach sein.«

»Es wird weiter gegen ihn ermittelt? Trotz Alibi?«

»Nun, abgesehen von Seiferts Schwiegervater könnten auch andere Personen in seine Betrügereien verwickelt gewesen sein«, antwortete Mulsow. »Was ich ehrlich gesagt für sehr wahrscheinlich halte. Schwer vorstellbar, dass er angesichts dieses Umfangs alles allein bewerkstelligt hat. Ich denke da an jemanden bei einer Behörde oder einen Lieferanten. Möglicherweise haben sie gemeinsame Sache gemacht, um Frau Ortlepp aus dem Weg zu räumen. Dann könnte sich Seifert wegen Beihilfe strafbar gemacht haben. Und außerdem ist da immer noch der Erpresserbrief. Dessen Inhalt lässt auch auf Seifert schließen.«

»Ich wollte dir das schon gestern am Telefon sagen, Bert.« Richard legte sein Besteck auf den Teller. »Ich bin sicher, dass Susanne Ortlepp nichts von der Erpressung wusste.«

»Und was macht dich so sicher?«

Kurz schilderte Richard seine Eindrücke von ihrem Aufeinandertreffen am Bahnhof und sagte abschließend: »Ihr Verhalten mir gegenüber war viel zu unvorsichtig.«

Mulsow schien anderer Meinung zu sein. »Der Brief war anonym, richtig. Das bedeutet aber nicht zwangsläufig, dass Susanne Ortlepp auch der Verfasser unbekannt gewesen sein muss. Sie konnte durchaus eine starke Ahnung, in Seiferts Fall sogar gewusst haben, von wem sie erpresst wird.«

»Aber auch dann hätte sie abgewartet, bis ich mich mit dem Namen vorstelle, den Jette ihr am Telefon genannt hat«, beharrte Richard. »Ich hätte doch, wie du eben selbst bemerkt hast, mit drinstecken und den Moment für mich ausnutzen können.«

»Sie hat dich vielleicht im Zug gegoogelt.«

»Daran hatte ich auch schon gedacht«, sagte Richard kopfschüttelnd.

»Aber du bezweifelst es, weil …?«

»Weil ich sie gegoogelt und ihr davon erzählt habe. Sie schien umgekehrt überhaupt nicht daran gedacht zu haben.«

»Bleibt immer noch die Möglichkeit, dass sie der Person, mit der sie verabredet war, vertraut und sie somit als ihren Erpresser ausgeschlossen hat«, hielt Mulsow weiter dagegen. »Dann hätte sie am Bahnhof keinen Grund für Argwohn gehabt.«

»Nein, Bert. Wäre sie erpresst worden, hätte man allein wegen der angespannten Situation eine Nervosität spüren müssen. Aber die Denkmalschützerin wirkte auf mich sehr aufgeräumt und gesprächig.«

Bert Mulsow schlang den letzten Bissen auf seinem Teller herunter und lehnte sich zurück.

»Gut. Mal angenommen, du hast recht und sie wusste nichts von der Erpressung, dann bleibt der eingegangene Brief trotzdem eine Tatsache.«

»Worauf willst du hinaus?«

»Dass Susanne Ortlepp definitiv über Wissen verfügte, mit dem sie jemandem hätte schaden können.«

»Marco Seifert.«

»Sagen wir so: Was besagten Abend angeht, denke ich eher an einen potenziellen Mitwisser. Vielleicht sind sie sich zufällig über den Weg gelaufen, nachdem die Ortlepp bei dir aus dem Auto gestiegen ist. Oder ihr wurdet am Bahnhof gesehen, und er ist euch bis zur Bushaltestelle gefolgt. Du konntest das nicht gänzlich ausschließen.«

»Ja, natürlich.« Richard nickte einige Male, ehe sich ihm wieder die Frage aufdrängte, die ihn, seit er die Denkmalpflegerin an der Haltestelle abgesetzt hatte, beschäftigte. »Aber wohin wollte sie so spät?«

»Zu Gerd Fechner, um ihn über die unlauteren Geschäftspraktiken seines Schwiegersohnes aufzuklären.«

»Ohne ihr Kommen anzukündigen?«

»Es wäre zugegeben etwas spontan, aber nicht undenkbar.«

»Ich weiß nicht, Bert.« Richard verzog skeptisch den Mund. »Ich kann mir nicht vorstellen, dass Frau Ortlepp Gerd Fechner zu dieser Uhrzeit mit solch schwerwiegenden Anschuldigungen konfrontiert hätte.«

»Okay, einverstanden«, sagte Mulsow einlenkend. Dann zückte er sein schwarzes Notizbuch aus der Uniformhose und blätterte durch die Seiten. An einer Stelle in der Mitte stoppte er. »Was ist mit dieser alten Dame? Wäre doch möglich, dass sie zu ihr wollte.«

»Zu Ruth Klawitter?«

»Genau.« Mulsow schaute auf. »Ich habe noch mal nachgefragt. Susanne Ortlepp war vor einigen Tagen tatsächlich bei ihr. Das hat sie den Kollegen gegenüber ausgesagt.«

»Ich weiß. Ich habe inzwischen selbst mit ihr gesprochen.«

Richard gab dem Polizisten eine Zusammenfassung von seinem Besuch bei Ruth Klawitter und dem anschließenden Telefongespräch mit Ines Marquardt von der Landesdenkmalpflege.

»Das erklärt doch einiges.« Mulsow kratzte sich das unrasierte Kinn. »Wenn es bei dem Termin mit Frau Herbusch und dem Pastor um das Besucherzentrum für diesen Architekten gehen sollte, ist Frau Ortlepp wahrscheinlich noch etwas eingefallen, das sie in Vorbereitung auf euer Gespräch in der Sammlung von Ruth Klawitters verstorbenem Mann überprüfen wollte.«

»Das würde passen«, sagte Richard. Er selbst hatte vor wenigen Tagen, als er mit Jette im Fischrestaurant zu Abend gegessen hatte, ähnliche Überlegungen angestellt.

Mulsow streckte die Daumen seiner ineinandergefalteten Hände nach oben. »Für mich lässt das mehr und mehr den Schluss zu, dass sie dem Täter irgendwo zwischen Bushaltestelle und Ruth Klawitters Haus begegnet ist.«

»Dann bleiben immer noch über drei Stunden. Was haben sie bis Mitternacht gemacht?«

»Keine Ahnung.« Die Daumen sanken hinab, und Mulsow deutete auf die Nachbartische. »Vielleicht waren sie einen Happen zusammen essen, sind später noch einmal zurück in die Siedlung gefahren und zum Gehege spaziert.«

In Richard regte sich ein Gedanke. »Sekunde!«

»Was ist?«

»Wieso ausgerechnet dort?«

Mulsow setzte sich aufrecht hin und beugte sich über den Tisch. »Ich glaube, ich kann dir nicht folgen, Richard.«

»Das Stallgebäude. Ich frage mich, weshalb Susanne Ortlepp dort war.«

»Nun ja«, sagte Mulsow in deutlich verwundertem Ton. »Es ist anzunehmen, dass die Person, mit der sie zusammen war, von dem Tellereisen hinterm Stall gewusst hat.«

»Das meine ich nicht.« Richard machte eine Pause. Sortierte sich. »Susanne Ortlepp ist ortsfremd, das Entengehege grenzt unmittelbar an ein Waldstück, und abends ist es dort stockdunkel. Wieso hätte sie mitgehen sollen?«

Mulsows Falten auf der Stirn verschwanden. »Man hat sie unter einem Vorwand dorthin gelockt.«

25

Richard saß in der Sitzecke vor dem Küsterhaus und trank in kräftigen Schlucken aus einer Wasserflasche. Nebenher blätterte er in dem Geschichtsband, den er gestern für Jette in Sassnitz abgeholt hatte. Er war gerade von einer längeren Laufrunde zurückgekommen und hatte das Buch auf der Küchenzeile entdeckt, als er sich an der Getränkekiste bedient hatte. Doch die Lektüre konnte sein Interesse nicht lange fesseln. Wie Richard bald feststellte, boten die stark bebilderten knapp dreihundert Seiten nur einen skizzenhaften Einblick in die Geschichte Jasmunds. Auch zu Gerd Fechners Großvater fand er lediglich einen fünfzeiligen Absatz, aus dem hervorging, dass die Familie des Kreidewerkbesitzers gegen Ende des Zweiten Weltkrieges fast vollständig geflohen und wenig später enteignet worden war. Also nichts, was er nicht bereits wusste.

Richard klappte das Buch zu und schaute zum Kirchturm. Die Uhr zeigte kurz nach sechs. Charlotte und Henrik hatten heute einen Ausflug ins Schwimmbad unternommen, er nahm aber an, dass sie um diese Zeit längst wieder bei Charlottes Eltern waren. Er holte das Handy hervor, öffnete die Anrufliste und wählte Charlottes Nummer. Mailbox. Ohne eine Nachricht zu hinterlassen, ging er zurück ins Haus, um zu duschen.

Als Richard zwanzig Minuten später in die Küche kam, ertönte der WhatsApp-Ton seines Telefons. Jette schrieb, dass sie im Hotel in Rönne eingecheckt hatten und jetzt auf dem Weg zu Pastor Lüdtkes Jugendfreund waren. Der habe sie zum Abendessen eingeladen. Sobald sie zurück auf dem Hotelzimmer sei, würde sie anrufen. Richard hatte drei Wörter eingetippt, da schickte sie eine zweite Nachricht: »Der Schlüssel für die Kirche liegt auf dem Kühlschrank.«

Im ersten Moment verstand er nicht, was sie ihm damit mitteilen wollte. Bis ihm einfiel, dass Jette ihn kurz vor ihrer Abreise mit der Bitte überrumpelt hatte, Ruth Klawitter einen Sack Blumenerde nach Hause zu fahren. Richard dachte nach. Aller Voraussicht nach würde die alte Dame heute keine Blumen mehr umtopfen, zumal Sonntagabend war. Andererseits: Wenn er es nicht gleich erledigte, würde es ihm durchrutschen. Kurz entschlossen griff er den Schlüssel. Er musste sich ja nicht unbedingt bemerkbar machen. Ruth Klawitter würde sich wohl kaum daran stören, wenn er den Sack ungefragt hinter ihrem Gartentor abstellte.

Richard tippte die Nachricht zu Ende, steckte das Handy ein und ging ins Schlafzimmer, um den Autoschlüssel zu holen. Er hatte ihn zusammen mit seinem Jackett aufs Bett geworfen, als er am Nachmittag vom Essen mit Mulsow zurückgekommen war. Keine Minute später zog er die Haustür hinter sich zu und stieg ins Auto. Vor Jettes Einfahrt spielten zwei Kinder auf der Straße Federball. Richard hupte, worauf sie aufgeregt kreischend zur Seite sprangen. Dann bog er nach links ab und hielt nur wenige Meter weiter an der Feldsteinmauer an.

Das schwere Eisentor gab ein Ächzen von sich, als er es aufstieß. Sanftes Blätterrauschen erfüllte die abendliche Stille auf dem Friedhof. Einmal mehr rotierten Richards Gedanken um Susanne Ortlepp. Mulsow zufolge hatte die Rechtsmedizin keinerlei Abwehrspuren an der Leiche feststellen können, also musste sie sich aus freien Stücken beim Gehege aufgehalten haben. Aber was konnte so dringend gewesen sein, dass sie dort mitten in der Nacht hinaufgegangen war? Womit hatte der Täter sie geködert? Weitere Beweise für Seiferts Betrug, die er ihr aushändigen wollte? Ein Treffen mit Seifert? Nichts erschien Richard plausibel. Seine Überlegungen wurden unterbrochen, als ein Mann in einem kurzärmeligen Hemd aus der Kirchentür kam.

»Professor Gruben!«, rief Gerd Fechner und blieb ruckartig

stehen. Es sah aus, als schien ihn die Begegnung zu überraschen, aber nicht unangenehm zu sein.

»Wie geht es Ihrer Tochter?«, erkundigte sich Richard, nachdem er beim Eingangsportal angekommen war.

»Wie soll es ihr schon gehen mit einem Idioten als Ehemann?«, polterte Fechner. Sein sonst sonnengebräuntes Gesicht war grau und eingefallen. »Ruiniert binnen vierundzwanzig Monaten alles, was ich in drei Jahrzehnten hart und ehrlich aufgebaut habe.«

Sichtbar erregt berichtete er, was Richard vor wenigen Stunden bereits von Mulsow erfahren hatte. Der Bauunternehmer sah offenkundig keinen Anlass, mit den Betrügereien seines Schwiegersohnes hinterm Berg zu halten.

»Schuld bin ich ganz allein. Ich hätte diesem Taugenichts niemals freie Hand lassen dürfen«, sagte Fechner abschließend und schnaubte verächtlich: »Meinetwegen hätte er ruhig noch länger hinter Gittern schmoren können.«

Richard gab sich ahnungslos. »Man hat Ihren Schwiegersohn entlassen?«

»Die Jubiläumsfeier eines Geschäftsfreundes hat Marco den Allerwertesten gerettet.« Neuerliches Schnauben. Dann schlug er jedoch einen deutlich gesetzteren Tonfall an. »Frau Ortlepps Tod ist tragisch, und Marco hat fraglos einiges auf dem Kerbholz, aber er bringt niemanden um.«

»Wie wird es jetzt weitergehen? Mit Ihrer Firma, meine ich.«

»Tja, um ehrlich zu sein, Professor Gruben, ich weiß es nicht.« Fechner klang resigniert. »Aktuell versuche ich, mir einen Überblick zu verschaffen, wann und wohin umetikettiertes Material ausgeliefert wurde. Ich bin eben in der Sakristei gewesen, aber mein feiner Herr Schwiegersohn hat die Putzsäcke bereits weggeholt.«

Vermutlich aus gutem Grund, dachte Richard. Ihm kam wieder Jettes abendliche Begegnung mit Seifert in der Kirche in den Sinn. Ihr Verdacht, dass dort etwas nicht mit rechten Dingen zugegangen war, schien sich zu bewahrheiten.

»Ich müsste dann mal weiter.« Fechner zeigte auf die Kirchentür. »Kann ich zusperren, oder möchten Sie, dass ich einen Moment warte?«

»Nicht nötig. Ich schließe selbst zu.«

Fechner schlug sich gegen die Stirn. »Mensch, wo bin ich mit meinen Gedanken! Frau Herbusch hat ja auch einen Schlüssel. Also, auf Wiedersehen.«

Richard erwiderte den Gruß und sah Fechner zu seinem Pick-up gehen, der am seitlichen Friedhofstor parkte. Er war nun restlos überzeugt, dass der Bauunternehmer nichts von den betrügerischen Geschäftspraktiken seines Schwiegersohns gewusst hatte. Fechner wirkte ehrlich getroffen, dass sein Baubetrieb derart in Misskredit geraten war. Das verloren gegangene Vertrauen von Kunden und Lieferanten zurückzugewinnen, würde Fechner in den nächsten Monaten einiges an Überzeugungsarbeit kosten.

Schließlich wandte Richard den Blick ab und trat durch die Kirchentür ins Innere. Wie erwartet war es kühl, und das Abendlicht fiel schräg durch die hohen Fenster. Richard rollte die Hemdsärmel bis unter die Ellenbogen auf, lief unter der Orgelempore hindurch und nahm den Mittelgang, ehe er im bunten Lichtschein des Chorfensters stehen blieb. Es war nicht einmal vierundzwanzig Stunden her, dass er hier gewesen war. Nachdem die Nachricht von Seiferts Verhaftung der Partystimmung ein jähes Ende bereitet hatte, hatte Jette spontan ein paar Interessierte herumgeführt und Auskunft über die Altarsanierung gegeben. Eine halbe Stunde hatte sich Richard in der kleinen Kirche umgesehen. Jetzt hatte er das sichere Gefühl, dass heute etwas anders aussah. Nur was?

Er schaute zur Orgelempore hinauf und ließ den Blick für Sekunden darauf liegen, bevor er ihn langsam über die Bankreihen schweifen ließ. Über die weiß gekalkten Wände, die Sakristeitür, die Steinplatten auf dem Boden. Richard wartete, dass sich die Erinnerung einstellte. Aber nichts. Er machte eine halbe Drehung und betrachtete den Altar. Den linken Seitenflügel, das Mittelstück, den Seitenflügel rechts. Wieder nichts, was seine Verwirrung erklärte. Kopfschüttelnd verdrängte er den Gedanken und ging auf Jettes Werkbank beim Taufbecken zu. Der Sack Blumenerde lag wie angekündigt daneben, darauf stand ein Korb mit Gartenbesteck. Vermutlich gehörte dieser auch Ruth Klawitter. Richard hob den Sack hoch. Schob ihn sich seitlich auf die Hüfte, griff den Korb und drehte sich um. Und da sah er es.

Jettes Fahrgerüst. Es war versetzt worden.

Richard wäre es nie aufgefallen, wenn nicht eine Besucherin bei der gestrigen Führung bedauert hätte, dass die Malereien auf der Predella durch den unteren Einlegeboden im Gerüst verdeckt wurden. Heute war der Blick auf den Altarsockel vollkommen ungehindert. Das Gerüst stand gut einen Meter weiter links. Dass Jette es umgesetzt hatte, war ausgeschlossen. Wie er selbst war sie gestern Abend das letzte Mal in der Kirche gewesen. Und hätte sie jemand anderen damit beauftragt, dann gewiss nicht an einem Sonntag. Aber irgendwer hatte das Gerüst nun einmal beiseitegeschoben.

Richard stellte die Sachen zurück auf den Boden, trat dichter an den Altar heran und versuchte zu erkennen, ob Schnitzfiguren oder andere Schmuckelemente herausgebrochen waren. Diebstähle aus Kirchen waren schließlich keine Seltenheit. Doch bis auf die Stellen, an denen Jette ihre Proben für den Farbabtrag entnommen hatte, waren keine Veränderungen auszumachen. Auf dem Gerüst selbst stand ein Hocker, und über einer der Streben hing Jettes Sweatshirt. Alles wie gestern. Richard machte drei Schritte zurück. Betrachtete noch einmal die Bemalung auf dem Sockel. Es bestand kein Zweifel. Das Gerüst war versetzt worden.

Er blickte nach oben. Bis zur Gewölbedecke waren es vom oberen Einlegeboden noch gut vier Meter. Um daran zu gelangen, brauchte man etwas weitaus Höheres. Zudem war das Chorgewölbe wie die Wände lediglich mit weißer Kalkfarbe gestrichen. Es gab dort nichts Wertvolles, was man hätte herauslösen und mitnehmen können. Richard senkte den Kopf und suchte den Boden ab. Aber er konnte nichts Auffälliges entdecken. Nur den Riss, den Jette verursacht hatte, und sechs leicht hervorstehende Platten direkt unter dem Gerüst. Letztere hatten sich höchstwahrscheinlich gelockert, als es verschoben wurde. Die Unebenheit war nicht besonders stark. Doch wenn Jette das Gerüst das nächste Mal umsetzen würde, bestand die Gefahr, dass die Räder verkanteten und die Platten ebenfalls rissen. Vielleicht konnte er sie vorsichtig herausheben und erst einmal sichern, damit nicht noch mehr zu Bruch ging.

Nachdem Richard den unteren Einlegeboden aus dem Gerüst herausgelöst hatte, holte er einen Schraubenzieher aus Jettes Werkbank und kniete sich hin. Zu seiner Verwunderung war zwischen den Platten kaum noch Fugenmasse vorhanden. Dabei war der Boden im Chorraum erst vor wenigen Monaten verlegt worden, wie Jette erzählt hatte. Richard versuchte, die erste Platte mit dem Schraubenzieher auszuhebeln, spürte aber einen zu starken Gegendruck. Besser, er setzte an zwei Seiten an. Er wollte aufstehen, um nach einem zweiten Schraubenzieher zu suchen, da fiel ihm das Gartenbesteck ins Auge. Er zog den Korb heran, nahm die Blumenkelle heraus und probierte es noch einmal. Perfekt. Die Platte glitt ohne Widerstand heraus.

Richard nahm die Platten nach und nach auf. Als er sich wieder in voller Länge aufrichtete, bemerkte er ungefähr in der Mitte der freigelegten Fläche einen dunklen Fleck. Zunächst dachte er, es läge an den Lichtverhältnissen, doch bei genauerem Hinsehen wurde deutlich, dass die Erde an der Stelle frisch gelockert und deshalb von dunklerer Farbe war.

Jemand hatte hier erst kürzlich gegraben. Nur zu welchem Zweck? Um etwas auszugraben? Oder zu vergraben?

Seine Neugier ließ sich nun nicht mehr abschütteln. Richard hockte sich hin und begann, die Erde mit der Blumenkelle wegzuschaufeln. Nach einer halben Minute gab er, über sich selbst verwundert, auf. Damit würde er bis Mitternacht buddeln. Er schaute sich um. Entsann sich, gestern eine Schaufel gesehen zu haben. In der Sakristei? Fehlanzeige. Unter der Treppe zur Orgelempore? Richtig. Neben Harke und Laubbesen lehnte dort auch eine Schaufel an der Wand.

Richard hatte vielleicht einen halben Meter tief gegraben, als das Schaufelblatt gegen etwas Hartes stieß. Er ließ sich auf die Knie nieder, nahm die Blumenkelle zur Hand und kratzte vorsichtig die Erde weg, bis ein bronzefarbenes Behältnis zum Vorschein kam. Ein alter, grün angelaufener Kupferzylinder, etwas größer als eine Thermosflasche. Richard hob den Zylinder heraus. Betrachtete ihn. Das eine Ende war fest verschlossen, das andere provisorisch mit Klebeband umwickelt. Er löste es ab. Nahm einen rauchigen Geruch wahr. Er schaute hinein und sah vergilbte, an den Ecken verkohlte Papiere. Brandschäden, die wohl beim heißen Verlöten entstanden waren. Ursprünglich musste das Behältnis zum Schutz der Dokumente auf beiden Enden verschlossen gewesen sein. Dann endlich begriff er.

Der Zylinder war eine Zeitkapsel.

Richards Herzschlag pochte wild in seinen Ohren, als er den gesamten Inhalt der Kapsel vor sich ausbreitete. Eine Rügener Tageszeitung von 1926. Ein Spendenaufruf für die Hollvitzer Schulbücherei, die Friedhofsordnung, mehrere Baupläne der Sakristei, ein handgeschriebener Brief des Bürgermeisters – alles stammte aus demselben Jahr. Auch die beigefügten Münzen und Fotografien ließen auf das Jahr 1926 schließen. Demnach musste die Kapsel hinterlegt worden sein, als die Sakristei angebaut wurde. Doch hatte sie die fast hundert Jahre keinesfalls unter dem Chorboden gelegen. Hier wurde die Kapsel erst vor wenigen Tagen oder Stunden vergraben, nachdem sie geöffnet und anschließend mit Klebeband wieder verschlossen worden war. Aber warum?

Eine Weile las Richard in der Zeitung, konnte aber nichts Nennenswertes zu Hollvitz finden. Die Fotografien waren da bei Weitem interessanter. Verschiedene Ansichten der Kirche, noch ohne Sakristei. Jettes Küsterhaus samt Schulklasse und

Lehrer. Ein nicht mehr existierendes Kriegsdenkmal an der Dorfstraße. Und schließlich ein Foto der Werkssiedlung. Es war ein Bild aus der Bauphase. Vor der im Rohbau befindlichen Direktorenvilla sah man eine Menschengruppe stehen. Vermutlich ähnelte das Foto dem, das Ines Marquardt erwähnt hatte. Richard, der noch immer auf den Fersen saß, erhob sich und trat in den hellen Lichtschein zwischen den Bänken, um es besser betrachten zu können. Die Gruppe bestand ausnahmslos aus Männern. Er glaubte, Fechners Großvater zu erkennen. War sich jedoch nicht ganz sicher. Was den Mann links daneben anging, schon. Das war zweifelsfrei Kurt Rechlin. Trotz der leichten Unschärfe erkannte er das Gesicht des Architekten.

War das der Beleg für Rechlins Urheberschaft, den Susanne Ortlepp jetzt gefunden hatte? Nein. Das passte nicht. Ines Marquardt hatte betont, dass ein Foto nicht ausreichend war. Dafür musste Susanne Ortlepp etwas Hieb- und Stichfestes gehabt haben. Richard ging wieder zum Altar und nahm einen der Baupläne in die Hand. Fast hätte er erwartet, Rechlins Namen darauf zu lesen. Aber der Signatur nach war der Architekt der Sakristei ein Mann aus Sassnitz gewesen. Flüchtig schaute Richard die übrigen Pläne durch. Alle betrafen die Sakristei ... Halt! Die letzte Zeichnung gehörte nicht dazu. Überrascht blickte er auf das Papier in seinen Händen. Eine Entwurfszeichnung der Werkssiedlung. Ansichten der Villa und der beiden Arbeiterhäuser. Auch wenn die Gebäude auf der Zeichnung ein Flachdach anstelle eines Walmdachs besaßen, ließen die Ziegelfassaden und die umlaufenden Fensterbänder eindeutig erkennen, dass es sich um die Siedlungshäuser handelte. Doch die verblasste Signatur rechts unten war die eigentliche Überraschung:

Siedlung – Kreidewerk Hollvitz
Franz Döbler
Dessau, im Januar 1926

Döbler. Nicht Rechlin. Sollte sich die Echtheit der Zeichnung bestätigen, woran Richard keinen Zweifel hegte, war also nicht Kurt Rechlin der Architekt der Werkssiedlung, sondern ein gewisser Franz Döbler. Richard ließ die Zeichnung sinken und blickte wieder auf das Foto. Er hatte nicht den blassesten Schimmer, ob einer der Männer Döbler war. Der Name sagte ihm nämlich ebenso wenig wie der von Rechlin, als er diesen das erste Mal gehört hatte. Aber Susanne Ortlepp kannte Franz Döbler, und sie wusste von der Zeitkapsel. Deshalb hatte die Denkmalpflegerin die Akte aus dem Archiv angefordert. Die Werkssiedlung konnte nun einem Architekten zugeschrieben werden. So musste es gewesen sein.

Richards Blick wanderte über die unscharfen Gesichter. Er nahm an, dass Döbler nicht auf dem Bild war und Susanne Ortlepp gehofft hatte, in der Sammlung von Herbert Klawitter ein Foto mit dem Architekten zu finden. Ruth Klawitter hatte vielleicht die Zusammenhänge nicht richtig verstanden und sich daher nur an Rechlin erinnert, der ihr wegen dessen regionaler Bekanntheit ein Begriff war. Da Susanne Ortlepp aber über ein Besucherzentrum nachgedacht hatte, musste auch dieser Döbler eine gewisse Bekanntheit ... Richard erstarrte. Doch es war nicht Döblers Name, der die Gedanken in seinem Kopf explodieren ließ.

Dessau. 1926.

Konnte das möglich sein?

Obwohl es unnötig war, stellte er sich abermals zwischen die Bänke. Er war sicher, sich nicht verlesen zu haben. Richard hielt die Zeichnung ins Licht und blickte auf die Signatur. *Dessau, im Januar 1926.*

Er atmete ein paarmal durch. Dieser Franz Döbler konnte genauso gut an einer anderen Schule studiert und dann zufällig in Dessau als Architekt gearbeitet haben. Noch war es bloß eine Vermutung. Eine starke zwar, aber eben nur eine Vermutung. Er zückte sein Smartphone. Eine kribbelnde Ungeduld erfasste ihn, als er den Namen Franz Döbler in die Suchmaschine eintippte. Sekunden später ploppten die ersten Einträge auf: *Deutscher Architekt. Mitarbeit im Baubüro Gropius. Studierender und Lehrer am Bauhaus.*

Richard stockte der Atem. Diese Information veränderte alles.

26

Es war kurz vor neun, erst wenige Menschen waren am Fuß der Kreideküste unterwegs. Richard Gruben spazierte entlang der Uferlinie. Neben ihm spülten flache Wellen an den steinigen Strand. Der Geruch von Tang und Salz durchzog die Luft, und über der Ostsee zierten dünne Wolkenbänder den morgendlichen Himmel. Nach der schlaflosen Nacht hatte Richard dringend frische Luft gebraucht. Einen klaren Kopf, um das Gedankenchaos zu entwirren. Ohne zu frühstücken, hatte er sich ins Auto gesetzt. War auf den Parkplatz in der Sassnitzer Altstadt gefahren, den bewaldeten Hochuferweg bis zur Treppe an der Piratenschlucht gelaufen und dort zum Strand hinabgestiegen.

Auf dem Geröll lag ein Stück Totholz. Richard setzte sich. In vollen Zügen sog er die feuchte, salzige Seeluft ein. Spürte, wie sie den müden Körper allmählich belebte. Doch die Zeitkapsel hielt seine Gedanken weiter fest im Griff.

Es geht um etwas von größerer Bedeutung.

Seit gestern Abend ergaben Susanne Ortlepps Worte für Richard endlich einen Sinn. Franz Döbler war Student und Lehrer am Bauhaus gewesen, eine der bedeutendsten Kunst- und Architekturschulen der Welt. Trotz seines kurzen Bestehens von 1919 bis 1933 in Weimar, später Dessau und zuletzt Berlin übte das Bauhaus auch heute noch einen großen Einfluss auf Kunst, Design und Architektur aus. Dass die ehemalige Werkssiedlung der Entwurf eines Bauhaus-Architekten war, glich natürlich einer kleinen Sensation. Über diese Entdeckung auf der Insel Rügen würden zweifellos auch internationale Medien berichten.

Was die Verbindung zwischen Döbler und Hollvitz anging, darüber hatte schließlich der beigelegte Brief des Bürgermeisters Aufschluss gegeben. Fechners Großvater hatte damals einen Architekturwettbewerb ausgeschrieben, und der junge Franz Döbler, der zu diesem Zeitpunkt Praktikant im Baubüro von Walter Gropius gewesen war, war daraus als Sieger hervorgegangen. Die Zeichnung der Werkssiedlung hatte Döbler auf Bitten des Kreidewerksbesitzers eigens für die Kapsel angefertigt. Der Bau der Siedlungshäuser fiel wie der Sakristei-Anbau in das Jahr 1926 und stand daher für ein Stück Hollvitzer Zeitgeschehen, das in solchen Kapseln in Form von Dokumenten, Fotos und Ähnlichem für die Nachwelt aufbewahrt wurde. Ob Franz Döbler vor oder während der Bauphase in Hollvitz zugegen gewesen war, war nicht im Brief dokumentiert worden. Die Anwesenheit Rechlins, der sich von dem kühnen Entwurf seines jungen Kollegen ein Bild machen wollte, hingegen schon.

Dass Döbler als Architekt der Werkssiedlung in Vergessenheit geraten war, erklärte wohl vor allem der Umstand, dass sämtliche eingereichte Bauunterlagen bei der Bombardierung Stralsunds vernichtet worden waren, wie Richard von Ines Marquardt erfahren hatte. Vermutlich waren die persönlichen Dokumente von Fechners Großvater ebenfalls in den Wirren des Zweiten Weltkriegs verschollen. Auf der Flucht oder später im Zuge der Enteignung. Richards nächtliche Internetrecherche zu Franz Döbler hatte Ähnliches ergeben. Der Bauhäusler war vier Jahre nach der Machtergreifung der Nationalsozialisten nach England emigriert, wo er dann im August 1939 bei einem Badeunfall ums Leben kam. Auch Döbler hatte vermutlich Unterlagen in Deutschland zurücklassen müssen, die dann in den Kriegsjahren verloren gegangen waren. Aber jetzt, fast hundert Jahre später, konnte die Hollvitzer Werkssiedlung mit dem Fund der Zeitkapsel als das Werk des Bauhaus-Architekten identifiziert werden.

Richard hob einen Stein auf und ließ ihn über das Wasser springen. Dass Susanne Ortlepp von der Existenz der Kapsel gewusst hatte, stand außer Frage. Ihre Andeutungen ihm gegenüber, Ines Marquardts Aussagen über das Besucherzentrum, die angeforderte Akte aus dem Archiv – alles fügte sich endlich logisch ineinander.

Doch wieso hatte die Denkmalpflegerin die Kapsel nicht bei sich gehabt? Diesen Gedanken wälzte er schon seit Stunden. Denkbar wäre, dass sie beim Auffinden der Kapsel nicht dabei gewesen und nur telefonisch darüber informiert worden war. Allerdings hätte sie kaum die Pferde scheu gemacht, ohne sich vorher selbst von der Echtheit der Dokumente überzeugt zu haben. Eine andere, wahrscheinlichere Erklärung war, dass Susanne Ortlepp die Zeitkapsel an besagtem Abend bei sich gehabt und ihr Mörder sie dann später unter dem Chorboden in der Kirche versteckt hatte.

Was Richard jedoch weiterhin störte, war, dass er kein rechtes Mordmotiv sehen konnte. Für Gerd Fechner änderte es nichts. Egal ob die Siedlung nun ein Entwurf Döblers oder Rechlins war: So oder so stünde ihm eine erneute Denkmalschutzprüfung ins Haus. Mit dem Besucheraufkommen in Hollvitz sah es da schon anders aus. Die Ausstellung eines Bauhaus-Architekten würde erheblich mehr Menschen in den kleinen Inselort locken als die eines regional bekannten Baumeisters. Eine Vorstellung, die auch Richard Unbehagen bereitete. Jettes Haus lag unmittelbar an der Kirche, in naher Zukunft dürfte es mit der Beschaulichkeit nun tatsächlich vorbei sein, wie Pastor Lüdtke geunkt hatte. Trotzdem: Für die Dorfbewohner mochte ein Besucherzentrum auf Dauer ein belastender Zustand sein, aber deshalb brachte man niemanden um.

Sein Magen vermeldete mit einem Knurren, dass er endlich feste Nahrung brauchte. Richard blickte auf die Uhr. Die Konditorei in der Nähe der Sassnitzer Seebrücke musste bereits geöffnet haben. Er stand auf und schlenderte zurück zum Treppenaufstieg. Vor den schroffen weißen Kreidefelsen kreisten Möwen. Der Anblick der Vögel setzte bei Richard einen Gedanken frei.

War Susanne Ortlepp wegen der Zeitkapsel am Entengehege gewesen? Es würde ihre Dringlichkeit erklären, nachts dort hinaufzugehen. Vielleicht hing ihr Kommen ja doch mit der Erpressung zusammen. Eine Art Austausch mit Seiferts Handlanger, der ihr für ihr Schweigen die Kapsel in Aussicht gestellt hatte. Aber um sich auf so einen Deal einzulassen, hätte Susanne Ortlepp von der Existenz der Dokumente überzeugt gewesen sein müssen. Hatte sie doch ein Foto von Döbler und der Werkssiedlung in Herbert Klawitters Sammlung entdeckt und ungesehen mitgenommen? Es war nicht auszuschließen. Nur aus welchem Grund hätte der Täter die Zeitkapsel dann in der Kirche vergraben sollen? Auf eine Verbindung zu Seiferts Machenschaften hätte man deshalb kaum schließen können. Und falls doch, wäre es nicht konsequenter gewesen, die Dokumente zu vernichten? Zudem passte Susanne Ortlepps sorgloses Auftreten für ihn einfach nicht in die Opfer-Erpresser-Theorie. Richard seufzte. Es gab noch immer mehr Fragen als Antworten.

Er war am Strandaufstieg angelangt, als sein Handy klingelte. Jette. Zu seinem Knurren im Magen gesellte sich ein Ziehen. Noch wusste sie nichts von der Zeitkapsel und Franz Döbler. Richard hatte es ihr verschwiegen, als sie ihn gestern nach dem Essen bei Lüdtkes Jugendfreund angerufen hatte. Und weil es wegen Seifert genügend anderen Gesprächsstoff gegeben hatte, war ihr seine Anspannung nicht groß aufgefallen.

Die unliebsame Überraschung musste warten, bis Jette von Bornholm zurück war.

Er nahm ab und erklomm die Stufen. »Hi.«

»Hi. Bist du unterwegs?«

»In Sassnitz. Ein wenig die Beine vertreten.«

»Ziemlich frühe Beine«, sagte sie verwundert. »Alles okay?«

»Klar.« Das Ziehen verstärkte sich. »Und bei dir?«

»Auch. Ich sitze mit gepackter Tasche vorm Hotel und warte auf Pastor Lüdtke. Er musste noch einige dringende Anrufe erledigen, bevor wir ins Kontor fahren.«

»Wo genau liegt das? Direkt in Rönne?«

»Etwas außerhalb, im Norden. Mit dem Auto ungefähr fünfzehn Minuten.«

»Und eure Fähre geht wann?«

»Am Nachmittag.« Jette lachte leise auf. »Keine Sorge. Die kriegen wir. Auch wenn der Pastor noch zwei Stunden herumtelefoniert. Apropos telefonieren: Ich hatte heute früh einen Anruf aus dem Kirchenarchiv.«

»Aha? Worum ging es?«

»Um den Auszug aus dem Kirchenbuch, den ich per Mail angefragt habe. Wegen Ruth Klawitters Sohn.«

»Welcher Sohn?«

»Sigmar. Der Sohn, der so jung gestorben ist. Hab ich das nicht erzählt?«

»Nicht mir.«

»Wirklich nicht?«

»Wirklich.«

»Na egal, jedenfalls habe ich Frau Klawitter neulich auf Sigmars Tod angesprochen, aber sie ist mir ausgewichen. Ist fast vor mir geflohen. So als hätte meine Frage ihr Angst gemacht. Pastor Lüdtke meinte, Siggi sei damals von einem Traktor gefallen.«

»Also ein Unfall.«

»Aber warum dann diese Reaktion? Das ist merkwürdig. Da muss was anderes dahinterstecken. Ich hatte gehofft, ich finde im Kirchenbuch einen Hinweis, was mit ihm passiert ist.«

»Ist die Sperrfrist für die Einsichtnahme überhaupt schon abgelaufen?«

»Ja, für die Benutzung von Kirchenbüchern gilt bei Bestattungen eine Frist von dreißig Jahren. Sigmar ist Anfang der Sechziger gestorben.«

»So früh? Dann muss er tatsächlich noch sehr jung gewesen sein.«

»Vier.«

Richard schluckte. »Und? Stand etwas drin?«

»Das ist noch eigenartiger. Es gibt einen Bestattungseintrag ihres Mannes Herbert, aber keinen über einen Sigmar Klawitter.«

»Hat Pastor Lüdtke eine Erklärung dafür?«

»Ich bin noch nicht dazu gekommen, ihn zu fragen. Der Mitarbeiter hat mich eben erst angerufen und mir den Auszug von Herbert Klawitters Begräbnis gemailt. Nur kriege ich die Datei auf dem Handy nicht geöffnet. Das ist so ein komisches Format. Kannst du es mal am Laptop versuchen? Wenn du wieder zu Hause bist, meine ich.«

»Sicher. Aber was sollte darin über den Sohn stehen?«

»Nichts vermutlich. Ich will mir den Auszug trotzdem ansehen. Ich leite dir die Mail weiter. Schickst du mir dann ein Foto?«

Er versprach es, und sie legten auf.

✳✳✳

Eine Dreiviertelstunde später erreichte der Volvo die Abzweigung zur Siedlung. Richard schwankte kurz, ob er einbiegen sollte. Von Rechts wegen müsste er Gerd Fechner davon in Kenntnis setzen, dass er die Steinplatten im Chorraum aufgenommen und unter der Treppe zur Orgelempore verwahrt hatte. Immerhin war es seine Firma gewesen, die die Platten neu verlegt hatte. Zudem war Fechner Vorsitzender des Kirchenvereins. Er würde sich stark wundern, wenn er die Kirche betrat und den aufgerissenen Fußboden sah. Doch der Bauunternehmer hatte momentan andere Probleme, Richard wollte ihn jetzt äußerst ungern behelligen. Am besten, er beredete die Angelegenheit heute Abend mit dem Pastor, wenn dieser Jette von der Fähre zurückbrachte. Außerdem sollte er viel dringender jemand anderen benachrichtigen.

Dass die Zeitkapsel mit Susanne Ortlepps Tod in einem Zusammenhang stand, war eine zu naheliegende Erklärungsmöglichkeit, um sie zu ignorieren. Der Anruf bei Mulsow war längst überfällig. Trotzdem schob Richard ihn immer weiter hinaus. Dabei gab es keine Notwendigkeit, auf Jettes Rückkehr zu warten, um sie vor allen anderen von der Neuigkeit zu unterrichten. Gleichgültig, wie sich die Ausstellung über Döbler auf ihr Leben in Hollvitz auswirken mochte: Er konnte der Polizei den Fund der Kapsel nicht vorenthalten. Es änderte also nichts, ob er Jette vor vollendete Tatsachen stellte oder nicht.

Und wieso zögerte er dann?

Sein Laptop stand noch auf dem Küchentisch. Während der Computer hochfuhr, ging Richard ins Schlafzimmer, warf das Sakko aufs Bett und kippte die Fenster an. Er war halb durch die Tür, als er sich noch einmal umdrehte. Sein Koffer stand offen. Er hatte ihn heute Morgen zugeklappt. Oder doch nicht? Er machte ein paar Schritte zurück. Starrte den Koffer an. Boxershorts, Socken, ein neues Hemd. Das hatte er nach dem Duschen herausgenommen. Und dann? Was war mit dem Kofferdeckel? Hatte er ihn nicht gleich anschließend hinuntergeklappt …

Schluss jetzt! Er sah schon Gespenster.

In der Küche goss sich Richard ein Glas Wasser ein und setzte sich vor den Laptop. Jettes E-Mail war längst in seinem Postfach eingegangen. Er klickte auf die Datei im Anhang. Das Dokument öffnete sich ohne Probleme. Wie von Jette angekündigt, war es der Auszug über Herbert Klawitters Begräbnis, das Mitte der Achtziger stattgefunden hatte. Richard studierte den Eintrag, konnte diesem aber nur die üblichen Angaben über den Toten entnehmen. Es würde Jette mit dem Sohn kaum weiterhelfen. Nichtsdestotrotz sollte er ihr das versprochene Foto schicken.

Er nahm sein Handy und fotografierte den Bildschirm ab. Danach prüfte er, ob das Foto auch scharf genug war, falls Jette es sich per Zoomfunktion vergrößerte. Alles war gut leserlich: Name, Anschrift, Familienstand, Geburtsort, Geburtsdatum, Sterbe… Richard stoppte. Schaute zurück in die Spalte, in der Herbert Klawitters Geburtsort eingetragen war:

Dömitz. *Dömitz?* Hatte er den Namen nicht erst dieser Tage gehört? Richard trommelte mit den Fingern auf die Tischplatte. Durchforstete sein Gedächtnis. Ja, jetzt erinnerte er sich. Pastor Lüdtke hatte Dömitz erwähnt. Susanne Ortlepp wollte dort im Sommer zugunsten ihrer Stiftung ein Benefizkonzert geben. Dömitz lag in ihrem Heimatwahlkreis, und ihr Vater Werner Raabe stammte von dort. Purer Zufall? Oder kannte Ruth Klawitter die Tote doch besser, als sie zugab?

Er öffnete die Suchmaschine auf seinem Laptop und ging auf Susanne Ortlepps Homepage. Unter der Rubrik »Mein Wahlkreis« waren auch Informationen über Dömitz aufgeführt. Eine Kleinstadt mit knapp dreitausend Einwohnern, in der vermutlich eine Familie die andere kannte. Aber was hieß das schon? Sie musste nicht zwingend dort gelebt haben oder wie ihr Vater aus Dömitz stammen. Richard klickte auf die Vita. Suchte nach Susanne Ortlepps Wohnsitz. Nichts. Auch im Impressum war nur die Anschrift des Landesverbandes ihrer Partei angegeben.

Er nahm einen Schluck Wasser und schaute als Nächstes die Beiträge auf der Startseite an. Einige hatte Richard bereits am Sassnitzer Bahnhof überflogen, als er die Denkmalpflegerin gegoogelt hatte. Der Artikel über ein Kulturprojekt, für das sie die Schirmherrschaft übernommen hatte. Die Beiträge über ihre Stiftung und das in ihrem Wahlkreis liegende Biosphärenreservat Flusslandschaft Elbe an der ehemaligen innerdeutschen Grenze, das sie unterstützen wollte. Etwas regte sich in seinem Kopf. Eine Frage, die er gestellt und die Gerd Fechner beantwortet hatte.

Wissen Sie, in welcher Grenzregion die Klawitters gelebt haben? Irgendwo an der Elbe.

Richard ging zurück auf die Rubrik »Mein Wahlkreis« und las sich die Informationen über Dömitz nun gründlicher durch. Tatsächlich. Herbert Klawitters Geburtsstadt lag im ehemaligen Grenzgebiet an der Elbe. Es wäre also durchaus vorstellbar, dass die Familie Klawitter am 3. Oktober 1961 aus Dömitz zwangsausgesiedelt wurde. Die Stadt, die heute zu Susanne Ortlepps Wahlkreis gehörte und aus der ihr Vater kam. Das alles musste natürlich in keiner Beziehung zueinander stehen. Zumal Susanne Ortlepp laut ihrer Vita zu einem wesentlich späteren Zeitpunkt geboren worden war. Dennoch. Richard glaubte nicht an pure Zufälle.

27

»Das wäre wirklich nicht nötig gewesen, Professor Gruben.« Es war bereits das dritte Mal, dass Ruth Klawitter diesen Satz sagte, als sie vor Richard eine geblümte Kaffeetasse hinstellte. Entweder, weil es ihr unangenehm war, dass er sich extra ihretwegen in die Siedlung bemüht hatte. Oder – was er für wahrscheinlicher hielt –, weil seine erneute Gegenwart in ihrem Wohnzimmer sie nervös machte.
»Zucker? Milch?«, fragte sie.
»Für mich nicht, danke.«
»Dann wenigstens ein paar Kekse dazu.« Die gedrungene Gestalt in Kittelschürze eilte in die Küche.
Nervös. Ohne Frage. Dabei hatte er ihr noch nicht einmal gesagt, worum es ging. Nachdem Richard bei Ruth Klawitter geklingelt und Blumenerde und Gartenbesteck vom Auto in einen Schuppen auf dem Hof getragen hatte, hatte er darum gebeten, kurz ins Haus kommen zu dürfen. Ihr Nicken war ohne Zögern gewesen, doch jetzt wurde die alte Dame von Minute zu Minute unruhiger. Was seinem Ansinnen nicht gerade zuträglich war.
Richard lehnte sich, den Bart kratzend, auf dem Sofa zurück. Ähnlich wie bei seinem Besuch vor einigen Tagen war er etwas ratlos, wie er sein Anliegen zur Sprache bringen sollte. Schließlich hatte Ruth Klawitter selbst mit ihrem Nachbarn und Vermieter erst ein einziges Mal über ihre Zwangsaussiedlung gesprochen. Und dass Jette einen Auszug aus dem Bestattungsbuch ihres Ehemannes angefordert hatte, in dem als Geburtsort Dömitz eingetragen war, wollte Richard ihr nicht unbedingt sagen. Auch wenn die Sperrfrist abgelaufen und die Einsichtnahme somit gesetzlich legal war, würde sie darüber vielleicht nicht erbaut sein. Doch er konnte eh noch eine Weile über den richtigen Aufhänger nachdenken. Hinter Ruth Kla-

witter kam nun auch Gerd Fechner ins Wohnzimmer. Seine Gesichtsfarbe wetteiferte mit dem Grau seines Poloshirts, und ein dunkler Bartschatten bedeckte Wangen und Kinn. Fechner sah aus, als hätte er heute Nacht ebenfalls kein Auge zugetan. »Ich weiß nicht, wo Florian ist«, sagte die Seniorin, ohne sich nach ihm umzudrehen. »Tut mir leid.«

Der Bauunternehmer deutete einen flüchtigen Gruß in Richards Richtung an. »Wann war Florian denn zuletzt bei Ihnen, Frau Klawitter?«

»Gestern Abend. Wir haben mit Nele Karten gespielt. Bis kurz vor zehn. Dann sind die beiden gegangen.« Sie setzte den Keksteller auf dem Tisch ab und fügte leise an Richard gewandt hinzu: »Nelchen hat heute schulfrei. Darum durfte sie länger aufbleiben.«

»Ha! Für Kinderspiele hat der Bengel Zeit, aber wann er zu arbeiten hat, weiß er nicht«, echauffierte sich Fechner jetzt lautstark. »Ich habe echt die Faxen dicke. Wenn er so weitermacht, kann er sein Wigwam bald woanders aufstellen.«

Ruth Klawitter erschreckte. »Was? Das geht doch nicht.«

»Und ob das geht. Noch hab ich hier das Sagen.«

»Aber … wo soll er … wie soll ich …«

Als sie hilfesuchend zu Richard schaute, schien sich Fechner seines aufbrausenden Tons bewusst geworden zu sein. Er legte ihr seine massige Hand auf die Schulter. »Na, na, Frau Klawitter, beruhigen Sie sich! Sie kennen mich doch. Um mich zu verprellen, muss Florian schon andere Geschütze auffahren.«

Es wirkte offenbar. Trotz des Zitterns in der Stimme lächelte sie, als sie drohend den Zeigefinger hob. »Jagen Sie mir nie wieder solch einen Schrecken ein, Herr Fechner. Sonst überlege ich es mir am Ende noch anders.«

»Überlegen? Was denn?«

Ruth Klawitter plumpste in ihren Ohrensessel und zeigte über Richards Kopf hinweg auf die Wand. »Herberts Bild. Ich verkaufe es Ihnen.«

Fechner blieb für Sekunden sprachlos. »Ernsthaft?«

»Sicher doch. Oder wollen Sie es nicht mehr?«

»Selbstverständlich will ich es noch. Aber woher der plötzliche Sinneswandel?«

»Bedanken Sie sich bei Professor Gruben.«

Richards Augenbrauen gingen nach oben. »Eigentlich hatte ich Ihnen zu etwas anderem geraten.«

»Ich habe Timo angerufen. Er will es nicht. Was soll man da machen?« Es klang resigniert, aber nicht übermäßig traurig.

»Schlecht für Ihren Enkel. Gut für mich.« Fechner betrachtete verklärt die Flusslandschaft über dem Sofa. »Freilich, es ist bloß die Elbe und nicht die Eider in Schleswig-Holstein, aber es weckt schöne Erinnerungen an meine alte Heimat.«

»Das Gemälde zeigt die Elbe?«, nutzte Richard die Vorlage und beugte sich zu Ruth Klawitter vor.

»Ganz richtig. Das ist die Elbtalaue bei Dömitz.«

»Kennen Sie die Gegend?«

»Aber ja. Mein Mann und ich, wir stammen aus Dömitz.«

Richard wagte den nächsten Vorstoß. »Pastor Lüdtke erzählte mir, Susanne Ortlepps Vater käme auch von dort.«

»Darüber weiß ich nichts.« Bis auf ein Augenzucken zeigte Ruth Klawitters Gesicht keine Regung.

»Das stimmt. Ich erinnere mich«, mischte sich nun Fechner ein und löste den Blick vom Ölgemälde. »Frau Ortlepp hat mich und einige andere aus dem Verein auf ein Benefizkonzert angesprochen, das sie in Dömitz organisieren wollte. Und sie meinte, sie wäre dort aufgewachsen. Der Vater lebt noch immer in Dömitz, wenn ich das richtig behalten habe.«

»Mag sein«, erwiderte Ruth Klawitter desinteressiert. Nahm den Keksteller und forderte Richard auf, sich zu bedienen.

Fechner redete ohne Unterlass weiter. »Das ist dieser Politiker, der in den Neunzigern im Schweriner Landtag saß. War damals recht bekannt. Mensch, wie heißt der gleich? Rath? Rabele? Nein, Raabe. Werner Raabe.«

Der Teller fiel scheppernd auf den gefliesten Sofatisch. Kekse flogen über den Rand und verteilten sich auf Tisch und

Teppichboden. Ruth Klawitter war wie zur Salzsäule erstarrt. Nur die Pupillen in den trüben Augen flackerten. Während Fechner mit offenem Mund dastand, versuchte Richard, ihren Blick einzufangen. »Frau Klawitter? Woher kennen Sie Werner Raabe?«

Sie blieb völlig regungslos, als hätte sie ihn nicht gehört.

»Frau Klawitter?«, sprach er sie abermals an. »Was ist mit Susanne Ortlepps Vater?«

Wieder keine Reaktion. Erst als Fechner einen Schritt auf sie zumachte, erwachte die alte Frau aus ihrer Starre. Mit einer Handbewegung zeigte sie ihm an, Abstand zu halten. Dann drehte sie den Kopf und schaute zur Fotogalerie über der Anrichte. Ihre Stimme war leise, aber vollkommen klar. »Werner Raabe hat unseren Siggi erschossen.«

Richard wusste später nicht mehr, wie lange er das farblose Porträt des Jungen an der Wand angestarrt hatte, als er Fechner entsetzt fragen hörte: »Was sagen Sie da?«

Ruth Klawitter blickte ihren Nachbarn an. »Er hat unseren Sohn erschossen.«

»Erschossen?« Fechner, der bis eben gestanden hatte, ließ sich neben Richard auf dem Sofa nieder. »Ich dachte immer, ihr Sohn wäre vom fahrenden Trecker gestürzt und überrollt worden.«

»Etwas mussten wir doch erzählen. Über die wahren Umstände durften wir schließlich nicht reden.«

»Man hat es Ihnen verboten? Wer denn?«

»Dieselben Leute, die uns gezwungen haben, unser Zuhause zu verlassen.«

»Sie sprechen von Ihrer Zwangsaussiedlung«, sagte Richard mehr feststellend als fragend.

Ruth Klawitters Blick rutschte weg, auf die runzligen, braun gefleckten Hände, die auf dem Schoß ihrer Kittelschürze lagen. »Sie kamen am Morgen, kurz vor sechs. Ich hatte gerade in der Küche das Teewasser fürs Frühstück aufgesetzt, als draußen ein Höllenlärm losbrach. Ich wollte zum Fenster. Nachsehen, was vor sich geht, doch da haben sie schon an unsere Tür gehämmert. Herbert war noch gar nicht richtig angezogen. Trug nur Hose und Unterhemd, als er geöffnet hat.«

Sie legte eine Pause ein. Schluckte. »Drei Männer in Zivil standen vor der Tür, hinter ihnen zwei Lastwagen und bewaffnete Volkspolizisten. Einer der drei – ein Staatsanwalt – hat gesagt, man würde uns zu unserem eigenen Schutz aus dem Grenzgebiet bringen. Auf Rügen stünde für uns ein vollwertiger Wohnraum bereit, und mein Mann könnte dort eine neue Lehrerstelle antreten. ›Sie haben vier Stunden Zeit zum Packen‹ war alles, was wir auf unseren Protest zu hören bekamen.«

Sie schüttelte seufzend den Kopf. »Ich weiß nicht, wie Herbert und ich es überhaupt geschafft haben, irgendetwas zusammenzusuchen. Überall im Haus liefen fremde Menschen herum. Haben unsere Möbel und Sachen hinausgetragen und alles auf die Lkw im Hof verladen. Die Kinder haben ununterbrochen geweint. Siggi an meinem Rock und Britta auf Herberts Arm. Und die ganze Zeit wurden wir dabei von bewaffneten Polizisten umringt. Wir hatten so eine schreckliche Angst.«

Ruth Klawitter kämpfte nun mühsam um Beherrschung. »Irgendwann am späten Vormittag haben auch wir auf der Ladefläche gesessen. Britta und ich im vorderen Wagen, Herbert mit Siggi in dem dahinter. Ich habe durch das offene Heck geschaut und gewusst, dass wir unser Haus niemals wiedersehen werden. Mir standen die Tränen in den Augen. Doch es sollte noch schlimmer für uns kommen.«

Sie rang nach Luft, die Finger krampften sich um den bunten Kittelstoff. »Der Transport hat sich kaum in Bewegung gesetzt, da sehe ich auf einmal Siggi von der Ladefläche des anderen Wagens springen. Er fällt der Länge nach hin, rappelt sich aber gleich wieder auf und rennt mit seinen kurzen Beinchen los wie der Teufel. Direkt zum Haus zurück.«

»Und weshalb?«, platzte es aus Fechner heraus.

»Wir hatten in der ganzen Aufregung Edgar vergessen, Siggis Kaninchen. Das wollte er wohl holen. Mein Mann hat mir später erzählt, dass Siggi mit einem Mal ›Edgar‹ gesagt und sich aus seinem Arm losgerissen hätte. Ich habe geschrien. Gerufen, dass er stehen bleiben soll. Auch Herbert, der hinterhergesprungen ist, schreit. Doch Siggi läuft weiter. Hört einfach nicht auf uns. Herbert bekommt ihn schließlich an den Hosenträgern zu fassen, und dann ... und dann fällt ... der Schuss, und Siggi ...« Ihre letzten Worte wurden von einem Schluchzen erstickt.

»Ganz ruhig, Frau Klawitter!« Fechner wollte aufspringen. »Ich hole Ihnen ein Glas Wasser.«

Sie protestierte handwedelnd. »Nicht! Alles ... in Ordnung. Es geht gleich wieder.« Nach mehrmaligem Räuspern fuhr Ruth Klawitter fort. Ihre Stimme hörte sich jetzt gefasst, beinahe mechanisch an. »Noch ehe ich bei ihm gewesen bin, wusste ich, dass Siggi tot ist. Das viele Blut, wissen Sie. Auf seinem Pullover, am Boden unter seinem kleinen Körper, an Herberts Händen ... Die Kugel aus Werner Raabes Waffe hat ihn mitten in den Bauch getroffen.«

»Ich nehme an, Werner Raabe ist unter den Polizisten gewesen, die sie bewacht haben?«, hakte Richard in behutsamem Ton nach.

Sie nickte. »Er stammte aus Dömitz. Genau wie wir. War gerade frisch von der Polizeischule gekommen. Während des Abtransports hat Raabe vor unserer Haustür Posten bezogen, und als Siggi und Herbert aufs Haus zuliefen, hat er die Waffe hochgerissen und abgedrückt.«

Fechner schaute seine Nachbarin mit schmalen Augen an. »Sie wollen doch nicht behaupten, Werner Raabe hätte vorsätzlich geschossen?«

»Ein Schuss mitten in den Bauch? Was würden Sie da denken?«

Ruth Klawitter sah aus, als ob sie ihren Nachbarn gehörig zusammenstauchen wollte. Aber ehe sie dazu ausholen konnte, fragte Richard einlenkend: »Was haben denn die damaligen Ermittlungen ergeben?«

»Ermittlungen?« Ein gequältes Lächeln erschien auf dem faltigen Gesicht. »Gegen Werner Raabe wurde nicht ermittelt. Die von ganz oben haben Siggis Tod rigoros unter den Teppich gekehrt. Wie hätte es denn ausgesehen, wenn die Öffentlichkeit erfahren hätte, dass ein Volkspolizist ein Kind erschossen hat? So etwas durfte es in der DDR schließlich nicht geben. Noch am gleichen Tag wurden wir angewiesen, mit niemandem über das Geschehene zu sprechen und den Tod unseres Sohnes mit einem tragischen Unfall zu erklären.« Sie schaute wieder zu der Fotogalerie an der Wand. »Man hat uns sogar verweigert, Siggi auf Rügen beisetzen zu lassen. Es hätte viel zu viel Aufsehen erregt, wären wir mit einem toten Kind auf der Insel angekommen. Wir mussten Siggi in Dömitz beerdigen. Nicht einmal ein Grab zum Trauern haben wir in der Fremde gehabt.«

Daher also fehlte im Kirchenbuch der Eintrag über Sigmar Klawitters Bestattung, dachte Richard im Stillen.

»Anfangs haben wir uns natürlich nicht an die Anweisungen gehalten«, erzählte Ruth Klawitter weiter. »Vor allem Herbert nicht. Er hat jeden Tag bei den Behörden vorgesprochen und eine polizeiliche Untersuchung gefordert. Doch man hat uns sehr schnell mundtot gemacht. Mein Mann durfte nicht mehr als Lehrer arbeiten, stattdessen wurde ihm die Hausmeisterstelle im Kinderheim zugewiesen. Ich selbst als ausgebildete Krankenschwester musste einen Job in der Fischfabrik in Sassnitz annehmen. Herbert hat trotzdem keine Ruhe gegeben. Als man ihm schließlich mit Gefängnis drohte, habe ich ihn angefleht, damit aufzuhören. Was er auch getan hat.«

»Was war nach dem Mauerfall? Haben Sie da eine Untersuchung angestrebt?«, fragte Richard.

»Nein.«

»Wieso denn nicht?« Fechner blickte verblüfft zwischen Ruth Klawitter und Richard hin und her. »Nach der Wende hätten Sie doch endlich die Möglichkeit gehabt, ein faires Ermittlungsverfahren zu erwirken.«

»Nun, meine Töchter und die wenigen, die die Wahrheit kannten, haben mich damals auch gedrängt, etwas zu unternehmen. Aber Werner Raabe war inzwischen ein bekannter Politiker. Er hatte sich seinerzeit sehr um die Einheit Deutschlands verdient gemacht und genoss ein hohes Ansehen in der Öffentlichkeit.« Sie hob die Hände. »Ich hatte einfach kein Vertrauen mehr. Weder in die eine noch in die andere Regierung. Hätte man mich wieder abgewiesen, wäre es mir vorgekommen, als hätte man mir Siggi ein zweites Mal genommen. Dafür fehlte mir nach so vielen Jahren die Kraft. Das hätte ich nicht durchgestanden.«

»Gut. Das verstehe ich ja vielleicht«, sagte Fechner. »Aber Sie mussten doch jetzt nicht mehr die Lüge aufrechterhalten, Ihr Sohn wäre vom Trecker gefallen. Dass Siggi bei der Zwangsaussiedlung zu Tode gekommen ist, hätten Sie mir doch erzählen können.«

»Und dann, Herr Fechner? Hätten Sie mich nicht unentwegt bedrängt, an die Öffentlichkeit zu gehen, wie alle anderen auch?« Als der Bauunternehmer nicht antwortete, schüttelte sie langsam den Kopf. »Nein, mit der Lüge lebte es sich leichter.«

»Bis Susanne Ortlepp an Ihrer Tür geklingelt hat.« Richard suchte Augenkontakt zu Ruth Klawitter. »Was ist an jenem Nachmittag vorgefallen?«

Im ersten Moment glaubte er, sie wolle der Frage ausweichen, als sie sich vorbeugte und die verstreuten Kekse zurück auf den Teller legte. Doch dann begann sie zu erzählen: »Frau Ortlepp war zunächst ein wenig aufgewühlt, weil Seifert sie an meinem Gartentor so heftig beschimpft hatte. Aber nach einer Tasse Tee hatte sie sich gefangen, und ich habe ihr Herberts Kiste aus der Zeit zwischen den Kriegen herausgesucht, für die sie sich interessiert hat. Wir haben uns ausgesprochen nett unterhalten. Über ihre Arbeit als Denkmalpflegerin und über Herberts Sammelleidenschaft. Und während wir so am

Plaudern sind, zeigt Frau Ortlepp urplötzlich auf Herberts Bild und fragt mich, ob das die Elbe ist. Genau wie Sie eben. So kam eins zum anderen. Und als ich höre, dass sie in Dömitz aufgewachsen ist, habe ich zwangsläufig nach ihrer Familie gefragt. Sie hat gelächelt und gemeint: ›Mein Vater ist Werner Raabe. Den kennen Sie vielleicht.‹«

Ruth Klawitter atmete scharf aus. »Können Sie sich vorstellen, wie ich mich in diesem Moment gefühlt habe? Die Tochter des Mannes, der mein Kind getötet hat, sitzt quietschfidel vor mir und lacht mich an … Da ist alles aus mir herausgebrochen. Susanne Ortlepp hat nur still dagesessen und zugehört. Irgendwann habe ich sie angeschrien, dass sie aus meinem Haus verschwinden soll. Sie ist sofort gegangen, war völlig fertig. Hat nicht einmal das olle Ding mitgenommen.«

»Frau Klawitter«, Richard sah sie eindringlich an, »was genau hat Susanne Ortlepp nicht mitgenommen?«

Sie zuckte zusammen. »Wie?«

»›Das olle Ding.‹ Was meinten Sie damit?«

Die Antwort kam nach einem kurzen Zögern. »Die Kapsel.«

»Was denn für eine Kapsel?«, fragte Fechner verdattert.

»Eine Zeitkapsel«, sagte Richard knapp und wandte sich augenblicklich wieder an Ruth Klawitter. »Wissen Sie, wo Frau Ortlepp sie herhatte?«

Erneut zögerte die Seniorin mit der Antwort. Zu lang, wie Richard fand.

»Nein, das hat sie nicht gesagt. Sie meinte nur, dass sich eine Zeichnung von diesem Döbler in der Kapsel befunden hätte und sie deshalb auf der Suche nach Fotos von ihm in Hollvitz war.«

»Wer in Gottes Namen ist Döbler?« Das Fragezeichen in Fechners Gesicht wurde immer größer.

»Ein Architekt. Erkläre ich Ihnen alles später.« Richard schaute Ruth Klawitter an und deutete auf den Karton, der wie bei seinem letzten Besuch auf der Anrichte stand. »Wenn Sie von der Zeitkapsel und Döbler wussten: Warum haben Sie mir dann weisgemacht, Frau Ortlepp hätte sich für Rechlin interessiert?«

»Was sollte ich denn machen? Hätte ich die Kapsel erwähnt, hätten Sie mich gelöchert, wo sie abgeblieben ist. Aber das konnte ich Ihnen nicht sagen. Dann wäre doch alles rausgekommen. Wer die –« Sie stockte.

»Ja? Wer die ...?«

»Na, wer die Falle ausgelegt hat und wer Frau Ortlepp –«

»Was?«, unterbrach Fechner sie konsterniert. »Sie wussten von dem Tellereisen?«

»Ich wollte bloß meine Enten schützen«, jammerte sie. »Die Küken waren doch gerade geschlüpft. Und Sie wissen selbst, wie oft der Marder in der letzten Zeit in meinem Stall geräubert hat. Außerdem hatte ich keine Ahnung, dass die Falle für Menschen so gefährlich sein kann. Sonst hätte ich ja niemals meine Einwilligung gegeben, das Tellereisen auszulegen. Doch er ... er wusste es. Und dann hat er die arme –«

»Von wem sprechen Sie?«, fiel Fechner ihr wiederholt ins Wort.

Aber Ruth Klawitter schlug nur kopfschüttelnd die Hände vors Gesicht.

»Frau Klawitter, es ist wirklich wichtig«, sagte Richard, bemüht um einen beruhigenden, aber gleichzeitig beschwörenden Ton. »Sehr wahrscheinlich steckt der Fund der Zeitkapsel hinter Susanne Ortlepps Tod. Bitte sagen Sie, was Sie wissen.«

Nach endlosen Sekunden der Stille legte sie die Hände in den Schoß und sagte: »Er ist zu mir gekommen, kurz nachdem Frau Ortlepp weg war. Ich war noch immer außer mir. Hab am ganzen Körper gezittert und kaum Luft bekommen. Er wollte sofort wissen, was los ist, und ich habe ihm alles erzählt. Von unserer Zwangsaussiedlung und Siggis Tod, von Raabe und seiner Tochter. Und dass ich Angst hätte, sie würde wiederkommen. Dann hat er die Kapsel auf dem Sofa gesehen, die Frau Ortlepp dort vergessen hatte. Er hat sie an sich genommen und zu mir gesagt: ›Susanne Ortlepp wird Sie nie mehr belästigen.

Ich kümmere mich darum. Versprochen.‹ Ich war so erleichtert. So dankbar, dass er dafür sorgen wollte, dass diese Person aus meinem Leben verschwindet.« Ruth Klawitter schluckte angestrengt. »Sie ist aber nicht weggeblieben. Zwei Tage darauf klingelte sie wieder an meiner Tür. Mich hätte fast der Schlag getroffen.«

»Haben Sie ihr geöffnet?«, setzte Richard nach.

»Natürlich nicht. Und selbst wenn, ich wäre gar nicht fähig dazu gewesen.«

»Und danach?«, fragte Fechner.

»Danach?«

»Ja. Was ist dann passiert?«

Ihre Augen glitten unruhig durchs Zimmer, bis sie beim Fenster verharrten. Die Stimme war kaum mehr als ein Flüstern. »Dann ist er mit ihr zum Gehege rauf … sein Versprechen einlösen. Aber …«, Ruth Klawitter rang hilflos die Hände, »… ich habe mir doch niemals ihren Tod gewünscht.«

»Frau Klawitter, wer immer bei Ihnen gewesen ist, hat sich Ihre Geschichte nur zunutze gemacht.« Richard rutschte immer unruhiger auf dem Sofa hin und her. »Bitte!«, drängte er. »Wer wusste noch von der Zeitkapsel?«

Es dauerte, ehe sie den Blick vom Fenster abwandte, ihre krummen Schultern straffte und sagte: »Pastor Lüdtke. Und jetzt gehen Sie, bitte. Ich möchte allein sein.«

28

»Donnerwetter!« Gerd Fechner tupfte sich mit einem karierten Taschentuch Schweißperlen von der Stirn. »Unsere Werkssiedlung und ein Bauhäusler!«

Die Männer waren bei Richards Wagen angekommen. Auf dem Weg nach draußen hatte Richard den Bauunternehmer im Schnelldurchlauf über seine Grabungsaktivitäten in der Kirche, die Zeitkapsel und Franz Döbler ins Bild gesetzt, während er nebenher versucht hatte, Jette auf dem Handy zu erreichen. Zwar hörte er ein Freizeichen, aber schließlich meldete sich doch nur ihre Mailbox. Er versuchte es erneut. Das gleiche Spiel.

Richard sah fragend zu Fechner. »Die Handynummer vom Pastor, haben Sie die?«

Aber Fechner war wegen der Neuigkeit noch immer völlig aus dem Häuschen. »Ich kann es nicht fassen! Da denkt man all die Jahre, Rechlin –«

»Herr Fechner! Pastor Lüdtkes Nummer!«

»Ja, ja. Kriegen Sie doch.« Er ließ das Taschentuch in der Hose verschwinden, fischte sein Telefon heraus und suchte nach der Nummer. »Hier. Null eins …« Fechner blickte hoch. »Sie können gern meins benutzen. Geht schneller.«

»Danke.« Richard drückte die entsprechende Taste. Wartete. »Ihr gewünschter Gesprächspartner ist im Moment …«

»Verflucht!«

»Was um Himmels willen ist eigentlich los?«, fragte Fechner, als Richard ihm das Handy zurückreichte.

»Frau Herbusch ist zusammen mit Pastor Lüdtke auf Bornholm.«

»Und? Wieso deshalb die Aufregung? … Sekunde mal! Sie denken nicht wirklich, unser Pastor hätte etwas mit Frau Ortlepps Tod zu tun? Das ist völlig absurd.« Fechners Miene nahm einen skeptischen Zug an. »Welchen Grund sollte er haben?«

Richard zuckte die Achseln. »Das Besucherzentrum? Vielleicht war es ihm ein Dorn im Auge.«

»Frau Ortlepp hatte das Besucherzentrum also für Döbler angedacht?«

»Das ist anzunehmen.«

»Aber unsere Kirche würde von einer Ausstellung profitieren. In jeglicher Hinsicht«, meinte Fechner. »Wieso hätte sich der Pastor daran stören sollen?«

»Was weiß ich?«, erwiderte Richard ungeduldig. »Tatsache ist, Lüdtke war von der Idee nicht begeistert, und er wusste von der Zeitkapsel. Deshalb würde ich mich erheblich besser fühlen, wenn ich endlich Jette erreiche.«

»Immer mit der Ruhe.« Fechner hob die Hände. »Warum sind die beiden denn überhaupt auf Bornholm?«

»Ersatz für die Kalksteinplatten holen, die beim Umsetzen von Jettes Gerüst gerissen sind.«

»Ah, genau.« Fechner fing wieder an, auf seinem Handy herumzutippen. »Die Reserveplatten lagern bei Albrecht auf Bornholm ein, Lüdtkes Jugendfreund. Dann lassen Sie uns doch im Kontor anrufen.«

»Sie haben die Nummer in Ihrem Telefonspeicher?« Richard war verwundert.

»Albrechts Kontor handelt mit historischen Baumaterialien, und ich bin in der Denkmalpflege tätig. Man kennt sich eben in der Branche.«

Fechner hielt sich das Handy ans Ohr, und es dauerte nicht lang, bis der Bauunternehmer jemanden in der Leitung hatte. »Gerd Fechner hier. Guten Tag, Frau Albrecht ... Genau, der Baubetrieb aus Hollvitz. Wie geht es Ihnen?«

Richard verdrehte die Augen, worauf Fechner den Zeigefinger in die Luft streckte, um zu signalisieren, dass er gleich zum Punkt kommen würde.

»Das freut mich zu hören. Ist Ihr Mann auch im Kontor? ... Mmh ... Ja ... Verstehe. Könnten Sie Frau Herbusch etwas ausrichten?«

Richard riss die Augen auf, erntete anstelle einer Antwort jedoch erneut den erhobenen Finger.

»Sie möchte bitte Professor Gruben anrufen … Gruben, richtig. Es ist dringend … Vielen Dank, Frau Albrecht … Ihnen auch. Auf Wiederhören.«

»Weiß sie, wo Jette ist?«, drängte Richard, kaum dass Fechner aufgelegt hatte.

»Frau Herbusch und der Pastor sind im Kontor. Draußen im Hof, gemeinsam mit Albrecht. Frau Albrecht muss nur noch einen Kunden abkassieren, dann geht sie raus und gibt Ihrer Freundin Bescheid. Sie können vollkommen entspannt sein.«

Das dürfte erst eintreten, wenn er mit Jette gesprochen hatte. Trotzdem spürte Richard Erleichterung.

Fechner steckte das Handy ein. »Fahren Sie zurück ins Dorf?«

Richard nickte. »Hatte ich vor.«

»Ich würde mir gern anschauen, wo Sie die Zeitkapsel ausgegraben haben.« Er wies zum Bauhof. Kein einziges Auto war dort geparkt. »Unser Vorarbeiter ist mit dem Pick-up unterwegs. Nehmen Sie mich mit?«

»Aber sicher. Es kommt mir ohnehin sehr gelegen, wenn wir uns zusammen vor Ort umsehen. Sollte ich nämlich beim Aufnehmen der Platten etwas beschädigt –«

»Das vergessen Sie jetzt mal.« Fechner ließ eine nachsichtige Geste folgen. »Lassen Sie uns fahren.«

Kurz darauf saßen sie im Auto und fuhren den Kolonnenweg in Richtung Dorf. Auf halber Strecke schüttelte Fechner erschüttert den Kopf. »Ich komm nicht drüber weg. Das Bauhaus in unserem beschaulichen Hollvitz! Wer hätte das für möglich gehalten? Ich muss die Kapsel unbedingt mit eigenen Augen sehen, vor allen Dingen Döblers Zeichnung.« Fechner warf Richard einen Blick zu. »Ich gehe stark davon aus, Sie haben sie längst der Polizei ausgehändigt?«

»Gleich heute Morgen«, log Richard nach einigen Sekunden des Abwägens. Bisher war es reine Spekulation gewesen, dass die Denkmalpflegerin von der Zeitkapsel gewusst hatte.

Mulsow hätte noch zähneknirschend darüber hinweggesehen, wenn Richard ihm seine Entdeckung bis zu Jettes Rückkehr vorenthalten hätte. Doch nach dem, was sie nun von Ruth Klawitter erfahren hatten, war die Zeitkapsel fraglos ein wichtiges Detail im Fall Susanne Ortlepp. Möglicherweise sogar ein Beweisstück. Ab jetzt sollte sie – abgesehen von der Polizei – niemand mehr in die Hände nehmen. Und so wie er Fechner einschätzte, hätte dieser keine Ruhe gegeben, sobald er gehört hätte, dass sich die Kapsel noch im Küsterhaus befand.

Die Bestätigung kam prompt.

»Bedauerlich, wirklich bedauerlich. Ich hätte zu gern noch einen Blick darauf geworfen. Wer weiß, wann sich mir nun die nächste Gelegenheit dazu bietet? Die Polizei wird die Kapsel garantiert eine ganze Weile unter Verschluss behalten.«

Fechner gab einen tiefen Seufzer von sich, ehe er die Hände vor die Brust hielt und beteuerte: »Was selbstverständlich nicht als Vorwurf an Sie gemeint ist, Professor Gruben. Sie haben vollkommen richtig gehandelt.«

Richard ließ das unkommentiert und war froh, dass etwas anderes Fechners Aufmerksamkeit erregte, als sie die Parkplätze an der Friedhofsmauer ansteuerten.

»Ha! Hier steckt der Bengel also!«

Richard stellte den Motor aus und folgte dem aufgebrachten Blick des Bauunternehmers. Am Kirchturm erkannte er Florian Wenzels schlaksige Gestalt. Fechners Angestellter lehnte in der offenen Tür, hinter der sich der Treppenaufstieg zum Turm befand, und rauchte. Auf dem Weg hüpfte Nele Jacobi in einem hellen Sommerkleid herum. Ihren Bewegungen nach zu schließen, spielte sie Himmel und Hölle.

»Na, der kann sich warm anziehen«, grummelte Fechner und riss die Beifahrertür auf. Richard stieg ebenfalls aus und blickte besorgt auf seine Uhr. Gute fünf Minuten war der Anruf im Baustoffkontor jetzt her. So langsam könnte sich Jette mal melden.

Als Richard den Friedhof betrat, war Gerd Fechner fast

beim Kirchturm angelangt. »Ich bezahl dich nicht fürs Kinderhüten!«, herrschte er seinen Mitarbeiter an. Wenzel hatte sich vom Türrahmen gelöst und stand unweit des Mädchens, das weiter vor sich hin hüpfte. Er hielt die Arme ausgestreckt, die Handflächen nach oben, und schien sich seinem Chef zu erklären. Doch er sprach leise, sodass Richard ihn wegen der Entfernung nicht verstehen konnte. Fechners Stimme donnerte dafür umso lauter über die Grabreihen.

»Aber das sehe ich doch … Hä? … Wie bitte? Im Chorraum sind wir schon seit Monaten fertig … Wer hat dir denn diesen Schwachsinn erzählt? Und woher hast du überhaupt den Schlüssel?«

Richards Handy meldete sich. *Gott sei Dank*. Sein Herz tat einen erleichterten Sprung. Doch beim Blick auf das Display fühlte er schlagartige Ernüchterung. Der Anrufer war Mulsow.

»Hallo Bert!«

»Wer in aller Welt schreit da so rum?«, fragte der Polizist, ohne die Begrüßung zu erwidern. Richard hatte in der Zwischenzeit zu Fechner aufgeschlossen, und der Bauunternehmer machte seinem Ärger noch immer lautstark Luft.

»Bin unterwegs«, gab er lapidar zur Antwort und drehte sich von Fechner weg. »Was gibt's?«

»Unser Termin morgen. Wir müssen ihn auf den Vormittag verschieben.«

»Kann ich dich gleich zurückrufen, Bert?«

Richard musste jetzt keine unnötigen Terminabsprachen treffen. Mulsow würde sich ohnehin umgehend auf den Weg nach Hollvitz machen, sobald er ihm von der Zeitkapsel und dem Gespräch mit Ruth Klawitter berichtet hatte. Doch das würde länger dauern, und im Augenblick wollte er nicht die Leitung für Jette blockieren. Bis er mit ihr gesprochen hatte, musste die Sache warten.

»Kein Problem. Bin die nächsten Stunden erreichbar … Ach, Richard?«

»Ja?«

»Frag Frau Herbusch mal, ob ihr in Hollvitz ein Tierpfleger untergekommen ist.«

»Ein Tierpfleger?«

»Oder jemand anderer, der in einem Zoo arbeitet. Kassierer, Tierarzt, Erlebnispädagoge. Ganz egal.«

»Was hat denn ein Zoo mit eurem Fall zu tun?«

»Das Tellereisen am Gehege ist Diebesgut. Es wurde vor circa achtzehn Monaten aus einem Bärenpark entwendet. Die Falle war ein Ausstellungsstück. Ihr Verbleib konnte nie geklärt werden. Die Kollegen vor Ort hatten damals –«

»Stopp, Bert! Hast du gerade ›Bärenpark‹ gesagt?«

»Genau, ein Bärenpark in Brandenburg. Wieso?«

Erst als Richard sich umblickte, wurde er sich der Stille auf dem Friedhof bewusst. Einzig die Hüpfgeräusche des Mädchens waren zu hören. Fechner und Wenzel hatten ihren Disput beendet und starrten ihn an. In Fechners Augen spiegelte sich Verwirrung, im Gesicht des jungen Mannes zeigte sich hingegen regelrechte Panik.

»Bist du noch dran?«, tönte es in Richards Ohr.

»Ich melde mich«, sagte er und legte auf, ohne Mulsows Erwiderung abzuwarten.

Eine beklemmende, nahezu bedrohliche Atmosphäre schwelte in der Luft. Wobei Gerd Fechner offenkundig keine rechte Ahnung hatte, woher die plötzliche Anspannung rührte.

»Was geht hier vor sich?« Fechners Blick wanderte zwischen Richard und Wenzel hin und her, bis er an seinem Angestellten hängen blieb. »Florian?«

Wenzel sagte keinen Ton. Mittlerweile war ihm die panische Angst auch körperlich anzusehen. Seine schmalen Lippen bebten, Arme und Beine schlackerten auffällig.

»Das eben war die Polizei«, gab schließlich Richard die Antwort, ohne Wenzel aus den Augen zu lassen. »Das Tellereisen stammt ursprünglich aus einem Bärenpark. Es wurde gestohlen. In der Zeit, als Sie dort einen Job als Nachtwächter hatten. Richtig?«

Wenzel nickte kaum merklich. »Ich wollte das Eisen verhökern. Bin damals knapp bei Kasse gewesen. Dann hatte ich aber plötzlich Schiss, dass sie mich drankriegen, und hab es behalten.«

»Das ist nicht dein Ernst!«, sagte Fechner entrüstet. »*Du* bist für das Ding am Gehege verantwortlich?«

»Der Marder hat dieses Frühjahr schon vier Entenküken geholt.« Wenzels Stimme hatte einen trotzigen Unterton angenommen. »Ich wollte Frau Klawitter nur helfen.«

Fechner zeigte Wenzel einen Vogel. »Mit einem Tellereisen? Hast du Hohlkopf gar nichts in der Birne?«

»Das Stallgebäude ist völlig marode. Die Tiere sitzen da wie auf dem Präsentierteller«, versuchte sich der junge Mann zu rechtfertigen. »Es hätte längst saniert werden müssen.«

Fechner explodierte. »Ach, nun bin ich auch noch schuld. Sag mal, geht's noch?«

»Ist doch wahr. Du kümmerst dich ja nicht um Frau Klawitters Belange.«

»So, ich soll mich also um Frau Klawitters Belange kümmern? Wie du, der die Ortlepp gleich mit in die Falle schickt, damit sie Ruhe vor ihr hat?«

Wenzel wurde blass. »Das war ein Unfall ...«

»Einen Unfall nennst du das? Willst du hören, wie ich –«

»Herr Fechner, bitte!«, sagte Richard, um den Mann etwas zu zügeln. »Ihr Gebrüll hilft hier überhaupt nicht.«

Fechners Wangen blähten sich auf, aber er schluckte, was immer ihm auf der Zunge lag, wieder herunter.

»Florian?«

Unbemerkt von den Männern war Nele Jacobi neben Wenzel aufgetaucht. Sie klang verunsichert. Das hitzige Wortgefecht hatte das Mädchen sichtlich erschreckt. Zaghaft zupfte sie an Wenzels Latzhose. »Komm! Du wolltest mir noch zeigen, wie die Hüpfschnecke geht.«

Doch er reagierte nicht. Starrte ins Leere.

Sie zog kräftiger. »Hörst du, Florian?«

»Lass ihn, Nele!« Fechner schob das Kind behutsam weg und nickte zu der Bank beim Kirchturm, an der ein pinkfarbenes Fahrrad lehnte. »Es ist besser, du fährst jetzt nach Hause.« Unentschlossen blickte sie erst Richard, dann wieder Wenzel an, bis sie Fechners Aufforderung nachkam und mit hängendem Kopf zur Bank schlich. Als Nele den Fahrradlenker greifen wollte, blickte sie zurück und rief mit verschüchterter Stimme: »Du kannst mir die Hüpfschnecke ja nachher noch zeigen, Florian.«

Mit einer blitzschnellen Drehung wandte Wenzel sich um und preschte auf die Bank zu. Es kam so unvermittelt, dass Fechner und Richard erst reagierten, als er das Mädchen am Arm packte und es zu der offen stehenden Kirchturmtür bugsierte.

»Scheiße!«, schnaufte Fechner, als sie sich in Bewegung setzten. »Ich hätte es wissen müssen. Der Bengel ist unberechenbar.«

Da hätte etwas weniger Polemik gutgetan, schob Richard in Gedanken nach. Aber er verkniff sich einen Kommentar. Es half momentan niemandem, Fechner wegen seines mangelnden Fingerspitzengefühls mit Vorwürfen zu bombardieren. Vor allem Nele Jacobi nicht, die in diesem Augenblick mit Wenzel durch die Tür entschwunden war.

Richard blickte zum Kirchturm empor. Hinter den länglichen, spitzbogigen Öffnungen in Höhe der Glockenstube waren Holzläden zu erkennen. »Was ist mit den Schallluken? Sind die verschlossen?«

»Nicht mit einem Schloss, wenn Sie das meinen. Man muss lediglich einen Riegel wegschieben, und schon sind sie auf.«

Die Männer hatten die Tür zum Kirchturm erreicht. Innen brauchte Richard einige Sekunden, bis er sich an das dämmrige Licht gewöhnt hatte. Er hob den Kopf. Sah jedoch nur auf eine hölzerne Zwischendecke. Aus einer quadratischen Luke in der linken Ecke fiel ein hellerer Schein auf eine Holzstiege. Fechner, der vorweggelaufen war, hatte bereits die ersten Stufen genommen. Richard stürmte hinterher. Als er den Kopf durch die Luke steckte, erkannte er im trüben Licht der elektrischen Beleuchtung den eigentlichen Turmaufstieg. Eine enge, voll gewendelte Holztreppe, die sich um ein offenes Auge gut fünfzehn Meter nach oben wand. Das Geräusch von eiligen Schritten hallte auf den Stufen wider.

»Florian!« Die Treppe ächzte unter dem Gewicht von Fechners massigem Körper. »Bleib stehen, verdammt noch mal!«

Das Gemäuer warf die Worte echoartig zurück, bis wieder hastiges Getrappel den Kirchturm erfüllte. Richard kletterte aus der Luke und nahm gleichfalls die Stufen nach oben. Fechner vor ihm keuchte lauthals, mit jedem Tritt wurde der Bauunternehmer merklich langsamer. Aber auch Richard spürte, dass ihm die Beine immer schwerer wurden. Eine steile, ellenlange Treppe hinaufzusprinten, kostete eben doch einiges mehr an Kraft, als einen flachen Waldpfad entlangzujoggen. Er schaute nach oben. Das Gebälk, in dem die gewaltige Bronzeglocke hing, war nur wenige Meter entfernt. Allzu viele Stufen konnten es nicht mehr sein.

Mit einem Mal streifte Sonnenlicht über die Mauerwände. *Die Schallluken.* Wenzel hat sie geöffnet, schoss es Richard durch den Kopf. Er hatte den Gedanken kaum realisiert, da prallte er gegen Fechner, der japsend hinter dem Treppenende stehen geblieben war. Richard drängte sich an ihm vorbei und betrat die brückenartige Galerie der Glockenstube. Trotz des warmen Schweißfilms auf seinem Rücken fühlte er einen Kälteschauer über die Haut jagen. Wenzel stand auf der kniehohen Brüstung der Schallluke. Mit der linken Hand krallte er sich an der Laibung fest, der andere Arm hielt Nele umklammert. Das Mädchen wirkte eher durcheinander als verängstigt. Was Richard nicht sonderlich erstaunte. Nele vertraute Wenzel und war sich der Gefahr nicht wirklich bewusst. *Noch nicht.*

»Komm sofort runter!«, stieß Fechner atemlos hervor.

Wenzel schüttelte heftig den Kopf. »Ich geh nicht in den Knast.«

»Diese bescheuerte Aktion wird dich aber auch nicht retten. Im Gegenteil. Da gibt's zum Mord locker noch ein paar Jahre obendrauf.«

»Das war ein Unfall«, schrie Wenzel. »Die Falle hat ich schon Wochen vorher ausgelegt. Da hatten wir die beknackte Kapsel doch noch gar nicht gefunden.«

»Sie und Frau Ortlepp haben die Zeitkapsel entdeckt?«, schaltete sich nun Richard ein. Fechners knallrotem Gesicht nach zu urteilen, stand der Mann kurz vor dem nächsten Wutanfall. Oder vor einem Kreislaufkollaps.

Wenzel nickte langsam. »Zusammen mit Pastor Lüdtke. Vor ein paar Tagen, unten in der Sakristei.« Er atmete mehrere Male kräftig durch, bevor er weiterredete. »Frau Ortlepp hat sich beim Pastor nach der Feuchtigkeitsmessung erkundigt. Als sie hörte, dass noch keine Messung veranlasst wurde, musste ich ein Loch in die Wand hauen. Das Fachwerk sah an einigen Stellen feucht aus, und sie hat sofort zum Telefon gegriffen und für den nächsten Tag einen Gutachter herbestellt. Aber dann hatte ich eine immer größere Öffnung freigelegt, und der Kupferzylinder kam zum Vorschein. Da war der Feuchteschaden nur noch Nebensache. Erst recht, als Frau Ortlepp gesehen hat, was in der Kapsel steckt. Die kriegte sich gar nicht wieder ein.«

»Weshalb denn?«, fragte Richard überflüssigerweise.

Aber solange Wenzel redete, verschaffte es ihnen einen Vorteil.

»In der Kapsel war eine Zeichnung der Siedlung. Irgendein Bauhaus-Architekt hat sie entworfen, und diese Ortlepp hat pausenlos davon gefaselt, wie unglaublich und sensationell das wäre. Und dass Hollvitz nun unbedingt ein Besucherzentrum bräuchte.« Wenzel wackelte theatralisch mit dem Kopf, dann hob er die Schultern. »Ich hab nicht kapiert, wieso die so ein Aufhebens darum gemacht hat. Mir sagte das alles rein gar nichts. Hat mich auch nicht weiter gekümmert. Bis sie mit der Kapsel abgezwitschert ist und Pastor Lüdtke meinte, ich hätte das Loch besser mal woanders reingeschlagen, dann müsste ich meine Jurte wegen der künftigen Besucher jetzt nicht abbauen.«

»Ich muss aufs Klo«, jaulte Nele auf.

Mit einer Körperdrehung versuchte sie, sich aus dem Klammergriff zu befreien. Vergeblich. Richard machte einen Schritt vor.

»Bleiben Sie weg!«, sagte Wenzel scharf.

Richard gehorchte. Breitete jedoch die Arme aus. »Lassen Sie das Kind los … bitte!«

»Ich tu ihr nichts«, blaffte er beleidigt. »Ich hab auch der Ortlepp nichts getan.«

Fechner ließ ein höhnisches Lachen hören. »Ja, sicher. Deshalb ziehst du hier auch diese Geiselnehmernummer ab.«

»Ich bin kein Mörder«, brüllte Wenzel. »Das war ein Unfall, Scheiße noch mal.«

Das Mädchen schluchzte laut auf.

Richard warf Fechner einen wütenden Blick zu.

»Ist ja gut.« Der Bauunternehmer hob die Hände. Dann schaute er Wenzel an und sagte beinahe sanft: »Florian, wenn es tatsächlich ein Unfall gewesen ist, hast du auch keine Konsequenzen zu erwarten. Keine Gefängnisstrafe zumindest. Vorausgesetzt, du lässt die Kleine auf der Stelle gehen. Verstehst du?«

Für eine Weile hörte man im Turm nur Neles leises Wimmern. Draußen gurrte eine Taube.

»Und der Brief?«, fragte Wenzel vorsichtig.

»Wovon redest du?« Fechners Irritation war unübersehbar.

»Von dem Brief, den ich an Frau Ortlepp geschickt habe.«

»Was hast du der denn geschrieben?«

»Na, dass sie vergessen soll, was sie gesehen hat, oder das Ansehen ihres Vaters wird Schaden nehmen. Und sie selbst kann ihre politischen Ambitionen dann für immer abschreiben.«

Fechners Gesichtszüge entgleisten. »Du hast die Frau *erpresst*?«

Sofort kehrte der angespannte Ausdruck in Wenzels Miene zurück. »Was blieb mir denn übrig? Pastor Lüdtke hat doch recht. Sobald der ganze Zirkus mit den Besuchergruppen losgeht, muss meine Jurte weg aus der Siedlung. Das dauerhafte Wohnen darin ist schließlich illegal.«

Entgegen Richards Erwartung schwieg Fechner. Vielleicht wurde ihm das potenzielle Ausmaß erst jetzt richtig bewusst.

Richard sah Wenzel an. »Hatten Sie kein schlechtes Gewissen?«

»Frau Ortlepp hat den Brief doch gar nicht mehr erhalten. Ich hab ihn eingeworfen, da war sie schon wieder auf dem Weg hierher.« Wenzel verzog den Mund. »Dabei hätte ich wissen müssen, dass die keine Zeit verstreichen lässt, so scharf wie die auf die Kapsel war.«

»Ich meinte, wegen Frau Klawitter.«

»Ruth? Wieso hätte ich wegen ihr ein schlechtes Gewissen haben sollen?«

»Sie haben sie für Ihre Zwecke eingespannt.«

»Ruth war einverstanden«, verteidigte sich Wenzel, doch es klang nur mäßig überzeugend. »Sie stand kurz vor einem Nervenzusammenbruch, als ich sie an dem Nachmittag gefunden habe. Also hab ich ihr versprochen, dass ich mich darum kümmern werde, dass Frau Ortlepp sie nie mehr belästigt. Sie hätte Ruth mit der Geschichte um ihren Vater und Siggis Tod nicht in Ruhe gelassen. Das weiß ich. Die konnte wie ein Terrier sein, wenn sie sich in was verbissen hatte. Und Ruth hatte eine höllische Angst, dass diese Ortlepp noch mal bei ihr aufkreuzt. Einer musste die Frau aufhalten.« Er deutete ein Achselzucken an. »Es war eben alles eine glückliche Fügung … Ihr Besuch bei Ruth, die Verbindung ihres Vaters zu den Klawitters, die Zeitkapsel, die sie später vergessen hat … Für Ruth und für mich.«

Richard hatte starke Zweifel, dass Ruth Klawitter von dem Erpresserbrief wusste, geschweige ihr Einverständnis dazu gegeben hätte. Doch das anzumerken, sparte er sich besser.

Wenzels linker Fuß ragte inzwischen bedrohlich weit über die Brüstung der Schallluke.

»Ihr Chef hat recht. Wenn Susanne Ortlepp einem Unfall erlegen ist, wird das Gericht Ihre Strafe allenfalls auf Bewährung aussetzen«, schoss Richard ins Blaue hinein. Er hatte weder eine Ahnung, was auf Erpressung, noch, was auf Freiheitsberaubung stand. »Verschlimmern Sie es nicht unnötig. Geben Sie Nele frei.«

Wenzel biss energisch auf seiner Unterlippe herum. *Er zögert.* »Noch liegt es in Ihrer Hand.« Richard streckte den Arm nach dem Kind aus. »Bitte!«

»Mann, Gruben, machen Sie dem Jungen doch keine falschen Hoffnungen.« Fechner bedachte ihn mit einem vorwurfsvollen Blick. »Er hat die Frau erpresst. Dem glaubt kein Richter, dass er unschuldig ist. Der kriegt mindestens zehn Jahre aufgebrummt.«

Richard traute seinen Ohren nicht. Was sollte das denn bitte? Hatte Fechner seinen Verstand ausgeschaltet?

»Nein! … Nein, nein.« Wenzel schüttelte angsterfüllt den Kopf. »Ich hab sie nicht angerührt. Sie ist da von ganz allein reingetreten.«

Fechner nickte niedergeschlagen. »Mag sein, Florian. Und ich persönlich traue dir so viel Kaltblütigkeit auch nicht zu. Doch für Richter und Staatsanwalt zählen nun einmal Tatsachen.« Er begann, einen Finger nach dem anderen auszufahren. »Das Tellereisen, das warst du. Der dämliche Erpresserbrief stammt von dir. Dann hast du Frau Ortlepp vor Ruths Haus aufgelauert und am Ende auch noch Beweismittel verschwinden lassen.«

Wenzels Augen huschten wild umher. »Ich hab was gemacht?«

»Beweismittel beiseitegeschafft. Professor Gruben hat die Zeitkapsel gestern Abend in der Kirche gefunden.« Fechner schraubte eine Braue hoch. »Die hast du doch dort versteckt. Oder willst du das abstreiten?«

»Ja … Ich meine, nein, ich hab sie zurückgebracht. Gleich

nachdem die Leiche entdeckt wurde, noch am selben Abend. Nur –«

»Nur aus Angst davor, man könnte dir auf die Schliche kommen«, führte Fechner statt Wenzel zu Ende.

»Na logisch. Ich hatte die Kapsel ja in Ruths Stall zwischen meinen Sachen deponiert. Die Bullen hätten mich doch sofort verhaftet, wenn sie sie dort gefunden hätten.«

»Und da schien es dir am schlausten, die Kapsel an ihren ursprünglichen Platz zurückzubringen.«

»So in etwa.«

Fechners Augen verengten sich. »Der Schlüssel für die Kirche? Woher hattest du den eigentlich?«

»Von Diana.«

»Bitte?«

»Du und der Pastor, ihr habt an dem Abend im Wohnzimmer gesessen, und Diana hat mir aufgemacht. Hab ihr vorgegaukelt, ich müsste noch dringend was an meine Mutter faxen. Sie hat mir euren Schlüsselbund gegeben, damit ich ins Bürogebäude komme.«

»Und der Kirchenschlüssel hing mit am Bund?«

Wenzel nickte kleinmütig. »Hab ihn dann anschließend wie vereinbart in euren Briefkasten geschmissen.« Er holte Luft. »Doch ich hab Frau –«

»Du hast Frau Ortlepp nichts getan.« Fechner unterbrach ihn mit einem beruhigenden Kopfnicken. »Das wissen wir nun. Aber du musst der Realität ins Auge blicken, Florian. Du wirst um eine Gefängnisstrafe nicht herumkommen. Versuchte Erpressung mit Todesfolge ist nun mal kein Kavaliersdelikt. Unfall hin oder her. Doch ein guter Anwalt kann garantiert ein, zwei Jahre für dich herausholen, vielleicht sogar eine Vollzugslockerung als Freigänger. Und ich werde dir helfen, mit Anwalt, Honorarkosten und dem ganzen Pipapo. Darauf gebe ich dir mein Wort. Immerhin sind wir so was wie eine Familie.« Er deutete auf das weinende Kind. »Aber dafür musst du dich jetzt einsichtig zeigen, Florian. Lass sie gehen!«

Wenzel bearbeitete erneut die Lippe mit den Zähnen. Starr vor sich hin nickend. Offenbar hatte Fechner mit seiner Direktheit bei dem jungen Mann die richtigen Knöpfe gedrückt.

»Hast du gehört, was ich gesagt habe?«

Fechner kam näher. Die Holzbohlen knarrten unter seinen Schritten. Richard wagte sich daraufhin ebenfalls ein Stück in Richtung Schallluke vor, wich aber sofort zurück, als Wenzel ruckartig den Oberkörper straffte.

»Ich halte es keine Minute im Knast aus.« Wenzels Kopf flog panisch von einer Seite zur anderen. »Der Beton. Die Enge ... Das ertrag ich nicht.«

»Florian, steig bitte von der Brüstung runter.« Fechner redete mit leiser, besonnener Stimme. »Sei vernünftig. Wir haben doch alles genau besprochen.«

»Nein! Ich lass mich nicht einbuchten. Ich habe der Ortlepp nicht –«

»Herrgott! Hör mit dem elenden Gejammer auf!«, brüllte Fechner. »Du hast Scheiße gebaut, dann steh auch gefälligst dafür gerade.«

Wenzels Gesicht versteinerte. Der fiebrige Glanz in den Augen erstarb.

Er springt, dachte Richard verzweifelt, während sie dem abflauenden Echo lauschten. *Tu irgendwas! Sprich mit ihm! Beweg dich und greif das Mädchen!* Doch der Gedanke, das Falsche zu tun, lähmte ihn.

Wenzels Arm um Neles Oberkörper sank herab. Das Aufschluchzen des Mädchens riss Richard aus seiner Starre. Er stürzte auf die Schallluke zu. Doch Fechner war schneller. Der Bauunternehmer packte Nele am Handgelenk und zog sie in seine Arme. Für einen Sekundenbruchteil streifte Richard Wenzels Blick. Erstaunen lag darin, so, als könnte er seine Entscheidung selbst nicht glauben. Mit einem kraftvollen Ruck stieß Wenzel sich von der Laibung ab. Nutzte den Schwung und beugte sich über die Brüstung.

»Nicht!«

Richard erwischte ein Hosenbein, aber Wenzels Körper hatte sich schon zu weit nach vorn geneigt. Der Stoff rutschte wie Seife durch seine Finger. Dann füllte nur noch ein Fetzen blauer Himmel die Schallluke aus.

In Richards Hosentasche klingelte das Handy.

29

Ein leichter Regen setzte ein, als Richard dem davonfahrenden Streifenwagen nachblickte. Die Dämmerung war bereits hereingebrochen, und über Hollvitz hatte sich eine bleierne Stille gelegt. Niemand war unterwegs, und von den Grundstücken auf der anderen Straßenseite drang kein Laut. Der kleine Inselort schien wie leer gefegt. Der Schock, den die Ereignisse des Vormittags bei den Bewohnern ausgelöst hatten, saß tief. Und auch Richard fühlte noch immer eine lähmende Hilflosigkeit. Als sich Mulsows Rücklichter im grauen Abendlicht verloren, wandte er sich um und ging zurück zum Küsterhaus.

Es hatte bis zum Eintreffen des Rettungsdienstes gedauert, ehe Richard wieder in der Lage gewesen war, einen halbwegs klaren Gedanken zu fassen. Während Fechner beruhigend auf die weinende Nele eingeredet und den Notruf abgesetzt hatte, hatte er wie ohnmächtig die Schallluke angestarrt. Sogar Jettes Anruf hatte Fechner entgegennehmen müssen, weil Richard auch bei ihrem dritten Anlauf nicht auf das Klingeln in seiner Hosentasche reagierte.

Gerd Fechner war es schließlich auch gewesen, der zusammen mit einem herbeigeeilten Dorfbewohner Wenzels Erstversorgung übernommen hatte. Doch weder ihr beherztes Eingreifen noch die Rettungskräfte hatten das Leben des jungen Mannes retten können. Florian Wenzel hatte beim Sprung vom Kirchturm so schwerwiegende Verletzungen erlitten, dass er noch vor Ort verstorben war.

Auch wenn niemand Wenzels Handeln hatte vorausahnen können, quälte Richard der Gedanke, ob sie seinen Tod hätten verhindern und Nele das Trauma ersparen können. Was, wenn er nach Mulsows Anruf einfach seine Klappe gehalten hätte? Oder Gerd Fechner weniger aufbrausend gewesen wäre? Doch solchen Fragen nachzuhängen, war sinnlos. Es würde zu nichts anderem führen, als sich in einer Spirale von Schuldzuweisungen und Selbstvorwürfen zu verlieren.

Richard räumte in der Sitzecke die Kaffeetassen vom Tisch, an dem er mit Mulsow gesessen hatte, und nahm die Stufe zur Eingangstür. Er fand Jette in der Küche vor ihrem Laptop. Anders als geplant hatte er sie am späten Nachmittag direkt vom Fährhafen abgeholt. Durch Fechner waren Jette und Lüdtke bereits über Wenzels Selbstmord unterrichtet gewesen. Von den Geschehnissen auf dem Kirchturm, der Zeitkapsel und Döbler sowie Ruth Klawitters Verbindung zu Susanne Ortlepp hatte Jette dann von Richard bei einem Strandspaziergang erfahren. Vor etwa einer Stunde waren sie heimgekehrt, da Mulsow sein Kommen angekündigt hatte.

Jette klappte den Laptopdeckel herunter, als sie ihn bemerkte. »Und? Gibt es Neuigkeiten?«

»Sie haben Susanne Ortlepps Tablet in der Jurte gefunden.«

»Oh Gott …« Mit der Hand vor dem Mund sank sie nach hinten.

Richard stellte die Tassen ins Spülbecken. Als er sich zu ihr an den Tisch setzte, legte Jette ihre Hand an den Hals. Schien sich zu sortieren. »Dann hat Florian sie also tatsächlich vor Ruths Haus abgepasst.«

Er wiegte den Kopf. »Ich weiß nicht. Könnte mir vorstellen, dass es eher andersherum war.«

»Da komme ich jetzt nicht mit. Wieso andersherum?«

»Ein Kollege von Bert hat heute Nachmittag mit Werner Raabe gesprochen. Seine Tochter war nach ihrer Begegnung mit Ruth Klawitter bei ihm. Sie wollte sich für eine schonungslose Aufarbeitung der damaligen Ereignisse einsetzen.«

»Und Susanne Ortlepp ist zu Ruth gefahren, um ihr das zu sagen«, folgerte Jette.

»Raabe hat sie an dem Abend noch angerufen, am Bahnhof in Sassnitz.«

»Das Telefonat, das Frau Ortlepp so abrupt beendet hat?«

Richard nickte. »Ihr Vater wollte ihr noch einmal ins Gewissen reden. Er war der Meinung, besser erst nach den Landtagswahlen an die Öffentlichkeit zu gehen. Aber sie wollte keinesfalls damit warten, sondern Ruth Klawitter ihren Entschluss umgehend mitteilen.« Richard hob die Daumen seiner verschränkten Hände. »Als niemand geöffnet hat, ist sie vermutlich zu den Nachbarn hinüber, um sich dort nach Frau Klawitter zu erkundigen.«

»Hat aber nur Florian an seiner Jurte angetroffen.« Jette nickte verstehend, setzte jedoch gleich darauf eine fragende Miene auf. »Aber wenn Ruth sie nicht hereingelassen hat: Wieso ist Frau Ortlepp dann noch bei Florian geblieben und nicht sofort mit einem Taxi ins Hotel gefahren?«

»Wenzel wird sie in ein Gespräch verwickelt haben. Er war ja in dem Glauben, dass sie wegen der Zeitkapsel so dringend zu Frau Klawitter wollte. Zumindest musste er annehmen, dass dies der Grund war. Über den eigentlichen Anlass dürfte Susanne Ortlepp kaum mit ihm geredet haben.«

Richard wartete auf eine zustimmende Regung in Jettes Gesicht, ehe er weitersprach. »Wenzel wollte ihr sicher entlocken, inwieweit sie schon etwas bezüglich des Besucherzentrums unternommen hatte – wer womöglich bereits von Döbler und der Siedlung wusste. Und dabei wird Frau Ortlepp den Termin mit uns unter Garantie erwähnt haben. Spätestens in dem Moment dürfte Wenzel klar geworden sein, dass sein Erpressungsversuch gehörig in die Hose gegangen ist. Er hatte den Brief erst einige Stunden zuvor eingeworfen. Sie hätte ihn frühestens bei ihrer Rückkehr am nächsten Abend gelesen.«

»Und da hätte Frau Ortlepp uns längst über die Zeitkapsel informiert«, setzte Jette abschließend hinzu.

Einen Augenblick hing jeder seinen Gedanken nach, bis Jette mit leiser Stimme fragte: »Denkst du, das mit der Falle war doch Absicht? Damit er wegen der Erpressung nicht auffliegt?«

Richard schüttelte den Kopf. »Wenzels Angst, dass man ihm nicht glauben könnte, wirkte nicht gespielt. Ich bin mir sicher, es war ein Unfall.«

»Aber aus welchem Grund ist er dann mit ihr zum Gehege rauf?«

»Um ihr die Zeitkapsel auszuhändigen. Es war die Gelegenheit für ihn, den Erpressungsversuch jemand anderem unterzujubeln.«

»Wem denn?«

»Marco Seifert.«

Jettes Augen weiteten sich. »Florian wusste von seinen Betrügereien?«

»Man hat gefälschte Etiketten in der Jurte sichergestellt«, sagte Richard. »Was genau das bedeutet, darüber lässt sich spekulieren. Vielleicht hat Wenzel Seiferts krumme Geschäfte spitzgekriegt und wollte ihn zur Kasse bitten. Oder er hing auch mit drin. Die Polizei vermutet ohnehin, dass Seifert nicht allein gehandelt hat.«

»Was sagt der denn dazu?«

»Seifert bestreitet, dass Wenzel involviert war. Aber das kann auch eine Schutzbehauptung sein, damit man ihn am Ende nicht noch wegen möglicher Beihilfe zum Mord anklagt.«

Auf der Fensterbank verkündete Richards Handy, dass eine Nachricht eingegangen war. Er trat ans Fenster. Nahm an, dass Charlotte geschrieben hatte. Doch die Mitteilung war von dem Versicherungsmitarbeiter, der sich um den fehlerhaften Log-in auf der Website kümmern wollte. Er überflog die Nachricht, unterdessen holte Jette eine Wasserflasche aus dem Kühlschrank.

»Weißt du, Richard, eins ist mir schleierhaft«, hörte er sie sagen. »Durch Florians Selbstmord und die Flut an Informationen habe ich es anfangs gar nicht richtig gecheckt. Aber wenn ich jetzt so über alles nachdenke, bleibt es mir einfach unerklärlich.«

Richard legte das Handy beiseite. Er brauchte nicht nachzufragen, was Jette nicht verstand. Es ging ihm nicht anders damit. »Warum Pastor Lüdtke geschwiegen hat.«

Sie nickte heftig. »Er war beim Auffinden der Zeitkapsel

dabei. Wusste also die ganze Zeit, weshalb die Denkmalschützerin sich so dringend für einen Ortschronisten interessiert hat. Sogar als ich ihn in Fechners Villa direkt darauf angesprochen habe, tat er ahnungslos.« Jette krauste die Stirn. »Hast du eine Erklärung dafür?«

Hinter der Fensterscheibe bewegte sich ein Schatten. Richard beugte sich vor und blickte in die Dämmerung. Eine schmale Gestalt näherte sich der Eingangstür.

»Habe ich nicht«, antwortete er und schaute Jette wieder an. »Aber wir werden gleich eine bekommen.«

***

»Der Arzt hat Frau Klawitter ein starkes Beruhigungsmittel gespritzt.« Lüdtke nahm Jette mit einem flüchtigen Nicken den Kaffee ab. »In ihrem Zustand gehört sie normalerweise in ein Krankenhaus. Aber sie hat sich mit Händen und Füßen gegen eine Einweisung gesträubt.«

»Florians Tod muss sie schlimm getroffen haben. Er war fast wie ein Sohn für Ruth.« Jette setzte sich auf den Stuhl neben Richard. »Ist denn jemand bei ihr, der sich um sie kümmert?«

»Die jüngste Tochter ist mit ihrem Mann angereist.«

Lüdtke rührte Milch in die Tasse und ließ den Löffel eine Zeit lang darin rotieren. Augenscheinlich suchte er nach einem passenden Anfang.

»Ich kann mir vorstellen, dass mein Schweigen bei Ihnen auf Unverständnis stößt«, begann Lüdtke schließlich und legte den Löffel auf dem Unterteller ab. »Doch wenn Sie die Hintergründe kennen, werden Sie eventuell nachvollziehen können, was mich dazu bewogen hat. Nicht unbedingt zustimmen – das erwarte ich nicht –, aber vielleicht können Sie meine Entscheidung nachempfinden.«

Er räusperte sich kurz, ehe er weitersprach. »Natürlich hat mich der Fund der Zeitkapsel zunächst auch begeistert. In meiner Laufbahn ist mir so ein Ereignis bisher nur ein einziges

Mal vergönnt gewesen. Ich konnte unser Glück kaum fassen, als ich alles vor uns ausgebreitet liegen sah: der Bürgermeisterbrief, die alte Friedhofsordnung, die Baupläne der Sakristei … Selbst als Frau Ortlepp wegen Döblers Zeichnung Freudentänze vollführt hat und mir bewusst wurde, dass es mit der Beschaulichkeit in Hollvitz künftig vorbei sein würde, trübte sich meine Freude über den Fund nur mäßig. Aber dann fing sie mit ihrer Idee vom Besucherzentrum an.« Er lachte verbittert. »Zuerst habe ich dem noch beigepflichtet und mit ihr über einen möglichen Standort fabuliert. Bis sie plötzlich die Arme ausbreitet und meint, wieso man nach etwas Neuem suchen soll, wenn sich das Alte hervorragend bewährt hat. Zu den Orgelkonzerten im Sommer strömen schließlich auch Hunderte von Besuchern in die Kirche.«

»Ehrlich gesagt, finde ich die Idee nach wie vor nicht abwegig«, unterbrach Richard. »Ich hatte neulich zwar ein geringeres Besucheraufkommen angenommen, und einige Umbaumaßnahmen sind definitiv erforderlich, aber das Beispiel zeigt, dass eine Ausstellung für Döbler funktionieren könnte. Darum verstehe ich nicht, was für Sie gegen ein Besucherzentrum in der Kirche spricht.«

Lüdtke senkte das Kinn und blickte Richard über den Brillenrand an. »Sie kennen die Antwort. Die Kollegin von Frau Ortlepp hat sie Ihnen bereits gegeben.«

»Ines Marquardt?« Richard tauschte einen ratlosen Blick mit Jette. »Was soll sie mir gesagt haben?«

»Dass Frau Ortlepp eine Nutzungsänderung in Erwägung gezogen hat.«

»Um Döblers Ausstellung zu ermöglichen.« Er verstand noch immer nicht.

»Ja, die Ausstellung wollte sie ermöglichen. Aber durch eine Änderung der *Nutzungsart*.« Lüdtke lächelte müde. »Frau Ortlepp wollte unsere Kirche in ein Museum umbauen, Professor Gruben.«

Jetzt erkannte Richard seinen Irrtum. Er war die ganze Zeit

davon ausgegangen, eine Nutzungsänderung würde allein die baulichen Veränderungen betreffen, die in der Kirche nötig wären, um die Voraussetzungen für eine zusätzliche touristische Nutzung zu schaffen. Wie Toilettenanlagen und Kassenhaus. Doch offenbar bedeutete eine Nutzungsänderung, dass das Hollvitzer Kirchengebäude zweckentfremdet werden würde. Nicht Museum *im* Gotteshaus, sondern Museum *statt* Gotteshaus.

»Mit einer erweiterten Nutzung als Besucherzentrum, das mit ein paar Ausstellungstafeln über Döblers Wirken auf Rügen informiert, hätte ich mich durchaus arrangieren können. Eine Öffnung nach außen bietet ja auch Chancen, wie Sie bei unserem Gespräch richtig angemerkt hatten.« Lüdtke nickte Richard zu, während er an seiner Tasse nippte. »Die komplette Umnutzung einer Kirche halte ich jedoch für unverantwortlich. Gerade hier in Hollvitz, wo es ein intaktes Gemeindeleben gibt, ist eine Zweckentfremdung für mich ein vollkommen falsches Signal.«

»Aber es ist doch noch gar nicht gesagt, ob die Kirche als Eigentümer Frau Ortlepps Idee befürworten würde«, warf Jette ein.

»Da haben Sie recht, ohne Frage. Aber es ist nun mal Tatsache, dass die Kirchenaustritte drastisch zugenommen haben. Und dass sich dieser Trend weiter fortsetzen wird, ist unbestritten. Der Kirchenverwaltung steht daher immer weniger Geld zur Verfügung, um ihren großen Immobilienbestand zu erhalten.«

Der Pastor setzte die Tasse ab und hob die Hand, als Jette etwas entgegnen wollte. »Ich weiß, diese Dinge sind nicht neu für Sie, und ich möchte das jetzt auch nicht vertiefen. Doch was ich damit sagen will, ist: Die Kirche ist auch ein Wirtschaftsunternehmen, das sich wie andere Betriebe an Zahlen messen muss. Auch wenn die Mitgliederzahl in unserer Gemeinde stagniert, sind die Einnahmen aus Steuer und Spenden nur ein Tropfen auf den heißen Stein und reichen nicht annähernd aus, die Unterhaltung allein zu bewältigen. Den Löwenanteil übernimmt noch immer die Kirchenverwaltung. Und dieser stehen für die fünfhundert Dorfkirchen in Vorpommern jährlich gerade einmal zwei Millionen Euro zur Verfügung. Somit ist die Umnutzung eines Kirchengebäudes, in dem nur unregelmäßig Gottesdienste, ab und an Taufen und Hochzeiten sowie einmal im Jahr Orgelkonzerte stattfinden, wirtschaftlich betrachtet jede Überlegung wert. Zumal die Hollvitzer Kirche, bis auf den neuen Chorboden, ohnehin in einem sehr schlechten baulichen Zustand ist. Das Kirchendach ist seit Jahren undicht, das Glockengestühl vom Holzwurm befallen, und durch den Feuchteschaden werden sich die Baukosten der Sakristei jetzt vermutlich verdreifachen. Susanne Ortlepps Museumspläne wären da unweigerlich auf offene Ohren gestoßen.«

Lüdtke legte eine Pause ein, als wolle er die Worte auf seine Gesprächspartner wirken lassen. Nach einem weiteren Schluck fuhr er mit gedämpfter Stimme fort. »Als ich von Frau Ortlepps Tod hörte, hab ich geahnt, dass das kein Zufall ist und Wenzel im Besitz der Zeitkapsel sein muss. Er war schließlich oft beim Gehege gewesen, um sich um Ruth Klawitters Enten zu kümmern. Selbstverständlich kannte ich nicht die eigentlichen Zusammenhänge, aber ich hatte ja erlebt, wie entsetzt Wenzel reagiert hat, als ich ihn darauf hingewiesen habe, dass seine Jurte nun aus der Siedlung wegmüsste.«

»Haben Sie ihn zur Rede gestellt?«, fragte Richard.

Als der Pastor verneinte, sah Jette ihn bestürzt an. »Wieso haben Sie Ihren Verdacht dann nicht gegenüber der Polizei geäußert? Ihnen muss doch bewusst gewesen sein, dass Sie möglicherweise einen Mord decken.«

Lüdtke wirkte kurz getroffen, bevor er entschieden den Kopf schüttelte. »Das war kein Mord. Wenzel war einfach nur in Panik geraten.«

»Wie konnten Sie das wissen?«

»An dem Abend in Fechners Villa bin ich auf dem Heimweg durchs Dorf zurückgefahren und habe Licht in der Kirche bemerkt. Im ersten Moment dachte ich an einen Einbruch, aber als ich oben an der Sakristei ankomme, sehe ich, wie Wenzel die Zeitkapsel wieder in der Wand versteckt.« Erneut blickte der Pastor gewichtig über die Brille. »Hätte er Susanne Ortlepp umgebracht, wäre die einzig logische Konsequenz gewesen, die Kapsel samt ihrem Inhalt zu vernichten. Sobald man mit der Beseitigung des Feuchteschadens begonnen hätte, wäre sie schließlich wieder zutage befördert worden. Die Zeitkapsel im alten Versteck zu deponieren, damit hat Wenzel sich doch nur selbst geschadet.«

»Und Ihnen.«

Lüdtke sah Richard an. »Seit meinem Amtsantritt vor zehn Jahren hat sich in unserer Kirchgemeinde sehr viel bewegt, Professor Gruben«, sagte er, eher traurig als pikiert. »Auch wenn über unsere Arbeit nur in der Lokalzeitung berichtet wird, bin ich stolz auf das, was wir in dieser Zeit geleistet und erreicht haben. Besonders hier in Hollvitz. Ich konnte es nicht riskieren, dass unsere Kirche womöglich einer Touristenattraktion zum Opfer fällt.« Er hob die Schultern. »Im Nachhinein war es sicherlich ein wenig naiv, zu glauben, die Kapsel sei unter dem Chorboden besser aufgehoben. Aber es musste schnell eine Lösung her, und die Steinplatten wurden erst im vergangenen Herbst neu verlegt. Das Versteck erschien mir für die nächsten Jahrzehnte allemal sicherer. Also habe ich die Kapsel kurz vor unserer Abreise nach Bornholm im Chorraum vergraben.«

Jette rutschte auf ihrem Stuhl vor. »Wusste Florian davon?«

»Nein. Ich hatte Wenzel gesagt, jemand aus dem Verein hätte nach der Feier versehentlich das Gerüst verrückt und dabei wären die Platten hochgekommen. Ich habe ihm meinen Schlüssel ausgehändigt und ihn gebeten, die kleine Unebenheit Montagfrüh zu begradigen. Darum war Wenzel heute Morgen in der Kirche.«

Lüdtke leerte seine Tasse. Anschließend ließ er seinen Blick kurz auf Jette und dann auf Richard ruhen. Niemand sagte mehr etwas.

»Gut.« Lüdtke stand auf und rückte seine Brille zurecht. »Ich werde mein Amt zum Ende des Monats niederlegen. Ich dachte, das sollten Sie noch wissen.«

Mit einem wortlosen Gruß verabschiedete er sich. Richard hielt ihn auf der Türschwelle zurück. »Pastor Lüdtke?«

»Ja?«

»Döblers Zeichnung«, sagte Richard. »Wieso haben Sie sie nicht einfach zusammen mit dem Bürgermeisterbrief vernichtet? Niemand hätte je von Döbler und der Siedlung erfahren.«

»Das ist wohl wahr. Doch Sie beide wissen genauso gut wie ich, dass solche Dokumente einen unschätzbaren geschichtlichen Wert besitzen.« Lüdtke breitete machtlos die Arme aus. »Ich brachte es nicht übers Herz.«

30

Richard Gruben war mit dem Auto auf dem Lietzower Damm unterwegs, der Muttland – Rügens Inselkern – und Jasmund miteinander verband.

Das Boddenwasser rechts und links der Fahrbahn war vom Regen der vergangenen Nacht aufgewühlt, und ein blassgrauer Himmel wölbte sich darüber. Über dem kleinen weißen Schlösschen auf der bewaldeten Anhöhe brachen sich jedoch erste vereinzelte Sonnenstrahlen durch die Wolkendecke. Das unwirtliche Wetter schien nur auf Stippvisite auf der Insel gewesen zu sein.

Richard war unmittelbar nach dem Frühstück ins Stralsunder Kommissariat gefahren, um seine Aussage zu Protokoll zu geben. Das Prozedere hatte nicht lange gedauert, sodass er sich bereits um kurz nach halb zehn wieder auf der Rückreise nach Hollvitz befand. Ihr ursprüngliches Vorhaben, die Fahrt nach Stralsund mit einer Besichtigung der Altstadt zu verbinden, hatten Jette und er auf das Wochenende verschoben. Nach dem gestrigen Tag war keinem der beiden danach zumute. Stattdessen hatte er Jette vorhin in der Siedlung abgesetzt, weil sie nach der alten Frau Klawitter schauen wollte.

Als der Volvo in Lietzow einfuhr, meldete sich Richards Handy. Das Display zeigte eine unbekannte Nummer an.

»Richard Gruben«, nahm er das Gespräch entgegen.

»Hallo, Professor Gruben. Hier ist Ines Marquardt von der Landesdenkmalpflege in Schwerin. Wir hatten vor Kurzem miteinander telefoniert. Sie erinnern sich?«

»Natürlich. Hallo, Frau Marquardt.«

»Ich höre, Sie sitzen im Auto. Ist es ungünstig? Soll ich vielleicht später noch einmal durchrufen?«

»Alles gut. Wie kann ich Ihnen helfen?«

»Ich hoffe, ich kann Ihnen helfen. Ich hatte doch versprochen, mich zu melden, falls mir noch etwas zu Hollvitz einfallen sollte.«

»Ah, richtig … Schießen Sie los«, sagte Richard, wobei er eine starke Ahnung hatte, worauf das Telefonat hinauslaufen würde.

Ines Marquardt räusperte sich. »Es ist so: Ich bin dabei, die Unterlagen auf Frau Ortlepps Schreibtisch durchzusehen, und habe einen Notizzettel von ihr gefunden. Der muss mir unlängst aus der Akte herausgerutscht sein, über die wir beide gesprochen haben.«

»Die Akte der Werkssiedlung.«

»Genau. Denn die Notiz bezieht sich auf Hollvitz. Soll ich vorlesen, was Frau Ortlepp notiert hat?«

»Ja, bitte.«

»Viel ist es nicht. Nur ›Hollvitz‹ und darunter ›Paragraf 21 Absatz 1b – Möglichkeiten prüfen‹.«

»Aha …« Richard war irritiert. Er hatte erwartet, die Worte »Döbler« oder »Bauhaus« zu hören. Zudem konnte er mit dem Paragrafen wenig anfangen. »Geht es dabei um das Denkmalschutzgesetz?«, fragte er.

»Mit Sicherheit weiß ich es selbstverständlich nicht«, erwiderte Ines Marquardt. »Aber ich vermute es, ja.«

»Und was beinhaltet dieser Paragraf konkret?«

»Nun, kurz gesagt, dass eine Enteignung von Denkmalen zulässig ist, wenn es damit der Allgemeinheit zugänglich gemacht werden kann. Vorausgesetzt, es besteht ein öffentliches Interesse daran.«

Eine Zeit lang erfüllte nur leises Rauschen das Auto.

»Hallo? Professor Gruben? Sind Sie noch dran?«

Richard fokussierte seine Aufmerksamkeit wieder auf die Stimme am anderen Ende. »Ja. Ich höre.«

»Das war schon alles.« Ines Marquardt stieß ein verlegenes Lachen aus. »Ich fürchte, groß weiterhelfen konnte ich Ihnen damit wohl nicht?«

»Ganz im Gegenteil, Frau Marquardt. Sie haben mir sehr geholfen.«

Richard legte auf und fuhr bei der nächsten Gelegenheit rechts ran. Einen Moment lang hing er seinen durcheinanderwirbelnden Gedanken nach. Dann rief er Mulsow an. Nachdem sie einige Minuten miteinander gesprochen hatten, wählte er Jettes Nummer. Beim dritten Klingeln hob sie ab.

»Bist du noch bei Ruth Klawitter?«, fragte Richard.

»Bin ich. Wieso?« Sie sprach leise, fast im Flüsterton.

»Ich bin jetzt kurz vor Sassnitz. Soll ich dich zurück ins Dorf mitnehmen?«

»Gern.«

»Also bis gleich.«

»Bis gleich.«

Als Richard fünfzehn Minuten später die Siedlung erreichte, parkte vor der Einfahrt zum Bauhof ein Lkw. Die Ladebordwand war heruntergelassen, und ein Mann in grünem Overall lud mit einem Gabelstapler Holzbohlen ab. Da die Straße zu schmal war, um vorbeifahren zu können, musste Richard anhalten. Dem vollen Laderaum zufolge würde sich der Vorgang noch eine Weile hinziehen. Er beschloss, die wenigen Schritte bis Ruth Klawitters Haus zu Fuß zu gehen. Richard stellte den Motor aus und verließ das Auto. Er lief am Lkw vorbei und wollte nach links schwenken, als er Jette vor der alten Direktorenvilla erblickte. Bei ihr standen Gerd Fechner und Diana Seifert. Die drei bemerkten ihn ebenfalls.

Jette winkte ihn heran. »Richard!«

Die Unterhaltung drehte sich um Wenzels Jurte. Wie Richard Diana Seiferts Worten entnehmen konnte, waren die polizeilichen Untersuchungen dort noch nicht abgeschlossen.

»Gestern sagte man uns, die Kriminaltechnik würde gleich in der Früh kommen, um die letzten Spuren zu sichern. Nun haben wir bald Mittag, und es hat sich noch immer niemand blicken lassen.«

»Solche Dinge sind eben nicht planbar«, dämpfte Fechner die Empörung seiner Tochter. »Bedauerlich ist nur: Florians Mutter reist heute Nachmittag an. Sie hat gehofft, sie könnte dann schon in die Jurte.« Er machte eine Kopfbewegung in Richtung Bürogebäude. »Es gibt aber auch gute Neuigkeiten, Frau Herbusch. Ich habe gerade einen Anruf bekommen. Sie können sich zurück in Ihre Arbeit stürzen.«

»Das heißt, die Kirche ist wieder freigegeben?«

»Die Polizei hat die Propstei heute Morgen darüber informiert. Sie dürfen also wieder jederzeit hinein.«

»Prima. Dann weiß ich Bescheid. Danke, Herr Fechner.« Jette legte den Kopf leicht schräg. »Was ist mit der Sakristei? Wissen Sie da schon Neues?«

»Sie meinen, wegen des Feuchteschadens?« Er schüttelte den Kopf. »Das Gutachten steht noch aus. Doch selbst wenn wir das genaue Ausmaß kennen, werden die Arbeiten in der Sakristei aller Voraussicht nach weiter ruhen. Man muss abwarten, wie sich die Dinge hinsichtlich eines Besucherzentrums entwickeln. Dafür sind erst einmal eine Reihe an Gesprächen zu führen.«

»Das sehe ich genauso«, pflichtete Jette bei. »Schließlich geht es nicht allein um eine Umnutzung des Kirchengebäudes. Die Besucher wollen neben Döblers Ausstellung ja auch die alte Werkssiedlung besichtigen. Und das sind bestimmt nicht wenige. Da wird einiges auf Sie zukommen.« Sie sah Richard nach Zustimmung suchend an.

»Ich denke, Herr Fechner weiß, was auf ihn zukommt.«

Die Verwirrung stand Jette deutlich ins Gesicht geschrieben. Auch Diana Seifert schien durcheinander. »Wie dürfen wir das verstehen?«

»Das weiß Ihr Vater schon.«

»Da bin ich anderer Meinung, Professor Gruben. Sie müssten uns –«

»Ist gut, Diana!« Fechner fasste nach der Hand seiner Tochter. Drückte sie kurz mit geschlossenen Augen. Dann wandte er sich Richard zu. »Wie haben Sie es herausgefunden?«

»Ich habe vor einigen Minuten mit der Landesdenkmalpflege telefoniert. Susanne Ortlepp wollte für die Siedlung die

Möglichkeiten eines Enteignungsverfahrens prüfen lassen.« Er bedachte Fechner mit einem langen Blick. »Das hat mich an unser Gespräch neulich erinnert, an Ihre Verbitterung über die Zwangsaussiedlungen und die Parallelen zur Enteignung Ihrer eigenen Familie nach dem Krieg.«

»Enteignungsverfahren?« Diana Seifert strich sich eine braune Locke weg. »Was soll das heißen, Papa?«

»Dass man uns unseren Besitz streitig machen will.«

Fechner, der noch immer ihre Hand hielt, starrte an ihr vorbei. Auf Ruth Klawitters Haus. »Ich war an dem Abend tatsächlich auf dem Weg zum Nachtangeln, doch auf halber Strecke bin ich umgedreht. Ich hatte den Köderkasten vergessen. Als ich vor der Villa vorfahre, sehe ich Frau Ortlepp bei der alten Ruth klingeln. Doch es hat ihr niemand aufgemacht, da hab ich sie angesprochen. Ihr war anzumerken, dass ihr wegen Ruth etwas auf der Seele brannte, also hab ich angeboten, sie könnte bei mir warten, bis Ruth heimkommt.« Sein Blick streifte Richard. »Dass Ruth zu Hause war, wusste ich nicht. Von dem, was zwischen den beiden vorgefallen ist, habe ich wie Sie erst gestern erfahren.«

»Aber von der Zeitkapsel haben Sie an dem Abend erfahren?«

Ein blasses Lächeln umspielte Fechners Mund. »Frau Ortlepp war kaum in die Diele getreten, da fing sie bis über die Ohren zu strahlen an und fragt mich, ob ich überhaupt wüsste, in was für einem geschichtsträchtigen Haus ich lebe.« Er blickte zur Villa. »Mein Großvater hat nie erwähnt, dass unsere Siedlung der Entwurf eines Bauhäuslers ist. Ich schätze, er ist sich der Bedeutung des Bauhauses damals noch gar nicht wirklich bewusst gewesen, und später durch Krieg und Flucht haben dann andere Dinge das Leben bestimmt.«

Fechner lachte trocken. »Zugegeben, mein Strahlen war anfangs nicht weniger breit, als Frau Ortlepp mir vom Fund der Zeitkapsel und Döblers Zeichnung erzählt hat. Ich selbst komme aus der Denkmalpflege und habe sofort begriffen, was für ein kleines Juwel unsere Siedlung damit ist. Nur wusste Susanne Ortlepp das eben auch.«

»Papa …!« Diana Seifert rüttelte an Fechners Arm, um seine Aufmerksamkeit auf sich zu ziehen. Aber er ging nicht darauf ein.

»Wir haben überhaupt nicht gemerkt, wie schnell die Zeit verging, während wir uns über Döbler und ihre Pläne eines Besucherzentrums ausließen. Die Idee gefiel mir ausgesprochen gut. Der Erhalt des Kirchengebäudes wäre durch die Eintrittsgelder und staatlichen Zuwendungen auf Jahre gesichert. Das ist schließlich das vorderste Anliegen unseres Vereins. Und nicht zu vergessen: Die Leistungen meines Großvaters würden damit endlich anständig gewürdigt werden. Aber als Frau Ortlepp meinte, man müsse sich demnächst mal zusammensetzen und überlegen, wie man die Werkssiedlung der Öffentlichkeit zugänglich machen kann, fand meine Begeisterung ein schnelles Ende. ›Die Menschen wollen den Zeitgeist des Bauhauses als Ganzes erleben, Herr Fechner. Draußen und drinnen‹«, äffte er die Denkmalpflegerin nach.

Dann deutete er in die Siedlung hinein. »Dass sich die Leute hier umsehen möchten, ist verständlich. Und man hätte das sicher irgendwie geregelt bekommen. Eingeschränkte Besuchszeiten und so weiter. Doch wildfremde Menschen, die jeden Tag durch mein Schlafzimmer latschen und mich womöglich beim Pinkeln begaffen?« Nach einem scharfen Atemzug fuhr Fechner mit ruhiger Stimme fort. »Ich habe ihr gesagt, eine Innenbesichtigung käme für uns nicht in Frage, außerdem wär das Privatbesitz, worauf Frau Ortlepp mich diskret auf den Paragrafen 21 des Denkmalschutzgesetzes hingewiesen hat, dessen Anwendung sie prüfen lassen wollte. Und dass die Siedlung nun unter Denkmalschutz gestellt wird, ist wohl unstrittig.«

Jette schaute fragend in die Runde. »Und dieser Paragraf besagt *was*?«

»Dass eine Enteignung von Denkmalen zulässig ist, wenn sie damit der Allgemeinheit zugänglich gemacht werden können«, zitierte Richard Ines Marquardt und sah den Bauunternehmer skeptisch an. »Auch wenn die Möglichkeit einer Enteignung nach dem Gesetz besteht, ist sie gewiss als das letzte geeignete Mittel zu verstehen. Glauben Sie wirklich, es würde dazu kommen?«

»Gegenfrage, Professor Gruben.« Fechner taxierte ihn mit eindringlichem Blick. »Warum haben Sie der Polizei die Zeitkapsel nicht noch am selben Abend ausgehändigt?«

Als Richard nicht antwortete, lächelte Fechner. »Sehen Sie. Ihnen ist sehr wohl bewusst, welche unausweichlichen Folgen die Entdeckung auch auf das Leben Ihrer Freundin haben wird. Döbler und Bauhaus – das ist eine ganz andere Hausnummer als der Provinzarchitekt Rechlin. Darum verstehen Sie vielleicht, weshalb ich es gar nicht erst darauf ankommen lassen wollte. Außerdem gab es noch etwas anderes, das Frau Ortlepp an ihrem kleinen ›Bauhaus-Land‹ gestört hat.« Er schnaubte abfällig. »Sie war der Auffassung, unser Bauhof würde das ursprüngliche Gesamtbild verschandeln, daher müsste ›ein Standortwechsel vorgenommen werden‹. Ich gebe zu, ein ästhetischer Anblick ist so ein Bauhof mit Containern und Fahrzeugen wahrlich nicht. Aber das war das Kreidewerk zu Lebzeiten meines Großvaters auch nicht. Und wenn Franz Döbler kein Problem damit gehabt hat, die Siedlung an dieser Stelle zu errichten, wieso sollte dann ich alles niederreißen?«

»Ihnen hätte doch sicher für alles eine Ent–«

»Bitte, Professor Gruben«, unterbrach Fechner Richard in energischem Ton. »Kommen Sie mir jetzt nicht mit Entschädigungszahlungen, die mir zustehen. Dreißig Jahre meines Lebens stecken in dieser Siedlung, jeder schwer verdiente Cent ist in deren Erhalt geflossen. Ich habe unser Familienanwesen bestimmt nicht vor dem Verfall gerettet, um es mir am Ende von einer überambitionierten Denkmalpflegerin wegnehmen zu lassen.«

»Sei jetzt still, Papa! Bevor wir nicht mit einem Anwalt gesprochen haben, sagst du kein Wort mehr.«

Diana Seifert machte sich von der Hand ihres Vaters los und wandte sich zum Bürogebäude um.

»Bleib hier!«, bellte Fechner.

»Aber Papa –«

»Nein, Diana. Ich will keinen Anwalt«, sagte er mit einer achtlosen Geste. »Dein Ehemann treibt hier sowieso bald alles in den Ruin. Besser, ich bekomme von alldem nichts mehr mit.« Der Bauunternehmer sah nun zum Gehege auf der kleinen Anhöhe. »Kurz vor Mitternacht haben wir die Villa gemeinsam verlassen. Frau Ortlepp wollte ins Hotel, und ich hatte mich angeboten, sie nach Sassnitz zu fahren. Als wir auf den Pick-up zugehen, sieht sie zum Wäldchen hoch und fragt, was das für rote Lichter wären.«

»Die Wärmelampen in Frau Klawitters Entenstall«, murmelte Jette, die gleichfalls zum Gehege schaute.

Er nickte. »In dem Moment kam mir der Gedanke mit der Falle. Ich wusste ja von ihrer Bluterkrankung, und das Tellereisen war mir ein paar Tage zuvor aufgefallen, als ich Ruth ihr Kükenfutter gebracht habe. Also hab ich zu Frau Ortlepp gesagt, Ruth wäre wohl noch im Stall bei ihren Enten, und vorgeschlagen, zum Gehege raufzufahren. Sie hat ohne Zögern eingewilligt, trotz der späten Uhrzeit. Oben am Stall meinte ich dann zu ihr, die Tür wär defekt, und wir müssten von hinten herum hineingehen. Ich habe die Taschenlampe aus meinem Auto genommen und bin zusammen mit ihr zur Hintertür.«

Bis auf die Motorengeräusche des Gabelstaplers war eine Weile nichts zu hören. Fechner schluckte einige Male, dann fuhr er fort. »Noch am Gehege habe ich ihre Taschen durchsucht. Hab aber nichts außer ihrem Tablet-PC finden können.« Er ließ ein Achselzucken folgen. »Dass sie die Zeitkapsel bei Ruth vergessen hat, konnte ich schließlich nicht wissen.«

»Ebenso wenig, inwieweit Frau Ortlepp mich ins Vertrauen gezogen hat«, sagte Richard, der an den Abend mit Jette in der Villa zurückdachte. Schon damals hatte ihn etwas stutzig gemacht, aber erst nach dem Anruf von Ines Marquardt war ihm aufgegangen, was.»Als wir bei Ihnen waren, habe ich nur von einem großen öffentlichen Interesse gesprochen, das sie mir gegenüber erwähnt hätte. Nicht aber, dass die Angelegenheit weltweit Aufmerksamkeit erregen würde. Das kam von Ihnen.« Fechner machte eine zustimmende Kopfbewegung.»Frau Ortlepp hat mir davon erzählt, dass Sie sie vom Bahnhof mitgenommen haben. Auch von dem Termin am nächsten Nachmittag in der Kirche.« Er lachte leise.»Sie können sich vorstellen, wie erleichtert ich war, als ich mitbekommen habe, dass Sie beide völlig ahnungslos waren, worum es bei der kleinen außerplanmäßigen Zusammenkunft gehen sollte.«

»Aber was war mit Frau Ortlepps Kollegen? Oder der Kirchenverwaltung?«, setzte Richard nach.

»Sie meinen, woher ich Gewissheit hatte, dass sie noch niemandem von der Zeitkapsel erzählt hat?« Fechner hob die Hände.»Das erklärte sich mir von selbst. Es war über achtundvierzig Stunden her, dass sie auf das Ding gestoßen war, und es war nichts an die Öffentlichkeit gedrungen. Hätte jemand bei der Landesdenkmalpflege oder auch bei der Kirchenverwaltung Bescheid gewusst, hätte sich diese Nachricht längst wie ein Lauffeuer verbreitet.«

»Und Pastor Lüdtke? Und Wenzel? Wie konnten Sie sicher sein, dass die beiden dichthalten?«

»Das verhielt sich nicht anders. Weder der Pastor noch Florian hatten mir gegenüber ein Wort über den Kapselfund verloren. Bei Florian war ich ziemlich sicher, dass der Bengel keinen Schimmer hatte, was für einen Schatz sie da gehoben hatten. Zwei Stunden später, und er hätte sich schon nicht mehr an den Namen Döbler erinnert, wenn der Pastor ihn nicht über die Konsequenzen für sein Tipi aufgeklärt hätte. Und falls doch, hätte ich es getan. Tja, und Lüdtke? Sein Schweigen war für mich Antwort genug. Hätte er Frau Ortlepps Vision gutgeheißen, hätte er noch am selben Abend auf meiner Fußmatte gestanden. Außerdem kannte ich seine Einstellung. Wir hatten mal im Verein über eine eventuelle Umnutzung als reines

Konzerthaus diskutiert, um den Erhalt des Kirchengebäudes dauerhaft zu sichern. Das war für Lüdtke ein absolutes No-Go gewesen.«

»Aber die Zeitkapsel selbst?« Jette schaute erst Richard und dann Fechner an. »Was dachten Sie, wo sie abgeblieben ist?«

»Bei Lüdtke. Er war ja beim Auffinden dabei, und ich dachte, der Pastor sollte die Kapsel für Frau Ortlepp verwahren, bis sie mit ihren großartigen Plänen an die Öffentlichkeit geht.« Er verzog die Mundwinkel. »Nun, wie man so hört, lag ich damit gar nicht so daneben.«

Ein Handysummen erklang. Es kam aus Fechners Brusttasche. Unwirsch zog er das Telefon heraus und würgte den Anruf ab.

Als der Bauunternehmer es wieder eingesteckt hatte, fragte Jette: »Wo war Florian eigentlich in dieser Nacht?«

»Angeblich bei Freunden, irgendwo in der Nähe von Rostock.« Fechner wies auf seine Tochter. »Das hat er zumindest Diana gegenüber behauptet, als er am nächsten Tag im Büro angerufen und sein Fernbleiben mit streikendem Nahverkehr entschuldigt hat. Ich tippe aber, der Bengel hat die Zeit damit zugebracht, seinen dämlichen Erpresserbrief an die *Frau* zu bringen.« Nach einem tiefen Atemzug ließ er ein Grunzen hören. »Mann, Mann, Mann, wenn ich im Nachhinein überlege, dass Florian die ganze Zeit Bescheid wusste, dann hätte ich –«

»Wenzel nicht so zusetzen müssen?«

»Machen Sie mal einen Punkt!« Diana Seifert funkelte Richard zornig an. »Wollen Sie meinem Vater auch noch die Schuld an Florians Tod in die Schuhe schieben?«

Fechner tätschelte ihr die Schulter. »Lass gut sein, Diana. Was Professor Gruben sagt, ist nicht unwahr. Er war schließlich mit auf dem Turm.«

Die Hand, mit der sie sich den Bauch hielt, sank herab. »Was hast du getan, Papa?«

»Ich habe den Jungen nicht runtergestoßen, wenn du das

denkst. Aber es hat mir natürlich in die Hände gespielt, dass Florian die Sicherungen durchgeknallt sind, als er wegen des Tellereisens aufgeflogen ist. Allein die Aktion mit Nele war praktisch schon wie ein Schuldeingeständnis, und als ich dann noch von dem Erpresserbrief hörte ... Ich wusste, ich muss nur genügend Druck aufbauen, und Florian dreht endgültig durch.«

Diana Seiferts Augen wurden immer größer. Ihr Gesicht war ungewöhnlich blass. »Und die Sachen in Florians Jurte? Frau Ortlepps Tablet und die gefälschten Etiketten?«

Fechner nickte. »Hab ich dort platziert, gleich nachdem der Notarzt an der Kirche eingetroffen war.«

»Chef!«

Der Ruf ließ alle vier die Köpfe drehen. Es war der Gabelstaplerfahrer, der nun aus seinem Gefährt geklettert war und auf zwei Gestalten unweit des Lkws deutete, auf eine Frau um die vierzig, die Richard kurz zuvor auf dem Kommissariat gesehen hatte, und Bert Mulsow. »Die Polizei ist hier. Die haben da noch Fragen an dich, wegen der Ortlepp.«

Fechner signalisierte ihm, dass er verstanden hatte. »Das nenne ich mal Timing«, murmelte er. Danach richtete er seine kräftigen Körper gerade auf und deutete eine Verabschiedung an. »Frau Herbusch? Professor Gruben? Sie haben sicher Verständnis, dass ich noch einen letzten Moment mit meiner Tochter haben möchte.«

Stumm nickend wandten sie sich von Vater und Tochter ab. Sie waren knapp drei Schritte gegangen, als Jette sich noch einmal umblickte. »Eins ist mir unklar, Herr Fechner. Wieso haben Sie das Tellereisen nicht umgehend entfernt, nachdem Sie es entdeckt hatten? Sie wussten doch, wie gefährlich die Dinger sind.«

»Nach drei Marderschäden an unseren Firmenfahrzeugen war es mir ganz recht, wenn die Population dieser Viecher ein wenig ausgedünnt wird«, gab er achselzuckend zur Antwort.

Jette schüttelte den Kopf. »Frau Klawitters Arglosigkeit

und Florians Naivität mag ich noch begreifen. Aber Sie? …
Wie konnten Sie nur so fahrlässig sein? Was, wenn die kleine
Nele in die Falle getreten wäre?«

Für einige Sekunden schien Fechner peinlich berührt, ehe
er ihnen wortlos den breiten Rücken zudrehte.

31

Seine Schritte hallten leise in der Kirche wider, als Richard den Gang zwischen dem Kirchengestühl entlanglief. An der ersten Bankreihe angekommen, lehnte er sich an die breite, mit Schnitzereien verzierte Seitenstütze. Sein Blick ging zum Fahrgerüst hoch. Jette saß vornübergebeugt auf ihrem Hocker und betupfte mit einem Wattestab eine Stelle auf dem linken Altarflügel. Sie trug Arbeitshose und Sweatshirt, ihre Haare waren zu einem kurzen Pferdeschwanz gebunden.

»Bin sofort bei dir«, rief sie hinunter, ohne ihre Arbeit zu unterbrechen.

Richard verschränkte die Arme. »Mach ganz in Ruhe. Die Autobahn läuft mir nicht weg.«

»Hast du auch alles?«

»Dürfte nichts vergessen haben. Zumindest nichts Wichtiges.«

»Das Buch für Henrik?«

»Ist eingepackt.«

»Handykabel?«

»Hab ich.«

»Deinen Laptop?«

»Jette!«

»Bin schon still.«

Sie erhob sich und beäugte den Flügel in leicht zurückgeneigter Haltung, während sie einen Lappen aus der Seitentasche ihrer Hose zog und die Finger darin abwischte. Nach einer halben Minute kletterte Jette vom Gerüst, ging auf die Holzbank zu und küsste ihn. Ein stechender Geruch stieg Richard in die Nase. Reste des Lösungsmittels an ihren Händen.

Er wies zum Altar. »Und? Bist du mit der Empfehlung deines Kollegen zufrieden?«

»Sehr sogar. Ich komme gut voran. Der Tipp mit dem Lösungsmittel war Gold wert.«

Langsam liefen sie den Mittelgang nebeneinanderher. Richard spürte Jettes Schulter an seinem Arm. »Fühlt es sich für dich nicht eigenartig an?«

Sie schaute zu ihm auf. »Eigenartig? Was denn?«

»Deine Arbeit hier«, sagte er. »Angenommen, die Kirche wird sich tatsächlich für eine Umnutzung als Besucherzentrum aussprechen, dann würde auf kurz oder lang auch die Kirchenausstattung entfernt werden.«

»Jetzt verstehe ich. Du meinst, der Altar müsste wie Gestühl und Taufbecken dafür weichen?«

Er nickte, woraufhin sie hilflos seufzte. »Natürlich ist es ein ziemlich befremdliches Gefühl, nicht zu wissen, was vielleicht in einem Jahr hier passieren wird und somit auch mit meiner Arbeit. Aber ich habe nun mal einen Vertrag geschlossen, und den muss ich erfüllen.«

Draußen war es warm. Die Sonne fiel hell durch das Blätterdach der Buchen. Der Wonnemonat Mai machte seinem Namen weiter alle Ehre.

Anstatt zu Richards Auto zu gehen, das vor dem Friedhofstor parkte, steuerten sie auf die Bank am Turm zu. Vor seiner Abreise war er Jette noch eine Antwort schuldig. Nachdem sie Platz genommen hatten, streckte Jette den Arm aus und zeigte auf ein rot und gelb bepflanztes Grab unweit der Wasserstelle. Sie schien den Moment noch hinauszögern zu wollen.

»Ruth Klawitter erzählte neulich, die Steintafel mit Siggis Namen und Lebensdaten hätte früher auf seinem Grab in Dömitz gelegen. Sie hat sie nach der Wende nach Jasmund geholt, damit sie sich an einem gemeinsamen Ort an ihren Mann und Sohn erinnern kann. Siggis Umbettung war aufgrund der Jahre leider nicht mehr möglich gewesen.«

»Wieso hat sie sich eigentlich nie dem Pastor anvertraut?«, fragte Richard. »Hast du eine Ahnung?«

»Pastor Lüdtke hatte immer eine hohe Meinung von Werner Raabe. Ich schätze, das hat sie davon abgehalten.«

Jettes Blick verharrte für Sekunden auf der Grabstelle, bevor sie Richard stirnrunzelnd ansah. »Glaubst du, es stimmt, was Susanne Ortlepps Vater sagt?«

Wie sie von Mulsow erfahren hatten, hatte Werner Raabe sich dahin gehend geäußert, dass er an jenem Oktobertag '61 nur einen Warnschuss hätte abgeben wollen. Die Kugel hatte sich jedoch zu früh aus seiner Waffe gelöst und Sigmar Klawitter versehentlich getroffen.

»Ich sehe keinen Grund, ihm nicht zu glauben«, sagte Richard nach kurzem Überlegen. »Raabe war damals ein blutjunger Kerl von Anfang zwanzig, erst wenige Monate im Polizeidienst. Er war mit dem, was an diesem Tag um ihn herum passiert ist, vermutlich emotional wie physisch völlig überfordert gewesen.« Richard breitete die Hände aus. »Was Raabe nicht freispricht. Er hätte sich wegen des Schusses verantworten müssen.«

»Dass man damals keine offizielle Untersuchung veranlasst hat, muss für die Klawitters unerträglich gewesen sein. Und dann noch das Vertuschen und die Drohungen ...« Jette atmete schwer aus. »Ich kann Ruths Groll gut verstehen. Das macht einen auch Jahrzehnte später noch wütend.«

Auf der Straße radelte eine größere Truppe von zehn Leuten vorbei. Ihr fröhliches Gelächter wehte über den Friedhof zur Bank herauf. Als sie hinter der Hecke verschwunden waren, fasste Jette Richards Hand.

»Und?«

Mehr fragte sie nicht. Brauchte sie auch nicht.

Richard schüttelte den Kopf. »Eine Beziehung auf Distanz funktioniert nicht, Jette. Nicht für mich.«

Er versuchte, in ihren Augen zu lesen, ob sie enttäuscht war, doch sie wich seinem Blick aus. Schaute zum Küsterhaus.

»Weißt du, Richard, manchmal frage ich mich, ob ein denkmalgeschütztes Haus nicht das geringere Übel gewesen wäre.«

»Das geringere Übel wovon?«

»Von dem, was im Ort künftig los sein wird.«

»Meine Entscheidung hat nichts damit zu tun.«

»Ich weiß.« Sie nickte abwesend. »Trotzdem wird es sich dadurch für mich wesentlich komplizierter gestalten.«

Richard umschloss ihr Kinn. Drehte ihren Kopf, sodass sie ihn ansehen musste. »Hast du überhaupt gehört, was ich gesagt habe?«

»Du möchtest keine Fernbeziehung führen.«

»Tut mir leid, Jette.«

»Dann ist es also beschlossen.«

»Beschlossen? Was?«

Auf ihrem Gesicht zeigte sich ein Lächeln. »Sich zu trennen.«

Epilog

Martin Lüdtke betrat den Fahrstuhl. Er nickte dem jungen Paar in der Ecke zu und schielte aufs Display. Die Kabine war auf dem Weg ins Erdgeschoss. Ohne eine Taste zu drücken, legte Martin die Hand auf die Haltestange, und die Türen glitten zu. Normalerweise wäre er die drei Etagen nach unten gelaufen, doch Treppenstufen waren momentan Gift für den gereizten Schleimbeutel in seinem Knie. Seitdem Martin in den Ruhestand gegangen war, hatte er seine täglichen Laufrunden ausgedehnt und angefangen, an Jedermann-Straßenläufen teilzunehmen. Zeit dafür hatte er ja nun genug. Seit einigen Wochen bereitete ihm sein linkes Kniegelenk jedoch zunehmend Probleme, sodass er sich zwischen den Festtagen eine Zwangspause verordnet hatte.

Der Fahrstuhl kam zum Stehen. Martin stieg aus, durchquerte die Eingangshalle und trat nach draußen in den nasskalten Dezemberabend. Während er sich die Wollmütze über den Kopf stülpte, wanderte sein Blick die Fassade des Mehrgenerationenhauses hoch, bis er an dem Adventsstern hinter dem Fenster im dritten Stock hängen blieb. Es waren Ruth Klawitters erste Weihnachten in ihrem neuen Zuhause in Sassnitz, in das sie vor drei Wochen eingezogen war. Eine kleine Zwei-Zimmer-Wohnung mit Gartennutzung, Gästezimmern, Gemeinschaftstreff und einer Hausarztpraxis um die Ecke. Der Vorschlag, in ein Mehrgenerationenhaus zu ziehen, war von dem Hollvitzer Ortsvorsteher gekommen, dessen Mutter hier ebenfalls eine Wohnung bezogen hatte.

Ruth Klawitters Umzug war für Martin nicht überraschend gekommen, nachdem schon die Jacobis im Spätsommer aus der Siedlung fortgezogen waren. Seine Bedenken hinsichtlich eines anonymen Lebens in der Stadt waren aber geblieben. Auch das schönste Wohnprojekt schützte nicht automatisch vor Vereinsamung. Ohne die Bereitschaft, sich darauf einzulassen, blieb man auch in so einem Haus allein. Wie es Ruth Klawitter damit erging, würden die nächsten Monate zeigen. Über die Festtage war erst einmal ihr Enkelsohn Timo mit Familie nach Rügen gekommen, was der alten Dame die Eingewöhnung sicher erleichterte. Als die Umrisse des Katers hinter der Fensterscheibe erschienen, wandte Martin sich ab und stieg in den Transporter. Kurze Zeit später hielt er vor dem Sassnitzer Bahnhof. Der Uhr über dem Eingang nach würde der Zug seiner Tochter in einer Viertelstunde eintreffen. Zu lang, um bei der Kälte im Auto zu warten. Martin schnappte sich die Ostsee-Zeitung, die er vorhin zusammen mit den letzten Besorgungen fürs Fest im Supermarkt gekauft hatte, und kletterte aus dem Auto. In der Wartehalle suchte er sich eine Bank und widmete sich seiner Lektüre. Wie immer studierte er als Erstes die Traueranzeigen, ehe er sich im Lokalteil über die Neuigkeiten auf Jasmund informierte. Da er aber heute Morgen schon in die Online-Ausgabe geschaut hatte, waren ihm die meisten Artikel bekannt. Martin wollte gerade zum Sportteil weiterblättern, als ihm die Anzeige eines Immobilienmaklers ins Auge fiel. Er hatte bereits im Sommer davon gehört, es jedoch für ein Gerücht gehalten. Erst recht nach dem Festgottesdienst im November anlässlich der Fertigstellung des Altars, als er Jette Herbusch und Professor Gruben in der Hollvitzer Kirche wiederbegegnet war. Keiner der beiden hatte etwas darüber verlauten lassen. Aber hier stand es nun schwarz auf weiß:

»Ehemaliges Küsterhaus in Hollvitz zu verkaufen.«

Martin faltete lächelnd die Zeitung zusammen. Es zeigte mal wieder, dass er nichts von Beziehungen verstand.

Anja Behn
STUMME WASSER
Broschur, 176 Seiten
ISBN 978-3-95451-710-7

»Ein gelungenes Debüt. Anja Behn erzählt eine durchweg span-nende Geschichte.«   Ostsee-Zeitung

www.emons-verlag.de

Anja Behn
KÜSTENBRUT
Broschur, 240 Seiten
ISBN 978-3-95451-957-6

An der Ostseeküste wird eine Galeristin ermordet aufgefunden. In ihrem Kalender taucht die Visitenkarte von Kunsthistoriker Richard Gruben auf. Obwohl die Nachricht darauf sehr persönlich ist, kann Gruben sich nicht an die Tote erinnern. Als Polizist Mulsow ihn bittet, sich in der Galerie des Mordopfers umzusehen, folgt er der Einladung – und gerät in einen vernichtenden Sog aus Gier, Schuld und Sühne …

www.emons-verlag.de

Anja Behn
KALTER SAND
Broschur, 240 Seiten
ISBN 978-3-7408-0281-3

Kunsthistoriker Richard Gruben reist an die Ostsee, um die Vernissage seines Freundes Philipp Stöbsand zu besuchen. Kaum angekommen, erfährt er von einem ungeklärten Verbrechen, das den kleinen Küstenort vor Jahren erschütterte. Ein junges Mädchen war erdrosselt worden, der einzige Verdächtige damals: Philipp. Immer tiefer taucht Gruben in dessen verstörende Vergangenheit ein, ohne zu ahnen, wie nah ihm das Grauen gekommen ist.

www.emons-verlag.de